HELMUT SCHARNER

Mostviertler Grafen

SCHWARZE GRAFEN Beim Schautriften im niederösterreichischen Mendlingtal, in der Nähe von Göstling, wird ein toter Mann im Wasser entdeckt. Sein Körper ist von Baumstämmen zermalmt worden, doch die Todesursache ist eine andere: Er wurde mit einem geschmiedeten Nagel erstochen! Major Brandner ermittelt im Mostviertel, dabei wird er von der jungen Inspektorin Lindner unterstützt.

Schnell wird der Tote als »Schmiedepapst« Gottfried Lugbauer identifiziert, eine einflussreiche Persönlichkeit der Mostviertler Eisenstraße. Seine Nachfolge ist umkämpft. Kurz vor seinem Tod hatte Lugbauer zudem in einer revitalisierten Schmiede im Mendlingtal einen Schmiedekurs abgehalten. Als dort die Tatwaffe und darauf die Fingerabdrücke eines der fünf Kursteilnehmer sichergestellt werden, scheint die Lösung des Falls zum Greifen nahe. Doch ein wasserdichtes Alibi und ein weiterer Mord stellen die Ermittlungen auf den Kopf. Als erneut Menschenleben in Gefahr geraten, beginnt für Brandner und Lindner ein Wettlauf gegen die Zeit.

Helmut Scharner wurde 1975 in Ybbsitz in Niederösterreich geboren, der heimlichen Schmiedehauptstadt Mitteleuropas. Er arbeitet als Sales Manager für den größten österreichischen Stahlkonzern. Beruflich wie privat reist er viel um die Welt, doch sein Dreh- und Angelpunkt ist das niederösterreichische Mostviertel, in dem er mit seiner Familie lebt. Helmut Scharner hat bereits mehrere erfolgreiche Kriminalromane geschrieben, die in seiner Heimat verankert sind. Er ist Mitglied der Autorenvereinigungen »Das Syndikat« und der österreichischen Krimiautoren.

HELMUT SCHARNER

Mostviertler Grafen

KRIMINALROMAN

GMEINER

Immer informiert

Spannung pur – mit unserem Newsletter informieren wir Sie
regelmäßig über Wissenswertes aus unserer Bücherwelt.

Gefällt mir!

Facebook: @Gmeiner.Verlag
Instagram: @gmeinerverlag
Twitter: @GmeinerVerlag

MIX
Papier | Fördert gute Waldnutzung
FSC® C014496

Besuchen Sie uns im Internet:
www.gmeiner-verlag.de

Im Ehnried 5, 88605 Meßkirch
Telefon 07575/2095-0
info@gmeiner-verlag.de

1. Auflage 2023

Lektorat: Ricarda Dück
Herstellung: Mirjam Hecht
Umschlaggestaltung: U.O.R.G. Lutz Eberle, Stuttgart
unter Verwendung eines Fotos von: © Grafvision / shutterstock.com
Druck: GGP Media GmbH, Pößneck
Printed in Germany
ISBN 978-3-8392-0397-2

Personen und Handlung sind frei erfunden.
Ähnlichkeiten mit lebenden oder toten Personen
sind rein zufällig und nicht beabsichtigt.

1

Mendlingtal, Niederösterreich
Sonntag, 2. Oktober

Alfred Wimmer fuhr sich mit seiner vom Alkohol pelzigen Zunge über die Zähne, er blinzelte einmal, dann öffnete er seine Augen vollständig. Nur das Rauschen des Wassers und das Rascheln der Blätter drangen von draußen ins Innere des Zeltes. Sonst hörte er keine Geräusche, obwohl die Nacht bereits von der Sonne vertrieben worden war. Trotzdem schliefen die anderen anscheinend noch.

Er zog seine linke Hand aus dem Schlafsack und schaute auf seine Armbanduhr. Ein billiges Modell mit schwarzem Lederband. Wimmer kannte nicht einmal das Fabrikat. Seine edleren Exemplare waren allesamt sicher daheim verwahrt. Der Blick aufs Ziffernblatt verriet ihm, dass es tatsächlich Zeit war, aufzustehen. Seine Hand roch nach Rauch, aber auch der Geruch von Eisen und Stahl haftete an ihr, den er so liebte, da er ihn an seine ersten Schritte in der Arbeitswelt erinnerte. Lange war es her, und er hatte seither viel erreicht.

Er streckte die Finger und schloss sie mehrmals hintereinander zur Faust. Sein Handgelenk schmerzte, und seine Finger waren steif von der ungewohnten Belastung des Vortages. Wimmer schüttelte seine Hand, zog den Reißverschluss auf und rollte sich mühselig aus dem Schlafsack. Sein gesamter Körper fühlte sich verspannt an. In seinem Alter sollte er deutlich mehr als nur eine Isomatte zwischen sich und harte Erde legen, um einige Stunden erholsam zu schlafen.

Er kroch auf allen vieren nach vorne, setzte sich hin und zog sich seine festen Schuhe an. Erst als er aus dem Zelt gekrabbelt war, streckte er seine Beine durch und atmete die frische Herbstluft ein.

Herrlich! Dafür allein haben sich die Strapazen gelohnt.

Wimmer sah sich um. Das Feuer, an dem sie in der Nacht gegrillt hatten, war noch nicht wieder entfacht worden. Aus den anderen fünf Zelten, in denen seine Kurskollegen und die Kursleiter schliefen, drang kein Laut. Auch die Schmiede und die Säge waren nicht in Betrieb, rund um das Schmiedegesellenhaus war alles ruhig. Nur der Bach plätscherte, und vereinzelt fielen gelbe und rotbraune Blätter zu Boden. Das Gras war noch feucht.

Egal, wenn sie nicht aufstehen, gehe ich ohne sie los. Ich lasse mir das Schauspiel nicht entgehen.

Mit beiden Händen glättete Wimmer seine Haare, putzte sich rasch die Zähne und spülte seinen Mund mit Bachwasser aus. Er spritzte sich ein paar Tropfen ins Gesicht und trank mehrere Schlucke Kaffee aus der Thermoskanne, die er noch am Vorabend aufgefüllt hatte. Erst jetzt fühlte er sich vollkommen wach, und auch der letzte Geschmack von Bier und Schnaps war aus seinem Mund verschwunden.

Noch immer rührte sich niemand in den anderen Zelten, aber es kam eine Familie mit zwei Buben den Waldweg heruntergestiegen, der zum Parkplatz führte. Sie marschierten zielstrebig flussaufwärts, vorbei an Hammerschmiede, Venezianer-Säge und dem Holzlagerplatz, der Lende. Wimmer griff nach seiner Thermoskanne und folgte ihnen mit schnellen Schritten. Er wollte keinen Moment des Spektakels verpassen. Erst am frühen Nachmittag würde er wieder mit den anderen unter Anleitung Gottfried Lugbauers, dem Schmiedepapst höchstpersönlich, den Hammer schwingen. Auch darauf freute sich Wimmer, trotz schmerzender Handgelenke.

Er lief zum Holzsteg über die Wehranlage, wo das Getöse des Wassers am lautesten war. Er überquerte den Steg, entlang von Felswänden in der engen Schlucht. Gleich neben dem Steg verlief die hölzerne Triftanlage, auf der später mithilfe des aufgestauten Wassers die Baumstämme sicher durchs enge Tal zur Lende transportiert werden würden. Eine Triftvorführung, wie sie heute stattfinden würde, hatte Wimmer noch nie gesehen. Er schritt rasch vorwärts, mehrmals rutschte er auf den feuchten Holzbrettern aus und musste sich am Geländer festhalten, um nicht zu stürzen. Trotzdem reduzierte er sein Tempo nicht, denn das Marschieren und der erhöhte Puls taten ihm gut. Als er am Sammelplatz bei der Klaushütte ankam, fühlte er keinerlei Nachwehen mehr vom Alkohol des Vorabends und unruhigen Schlaf auf dem harten Boden.

Am Sammelplatz hatte sich schon ein Grüppchen Schaulustiger eingefunden, das stetig wuchs. Die meisten kamen vom zweiten Zugang ins Mendlingtal, der flussaufwärts lag. Am Ufer lagerten Holzstämme, die bereits entastet und von der Rinde befreit worden waren. Der Klausmeister, ein Mann um die 60 in Lederhose und Lodenjacke, begrüßte die Zuschauer und führte sie weiter ein Stück bachaufwärts zu einer Schlucht. An dieser Stelle verlief ein weiterer Holzsteg entlang der Felswand, dahinter, am Eingang zur Schlucht, befand sich die Klause. Der dort aufgestaute See schimmerte grünlich, da sich die Nadelbäume am umliegenden Berghang darin spiegelten.

Der Klausmeister öffnete mit einem kräftigen Hammerschlag die Klause, rauschend schoss das Wasser hinunter in die Schlucht und bahnte sich schäumend seinen Weg durch das Tal. Wimmer lief nun mit den anderen zurück Richtung Klaushütte. Vier junge Männer hatten dort bereits Fischereihosen über ihre Lederhosen gezogen, die Oberkörper durch Lodenjacken vor der Kälte geschützt. Sie hieben nun mit den gebogenen Stahlspitzen ihrer Handsappies auf die am Ufer liegenden Baumstämme ein und zogen sie nacheinander in den reißenden Fluss. Die Strömung riss die Stämme sofort mit sich. Einer nach dem anderen verschwand aus Wimmers Blickfeld.

Wimmer schätzte, dass circa 20 Stämme auf den Weg gebracht worden waren, als die vier Holzfäller ihre Arbeit einstellten und flussabwärts marschierten. Er folgte ihnen auf dem neben dem Wasser verlaufenden Pfad, gemeinsam mit den anderen Schaulustigen und dem Klausmeister. Die vier Männer mussten immer wieder einen ans Ufer gespülten Stamm mit ihren Sappies kraftvoll ins Wasser zurückziehen. Allesamt waren sie körperlich in einer deutlich besseren Verfassung, als es Wimmer je gewesen war.

Vom Telefonieren und Diktieren bekommt man eben keine stählernen Muskeln! Dafür muss ich aber auch nicht im eiskalten Wasser stehen …

Vor ihnen verengte sich jetzt das Tal, links und rechts ragten wieder Felswände empor. Das Wasser wurde leicht aufgestaut, ein Holzrechen hielt die Stämme davon ab, über die Wehranlage in die Tiefe zu stürzen. Die Holzfäller nahmen sich nun die bereitliegenden Fletzhageln, lange Stangen mit Eisenspitzen, und versuchten damit, vom Damm aus die Stämme zum Ausleitkanal der Triftanlage zu bewegen. Am Ende des circa 110 Meter langen Kanals landeten die Stämme an der Lende.

»Was ist denn das?«, rief ein blonder Holzarbeiter und beugte sich weit über das Geländer.

»Um Himmels willen … Nein, schau nicht hin!« Die Mutter, die neben dem Holzfäller stand, drückte panisch den Kopf ihrer Tochter gegen ihre Hüfte. Das Entsetzen stand ihr ins Gesicht geschrieben.

»Sepp! Hans! Hierher!«, alarmierte der blonde Holzfäller seine Kollegen.

Was ist da los?

Wimmer drängte sich nach vorne. Zwischen zwei Holzstämmen erblickte er zuerst etwas Dunkles, das wie der Stoff einer Jacke aussah. Zwei Arbeiter liefen seitlich über den Steg hinunter zum geschotterten Ufer, sie griffen nach ihren Sappies und wateten im Wasser in Richtung des Rechens der Wehranlage. Nur ganz leicht hieben sie mit ihren Sappies auf die beiden Stämme ein und zogen sie vorsichtig auseinander.

Wimmer stellte sich auf die Zehenspitzen. Jetzt erkannte er es deutlich: Im Wasser trieb ein Körper, das Gesicht nach unten im Wasser. Es schien sich um einen Mann zu handeln. Der blonde Holzfäller ließ seinen Sappie los und watete zwischen die beiden Stämme. Entschlossen zog er den leblosen Körper mit beiden Händen zu sich und drehte ihn um.

Das Gesicht der Leiche war anscheinend zwischen die Baumstämme geraten. Obwohl es entstellt war, wusste Wimmer, wer da tot im Wasser lag.

Und das war ein Problem für ihn.

2

Wien
Sonntag, 2. Oktober

Brandner nippte an seiner Tasse, die mit schwarzem Filterkaffee gefüllt war. Er liebte vor allem den Geruch, den die altmodische Maschine verströmte, wenn das heiße Wasser den gemahlenen Kaffee aufbrühte und dann in die gläserne Kanne plätscherte. Den Geschmack hatte er wieder lieb gewonnen, auch wenn er durchaus einem frisch zubereiteten Espresso viel abgewinnen konnte.

Eva reichte ihm den färbigen Extrateil der Tageszeitung, der immer nur am Wochenende beigefügt wurde. Von Brandner erhielt sie im Gegenzug die Zeitung mitsamt der Titelseite. Stumm lächelten sie sich kurz zu und begannen zu lesen. Vivaldis *Vier Jahreszeiten* liefen so leise im CD-Player, dass Brandner trotz der Musik aus Isabellas Zimmer gedämpfte Stimmen durch den Vorraum bis ins Wohnzimmer hörte. Verstehen konnte er allerdings nicht, was seine Tochter mit ihrem Freund redete. Wie meist am Wochenende hatte er bei ihr übernachtet, nachdem sie gemeinsam das Nachtleben in Wien genossen hatten. Brandners jüngste Tochter, Selina, hatte bei einer Freundin geschlafen.

In der Sonntagsbeilage wurden auf einer Doppelseite ein österreichischer Autor und sein neuester Krimi vorgestellt. Anscheinend wurden dessen bisherige Romane gerade von einem der großen Streaming-Anbieter für ein weltweites Publikum verfilmt.

Sehr beeindruckend, trotzdem werde ich keiner von deinen Lesern. Ich habe genug Mord und Totschlag in der realen Welt.

Der Klingelton von Brandners Mobiltelefon ertönte aus dem Vorraum. Eva verdrehte ihre Augen.

»Da muss ich rangehen.«

»Bereitschaft, ich weiß.«

Brandner legte die Beilage auf den Couchtisch, stand auf, verließ das Zimmer und nahm das Gespräch an.

»Herr Direktor Böck, was ist passiert?«

»Im Mendlingtal, bei Göstling, ist ein Toter im wahrsten Sinn des Wortes aus dem Wasser aufgetaucht.«

»Fremdeinwirkung?«

»Wissen wir noch nicht. Die Gerichtsmedizin und die Kriminaltechnik sind unterwegs.«

»Dann sollte ich mich wohl auf den Weg machen?«

Es war eine rein rhetorische Frage Brandners, ihm war klar, dass ihn sein Vorgesetzter sonst nicht angerufen hätte.

»Sie nehmen Lindner mit.«

Muss das sein?, lag es Brandner auf der Zunge, doch er verkniff sich den Kommentar, da es sinnlos war, darüber mit Böck zu diskutieren.

Sein Vorgesetzter hatte es sich in den Kopf gesetzt, dass sein bester Mann sich persönlich dem Neuzugang im Ermittlerteam des LKA annehmen sollte. »Der beste Mann, das sind Sie, Major Brandner, da bestehen gar keine Zweifel!«, hatte Böck vor wenigen Tagen verlautbart. Worin sich Böcks ungewöhnlich deutliches Lob tatsächlich begründet hatte, war Brandner rasch klar gewesen: Böck hatte darauf abgezielt, es Brandner unmöglich zu machen, Nein zu sagen.

»Ich rufe die Neue sofort an«, erwiderte Brandner daher jetzt.

»Tun Sie das! Sie kann sich gleich daran gewöhnen, dass in unserem Beruf Sonn- und Feiertage nicht heilig sind. Die Lindner wollte es ja nicht anders«, fügte Böck hinzu und legte dann auf, ohne sich zu verabschieden.

Eine junge Frau als Kollegin, nicht viel älter als Isabella, damit werde ich schon zurechtkommen.

Sicherheitshalber packte er seine Toilettensachen, Unterwäsche und Hemden in eine Tasche.

»Kann länger dauern«, informierte er Eva.

Die nickte nur, danach küssten sie sich zum Abschied. »Pass auf dich auf!«, hörte er noch, als er die Tür hinter sich schloss.

3

Ybbsitz, Niederösterreich
Freitag, 17. Juni

Endlich ist wieder etwas los in Ybbsitz!

In Nicoles Bauch kribbelte es regelrecht. Sie liebte das *Ferraculum* und hatte es kaum erwarten können. Dabei war es durchaus nicht so, dass sich in ihrem Heimatort nie etwas rührte. Die Ybbsitzer waren eine eingeschworene Gemeinschaft, die gerne Feste jedweder Art feierte. Von der Feuerwehr über die Musikkapelle und den Sportverein bis hin zur katholischen Jugend und Landjugend organisierte jeder Verein mindestens eine Veranstaltung im Jahr, die dann auch von einem Großteil der Einheimischen besucht wurde. Dort traf Nicole allerdings immerzu auf dieselben Gesichter. Keinerlei Überraschendes erwartete sie bei einem dieser Wald- und Wiesenfeste oder den Frühschoppen.

Mit dem *Ferraculum* war es anderes. Zum internationalen Schmiedetreffen reisten Fachleute aus allen Teilen der Erde an und präsentierten ihr Können. Auch das Publikum setzte sich nicht nur aus Ybbsitzern und Ansässigen der Nachbargemeinden zusammen, sondern aus Bewohnern des gesamten Mostviertels. Über die Jahre hatte sich das *Ferraculum* einen Namen gemacht. Abends, wenn die Kohlen in den offenen Feuerstellen orangerot glühten, wurde es romantisch.

Nicole hungerte nach Nähe. Ihre Scheidung lag lange zurück, für eine feste Bindung war sie trotzdem nicht bereit. Blicke, die sie bewunderten, Hände, die sie an sich zogen, Küsse, die heiß auf ihren Lippen brannten, das alles brauchte sie jedoch. Sie wollte sich wieder wie eine Frau fühlen, die begehrt wurde. Sie lechzte seit Wochen, wenn nicht Monaten, nach den Berührungen eines Mannes. An diesem Wochenende würde ihre Sehnsucht gestillt werden, ohne dass sie sich mit einem der Einheimischen einlassen musste. Da war sie sich sicher. Es musste einfach klappen!

Seit Tagen überlegte Nicole, was sie an diesem Abend anziehen sollte. Sie wollte, ja, sie durfte nicht wie eine Schlampe daherkommen. Schließlich lebte und arbeitete sie in dem Ort und musste auf ihr Ansehen achten, das zugegebenermaßen mit der Scheidung bereits einige Schrammen abbekommen hatte. Doch ihr Ruf war noch nicht vollkommen ruiniert. Zumindest galt sie noch nicht als Aussätzige.

Heutzutage war eine Scheidung etwas vollkommen Normales. Nicht ganz ins Bild der einheimischen Männer – und der einen oder anderen Frau – wollte es jedoch passen, dass auch sie damals fremdgegangen war. Nachdem Lukas sie nach Strich und Faden mit ihrer besten Freundin betrogen hatte, war Nicole mit seinem besten Kumpel in die Kiste gesprungen. Es hatte ihr nichts bedeutet, sie hatte es nur getan, um Lukas eins auszuwischen. Der Waschlappen hatte sich danach in sämtlichen Wirtshäusern des Ortes, und davon gab es in Ybbsitz nach wie vor viele, über ihre Untreue ausgeweint. Nicole reichte daraufhin die Scheidung ein, für sie war damit das Kapitel endgültig beendet. Nun sollte bald genug Gras darüber gewachsen sein, damit sie wieder durch den Ort schlendern konnte, ohne in ihrem Rücken das Getuschel der alten Weiber und das anzügliche Lachen der verheirateten Männer zu hören.

Nicole betrachtete sich nochmals in ihrer schwarzen Seidenunterwäsche im Spiegel, dann schlüpfte sie in den dunkelroten Rock, der knapp unterhalb ihrer Knie endete. Auch ohne ihre Vorgeschichte würde sie heute keinen Minirock zu ihren Strümpfen tragen. Der würde ihr zwar gut stehen, aber solch ein Outfit passte einfach besser zu den ganz jungen Mädels. Ein etwas erfahrenerer Mann würde ohnehin unter ihrer blauen Bluse und dem dezenteren Rock ihren attraktiven Körper erkennen. Am wichtigsten waren sowieso die Augen, die Haare und die Schuhe.

Die Friseurin hatte ganze Arbeit geleistet: Die Hochsteckfrisur hielt ihre kastanienbraunen Locken im Zaum und legte ihren Hals frei. Genau dort wollte sie seinen ersten Kuss spüren.

Wer auch immer du sein wirst.

Nicoles braune Augen strahlten und wurden perfekt von den schwarzen langen Wimpern umrandet. Sie schlüpfte in ihre Stöckelschuhe und griff nach ihrer Handtasche.

»Na, da will wohl heute Nacht jemand was erleben!«

Ausgerechnet Steiner, ihr Nachbar, der nicht nur hier wohnte, sondern auch die Schmiede nebenan betrieb, war der Erste, der ihr vor der Tür begegnete. Früher oder später wäre sie ihm aber an diesem Abend ohnehin über den Weg gelaufen.

»Ich habe mich nur geduscht und frische Kleidung angezogen, würde dir auch einmal guttun!«, entgegnete sie frech und stöckelte in Richtung Marktplatz davon.

Steiner pfiff ihr nach. Nicole reagierte nicht darauf, doch sie spürte, wie sie errötete.

4

Sankt Pölten, Niederösterreich
Sonntag, 2. Oktober

»Endlich, mein erster Toter, darauf freue ich mich schon lange!«

Inspektorin Annika Lindner strahlte, als sie in Brandners Audi stieg und sich auf den Beifahrersitz setzte.

Immerhin ist sie schon fast perfekt für eine Beerdigung gekleidet.

Auch die Haare seiner neuen Kollegin waren pechschwarz, ihr Gesicht wirkte jedoch so blass, als wäre ihre Haut noch nie direkt der Sonne ausgesetzt gewesen. Die linke Seite ihres Kopfs war kahl rasiert, eine schwarze Rose zierte die Kopfhaut, der Stängel der Blume schlängelte sich hinterm Ohr den Nacken hinunter und verschwand unter ihrer Lederjacke.

Sie muss schon herausragende Bewertungen gehabt haben, wenn sie Böck trotzdem eingestellt hat.

Noch einmal schaute Brandner zu seiner Kollegin nach rechts, bevor er losfuhr. Annika Lindner war noch schlanker als Isabella und Selina, und das, obwohl seine beiden Töchter kein Kilo zu viel an den Hüften hatten.

»Wissen wir schon, ob er ermordet wurde? Mein erster Mordfall, das wäre krass!«

Mal schauen, ob du den Anblick der Leiche verkraftest, wärst nicht die Erste, die auf cool macht und sich dann die Seele aus dem Leib kotzt.

»Abwarten«, antwortete Brandner und fuhr los. »Noch wissen wir nichts Genaueres. Die Gerichtsmedizin und Kriminaltechnik sind so wie wir auf dem Weg zum Fundort.«

Brandner nahm bereits die Autobahnauffahrt, Lindners Privat-PKW blieb auf dem Parkplatz der Raststation zurück.

»Warst du schon einmal im Mendlingtal?«

Lindner schüttelte ihren Kopf. »Nicht direkt, aber ich war schon Skifahren am Hochkar, Mountainbiken auf den Siebenhütten und Raften in Palfau. Die Orte sind alle gleich um die Ecke.«

Brandner blickte sie kurz an, dann schaute er wieder auf die Fahrbahn.

»Was?«, wollte sie wissen. »Nur weil ich nicht jeden Tag mit einer Jogginghose oder mit einem Fahrradhelm durch die Gegend laufe, heißt das nicht, dass ich überhaupt keinen Freiluftsport betreibe.«

Soviel dazu, dass diese Haut noch nie Sonne abbekommen hat. Wie macht sie das bloß? Lichtschutzfaktor 200? Oder hat sie alles mit Schminke überdeckt? Egal, nicht dein Problem, konzentriere dich lieber aufs Autofahren.

»In eineinhalb Stunden solltest du jedenfalls deinen ersten Toten zu Gesicht bekommen.«

Ohne Blaulicht würden sie es kaum schneller von Sankt Pölten ins Mendlingtal schaffen, als sein Navi es berechnet hatte. Er rief den Inspektionskommandanten Leitner vor Ort an und stellte klar, dass nur der Fundort großräumig abgesperrt werden sollte. Sonst hatten die Polizisten sich zurückzuhalten und auf ihn und die Kriminaltechnik zu warten. Danach kontaktierte er Elfriede Auer. Die

Kriminaltechnikerin befand sich mit ihren Kollegen circa eine halbe Fahrstunde vor Brandner und Lindner. Sie bildeten einen kleinen Konvoi mit der Gerichtsmedizinerin Doktor Heiß.

Das kommt halt davon, wenn ich immer von Wien aus wegstarten muss, aber ein Umzug nach Sankt Pölten kommt für meine Damen nach wie vor nicht infrage.

Er beendete das Telefonat und setzte den Blinker, um bei Ybbs von der Autobahn abzufahren.

Zeit für mehr Small Talk mit der Lindner?

Brandner hatte im Moment keine Lust darauf, dafür war sicher in den nächsten Tagen noch genug Zeit. Als sie Wieselburg durchquerten, schaltete er daher das Autoradio ein, sodass seine Kollegin nicht von sich aus auf die Idee kam, ein Gespräch mit ihm zu beginnen. In den Nachrichten wurde, wenig überraschend, noch nichts von dem Fund im Mendlingtal berichtet.

Als sie durch den Ort Gaming fuhren, bewunderte Brandner den Bau der Kartause, und ihm fiel erstmals das braune Hinweisschild mit der Aufschrift »Eisenstraße« auf. Gleich darüber war ein Zusatzschild mit einem Pfeil befestigt, der die Richtung zu einer Schauschmiede zeigte.

Sie verließen Gaming und fuhren einen Pass hinauf, oben bog links eine Straße nach Lackenhof ab, dort befand sich das bekannte Skigebiet am Ötscher. Brandner lenkte seinen Audi bergab, unten im Tal kamen sie an Lunz am See vorbei, dann folgte Göstling und schließlich passierten sie die Auffahrt, die ins Skigebiet Hochkar führte. Brandner erinnerte sich an seinen ersten gemeinsamen Urlaub mit Eva, den sie dort oben vor vielen Jahren im Winter verbracht hatten. Und er dachte daran, was viele

Jahre später passiert war, als er mit Eva wieder am Hochkar einen Kurzurlaub – erstmals ohne die beiden Mädels – hatte verbringen wollen. Damals war er noch beim Bundeskriminalamt gewesen und er war zu einem Mord auf die Schusteralm gerufen worden, die nur geschätzte 20, 25 Fahrminuten entfernt lag.

Brandners Gedanken kreisten um die Vergangenheit, er lenkte den Audi automatisch, ohne darüber nachzudenken, daher überraschte ihn die weibliche Stimme des Navis mit der Ansage: »Sie sind am Ziel angekommen. Das Ziel liegt rechts.«

Am Straßenrand stand eine große Skulptur, die einen Holzfäller mit Hut und Flößerhaken darstellte. Auf dem großen Parkplatz dahinter standen bereits drei Polizeiautos, das Fahrzeug der Kriminaltechnik und das der Gerichtsmedizin. Ein Uniformierter lehnte an einem der drei Wagen und schaute sie interessiert an. Mehrere Privatautos waren abgestellt. Fahnenmasten zierten den Platz, auf einer Fahne prangten der graue Schriftzug »Eisenstraße« auf weißem Hintergrund und das dreieckige Symbol mit der Unterschrift »Kulturpark«. Auf einer anderen stand: »Niederösterreich top Ausflugsziel, besonders sehenswert«.

»Wir arbeiten, wo andere Urlaub machen, was will man mehr an einem Sonntag!«, merkte Lindner an. Brandner ersparte sich eine Antwort.

5

Ybbsitz, Niederösterreich
Freitag, 17. Juni

Nicole griff nach dem Flyer, der gleich neben dem Eingang ins *Ferrum* auf einem der Tische lag. Hier trafen sich heute Abend die einheimischen mit den ausländischen Schmieden, um mit den Funktionären der Eisenstraße über ihre Arbeiten und die noch bevorstehenden zwei Tage des Schmiedefests *Ferraculum* zu diskutieren. Das *Ferrum* war eigentlich ein Museum der Eisenstraße, im Shop konnten interessierte Kunden Kunsthandwerksstücke erwerben, während in den oberen Stockwerken Veranstaltungen wie diese stattfanden.

Nicole wollte nur kurz vorbeischauen, bevor sie sich ins Partygetümmel stürzte. Später würde in und außerhalb einer der alten Schmieden neben dem Prollingbach gefeiert, getanzt und getrunken werden. Der Flyer, den Nicole in der Hand hielt, machte Werbung für einen Schmiedekurs.

»Na, interessiert?«

Die dunkle Stimme kam ihr nicht bekannt vor, bewusst ließ sie ihren Blick noch zwei Sekunden auf dem Flyer ruhen, bevor sie aufschaute. Sie staunte, als sie erkannte, wer vor ihr stand. Gottfried Lugbauer, der Schmiedepapst höchstpersönlich. Das an einem Abend wie diesem, an dem er sicher mehr als genug zu tun hatte.

Lugbauer trug natürlich die Festtagstracht der Eisenstraße mit den Metallgussknöpfen und der eisernen

Anstecknadel am Sakko, und darunter leuchtete das Gilet wie dunkelrot glühendes Eisen.

Nicole wiegte ihren Kopf und verlagerte ihr Gewicht auf das linke Bein. »Ich weiß nicht so recht«, entgegnete sie. »Nehmen daran auch andere Frauen teil?«

Lugbauer schmunzelte. »Also, das kann ich zu diesem Zeitpunkt noch nicht versprechen.« Jetzt lächelte er sie offen an, makellose Zähne kamen zum Vorschein. »Ich würde mich aber persönlich um dich kümmern und dafür sorgen, dass es dir an nichts fehlt. Du würdest es sicher genießen und keinesfalls bereuen, wenn du teilnimmst!«

»Na, ich weiß nicht«, wiederholte sie und stemmte ihre beiden Hände in die Hüften.

»Ganz sicher, du wirst es lieben!« Er zwinkerte ihr zu. »Zwei Schwarze Grafen, heiße Kohlen, romantisches Lagerfeuer, Übernachtung im Zelt, was will das Herz mehr?«

Flirtet er tatsächlich mit mir? Dass er sich und offensichtlich einen anderen Schmied als Schwarzer Graf bezeichnet, hat nichts zu bedeuten, das machen sie alle, aber der Rest … Er ist zu alt für mich, und er ist verheiratet. Das ist nicht gerade das, was ich mir heute vorgestellt habe … Seine Frau sehe ich allerdings nirgends, und er ist für sein Alter gut in Form. Das Schwingen des Vorschlaghammers hält ihn wohl fit.

»Ich überlege es mir«, antwortete sie.

»Der Kurs ist erst im Herbst, bis dahin rinnt noch viel Wasser den Prollingbach hinunter.« Lugbauer zeigte nach rechts hinter den Kassabereich. »Da vorne sehe ich Alfred Wimmer, mit ihm muss ich dringend etwas besprechen. Lauf mir ja nicht weg! Ich lade dich noch auf ein Achterl Rot ein.«

»Musst du nicht zu den Schmieden und mit ihnen über ihre Werkstücke und Pläne für die nächsten Tage reden?«

»Dafür ist noch genug Zeit. Erst das Vergnügen, dann die Arbeit, lautet meine Devise!« Lugbauer legte Nicole freundschaftlich die Hand auf die Schulter und drückte sie sanft, dann wandte er sich dem Industriellen Wimmer zu.

Nicole wusste nicht recht, was sie von Lugbauer halten sollte. Sie betrachtete erneut den Flyer in ihrer Hand. Der Kurs würde in der revitalisierten Schmiede im Mendlingtal stattfinden und vom Schmiedepapst begleitet werden.

Das wäre vielleicht doch etwas für mich. Das Mendlingtal ist weit genug entfernt, und es werden schon gestandene Männer daran teilnehmen, denen ich zeigen kann, was ich draufhabe.

Sie schaute sich um: Lugbauer redete noch immer mit Wimmer, doch er suchte währenddessen immer wieder den Blickkontakt mit ihr, daher verwarf sie ihren ursprünglichen Plan. Obwohl auf der Party in und vor der alten Schmiede Livemusik gespielt wurde, blieb sie im *Ferrum*. Je länger Nicole Lugbauer aus der Ferne betrachtete, desto attraktiver fand sie ihn.

Ich suche nichts Festes, ein verheirateter Mann ist da vielleicht gar nicht so verkehrt …

6

Mendlingtal, Niederösterreich
Sonntag, 2. Oktober

Brandner lief hinter dem Polizisten her, der am Parkplatz auf sie gewartet hatte. Sie waren über einen Weg mit Stufen nach unten ins Tal marschiert, von dort weiter flussaufwärts. Der Uniformierte legte ein hohes Tempo vor, sodass Brandner Mühe hatte, ihm zu folgen. Lindner, die knapp hinter ihm ging, schien hingegen mühelos mitzuhalten.

Nun wurde der Polizist langsamer, erstmals konnte Brandner wieder ruhig atmen und sich umsehen. Die Stege und die Holztriftanlage entlang des engen felsigen Tals beeindruckten ihn.

Schön ist es hier, eine Wildnis, die der Mensch seit jeher zu beherrschen versucht. Die sich jedoch nur schwer zähmen lässt.

»Gleich sind wir da!«, ließ sie der Uniformierte wissen.

Im Schatten und in der Nähe des Wassers schien die Luft noch kühler zu sein als ohnehin. Vor ihnen öffnete sich das Tal, der Fluss war zu einem kleinen See aufgestaut, der Zugang war mit einem rot-weißen Band gesperrt.

Fünf Polizisten in Uniform hielten die Schaulustigen an der gegenüberliegenden Seite im Zaum, ein Mann genügte an der schmalen Seite, von der sie sich näherten. Hinter der Absperrung befand sich Elfriede Auer mit ihren drei männlichen Kollegen von der Spurensicherung. Doktor

Heiß richtete sich auf und winkte Brandner zu sich ans Ufer. Neben ihr auf dem Boden lag die Leiche.

Jetzt werden wir gleich sehen, ob dir dein erster Toter wirklich so viel Freude bereitet.

Sie schlüpften unter der Absperrung hindurch, stiegen über die Stufen des Steges hinunter und liefen über Schotter bis zum Ufer.

»Doktor Heiß, darf ich vorstellen: Inspektorin Lindner, meine neue Kollegin.«

»Guten Tag und herzlich willkommen im Team!« Doktor Heiß hielt Lindner die geschlossene Faust entgegen, die diese ihrerseits mit ihrer Faust touchierte.

»Todesursache?«, wollte Brandner wissen.

»Es sieht nicht danach aus, als wäre er ertrunken«, stellte Heiß fest. »Die Verletzungen im Gesicht sind post mortem entstanden und rühren wahrscheinlich alle von den Baumstämmen her, die durch das Schautriften heute Morgen hier im Becken gelandet sind.«

Heiß zeigte ins Wasser zum Damm mit dem Holzrechen, vor dem sich die Stämme im hüfttiefen Wasser stauten. Brandner zählte über 15.

»Dazwischen eingekeilt wurde der Tote gefunden, von den Holzfällern, die das Schautriften durchgeführt haben«, erklärte Elfriede Auer. Die Technikerin war zu ihnen getreten.

Brandner nickte. »Todesursache?«, wiederholte er.

»Lassen wir doch unserer neuen Kollegin den Vortritt«, schlug Heiß vor und hielt Lindner eine Packung Handschuhe entgegen.

Lindner schaute kurz zu Brandner. Als der mit einem Nicken zustimmte, nahm sie die Verpackung, öffnete sie und zog die Handschuhe über die Finger. Danach hockte sie sich neben den Leichnam. »Jacke, Hose, Schuhe und Haare sind noch immer feucht«, stellte sie fest. »Nase und das rechte Jochbein scheinen gebrochen zu sein. Der rechte Unterschenkel ist derart verdreht, dass der Knochen auch nicht mehr heil sein dürfte.«

Der Tote lag auf dem Rücken, Lindner schob die dunkelgraue Stoffjacke links und rechts zur Seite, was leicht vonstattenging, da der Reißverschluss nicht geschlossen war. Das Hemd darunter war vermutlich einmal weiß gewesen, nun war es zerrissen und schmutzig.

»Fotos sind gemacht?«, fragte Lindner.

»Alles im Kasten«, bestätigte Auer.

Lindner knöpfte daraufhin das Hemd auf und legte Brust und Bauch frei. Unterhalb des Brustkorbs klaffte links eine hässliche Wunde. Lindner zeigte darauf. »Schaut nach Fremdeinwirkung aus. Ein spitzer Gegenstand, von unten direkt ins Herz.«

Heiß nickte. »Genaueres über die Tatwaffe kann ich erst nach der Obduktion sagen.«

»Todeszeitpunkt?«, erkundigte sich Brandner.

»Lange ist er nicht im Wasser gelegen, irgendwann heute Nacht, viel genauer geht es leider nicht.«

»Ist er unmittelbar nach seinem Tod im Wasser gelandet?«

»Wahrscheinlich, aber absolut sicher können wir uns nicht sein.«

»Habt ihr den Tatort schon gefunden?«, hakte Brandner nach.

Die Kriminaltechnikerin schüttelte den Kopf.

»Der muss irgendwo in der Nähe oder flussaufwärts liegen«, merkte Lindner an.

Auer zog die Augenbrauen zusammen. »Wir sind dran«, erwiderte sie. »Allerdings war der Wasserpegel durch das Schautriften höher als sonst, dadurch wurde der Leichnam wahrscheinlich weggespült und es könnten Spuren vom Wasser vernichtet worden sein.«

»Wissen wir schon, wer der Tote ist?«, fragte Brandner in die Runde.

Auer deutete mit dem Kopf zu einem der Polizisten bei den Absperrungen, neben dem ein Mann stand, der das Geschehen genau verfolgte.

»Der Herr da drüben wollte unbedingt mit uns reden, sagt, er kennt den Toten. Ich habe ihn gebeten, auf euch zu warten, dann muss er nicht alles doppelt erzählen.«

»Danke!« Brandner wandte sich zu seiner Kollegin. »Komm mit, kannst auch gleich deine erste Zeugenbefragung durchführen. Das mit dem Leichnam hat ja ganz gut geklappt!«

»Jederzeit wieder«, erwiderte Lindner.

Allerdings war in den letzten Minuten jedwede Farbe aus ihrem Gesicht gewichen, die zuvor während des strammen Marsches doch für kurze Zeit zu erkennen gewesen war. Nach der Leichenbeschau war Lindner wieder so blass wie immer.

7

Ybbsitz, Niederösterreich
Freitag, 17. Juni

Lugbauer ist nicht bei der Sache.

»Vielleicht reden wir doch lieber ein anderes Mal«, schlug Alfred Wimmer dem Schmiedepapst vor.

Immer wieder schaute Lugbauer an Wimmer vorbei, und das, obwohl es für ihn das Wichtigste auf der Welt sein sollte, sich mit ihm zu unterhalten. Immerhin ging es um den Auftrag des Jahres! Wimmer konnte sich beim besten Willen nicht vorstellen, dass den einheimischen Schmieden irgendjemand sonst ein vergleichbares Großprojekt anbot: eine neue Aussichtsplattform, direkt über der Felswand am Prochenberg, dem Hausberg der Ybbsitzer. Ein edles Stahlgerüst mit kunstvoll geschmiedetem Stahl und natürlich mitsamt dem Prunkstück – einem Geländer, das der Schmiedemetropole gerecht werden sollte.

Eine Referenz für jede Schmiede, die daran mitarbeitet, und ein Denkmal für denjenigen, der das Design entwerfen darf!

Als Kopf und Architekten hinter dem Projekt wollte sich Wimmer den Schmiedepapst ins Boot holen. Niemand anderer als Gottfried Lugbauer höchstpersönlich sollte die kunstfertige Konstruktion planen. Sie sollte einmalig werden. Wimmer selbst würde das Prestige für sich beanspruchen, die Idee gehabt und das Projekt in Auftrag gegeben zu haben.

»Also am Prochenberg oben soll es stehen?«, fragte Lugbauer nun.

»Ja, es gibt zwar neben der Hütte bereits einen Aussichtsturm, aber eine geschmiedete Plattform gleich über oder in der Felswand – das wäre geradezu atemberaubend und eine vollkommen neue Dimension!«

Lugbauer rieb sich mit der linken Hand am Kinn. »Das müssen wir uns gemeinsam oben am Berg anschauen. Mir geistern aber schon ein paar Ideen dazu im Kopf herum.«

»Na, was heckt ihr beiden denn aus?«

Wimmer sah denjenigen nicht, der sie unterbrochen hatte. Er musste gerade hinter ihm das *Ferrum* betreten haben.

»Steiner, das geht dich einen feuchten Dreck an!«, entgegnete Lugbauer schroff.

»Musst mich nicht gleich so anschnauzen! Ich lasse euch schon in Ruhe.«

Wimmer wartete, bis ihn der Ybbsitzer Schmied nicht mehr hören konnte. »Auf den Steiner scheinst du nicht gut zu sprechen zu sein.«

»Der taugt nur zum Hufschmied, erhofft sich aber jedes Mal eine Auszeichnung beim *Ferraculum.*«

»Daher weht der Wind also! Ist sicher nicht immer einfach, bei den Juroren dabei zu sein.«

»Hallo, Gottfried!« Ein weiterer Schmied begrüßte Lugbauer.

»Servus, Martin!«, antwortete der Schmiedepapst. »Schön, dich zu sehen!«

Zu ihm ist er viel freundlicher.

»Ich gehe schon mal nach oben«, sagte der andere.

»Bis gleich!«, rief Lugbauer ihm hinterher.

»Wie heißt er noch mal?«, erkundigte sich Wimmer.

»Martin Meinhart. Der hat wirklich was auf dem Kasten, jedenfalls deutlich mehr als der Steiner. Würde mich nicht wundern, wenn er diesmal eine Auszeichnung bekommt.«

Lugbauers Blick schweifte wieder ab. Hinter Wimmer schien irgendetwas oder irgendjemand ständig seine Aufmerksamkeit zu beanspruchen.

Wenn jetzt ein Schmied nach dem anderen hereinkommt und mit ihm reden will, kommen wir gar nicht mehr weiter.

»Gottfried, wir vertagen unser Gespräch besser. Schauen wir uns doch nächste Woche die Stelle am Berg gemeinsam an, was meinst du?«

»Den Ybbsitzer Hausberg besteigen, warum eigentlich nicht? Ich melde mich bei dir!« Lugbauer klopfte ihm auf die Schulter und ging an ihm vorbei.

Wimmer drehte sich um und sah dem Schmiedepapst nach.

Schau einer an, die Nicole, das hätte ich jetzt nicht gedacht!

8

Mendlingtal, Niederösterreich
Sonntag, 2. Oktober

Der Mann in Uniform gleich neben der Absperrung stellte sich als Inspektionskommandant Leitner vor. Mit ihm also hatte er während der Autofahrt telefoniert. Der Polizist zeigte sich sichtlich verwundert über das Erscheinungsbild von Brandners Kollegin.

»Sie können ihren Mund gerne wieder schließen, nicht dass noch eine Biene eines unnatürlichen Todes stirbt«, merkte Lindner spitz an.

Auf den Mund gefallen ist sie jedenfalls nicht.

Leitner schaute pikiert zu ihrem Vorgesetzten, der zuckte mit seinen Achseln.

Der Mann neben dem Inspektionskommandanten räusperte sich. »Entschuldigung!«

»Richtig«, sagte Leitner rasch, »Herr Major Brandner, darf ich vorstellen: Herr Alfred Wimmer. Er konnte den Leichnam bereits eindeutig identifizieren.«

»Wie heißt der Tote?«, begann Lindner mit der Befragung, wie sie es besprochen hatten.

Wimmer schaute zuerst irritiert zu Leitner, dann zu Brandner. Annika Lindner seufzte daraufhin für alle hörbar und verdrehte die Augen.

»Raus mit der Sprache!«, forderte Brandner. »Die Fragen meiner Kollegin sind genauso zu beantworten wie meine.«

»Sie sind aber ihr Vorgesetzter, Herr Major, oder?«, erkundigte sich der Zeuge.

»Das ist korrekt, aber Inspektorin Lindner ermittelt ebenfalls in diesem Fall.«

»Nichts für ungut!« Wimmer schaute nun Brandners Kollegin in die Augen. »Alle Achtung«, sagte er zu ihr, »so jung und schon Inspektorin beim Landeskriminalamt. Sie könnten es noch weit bringen, wenn …« Den Rest des Satzes vollendete er nicht.

Lindner presste ihre Lippen aufeinander. »Wir wissen noch immer nicht, wie der Tote heißt«, stellte sie schließlich fest.

»Der Tote, ja, richtig, das ist der Gottfried Lugbauer, der Schmiedepapst.«

»Schmiedepapst? Dann sitzt er jetzt im Himmel sicher neben Jesus und Gott«, bemerkte Lindner mit todernster Miene.

Das darf doch nicht wahr sein!

Wimmer schaute Hilfe suchend zum Inspektionskommandanten, dann zu Brandner. Ganz offensichtlich wusste er nicht, wie er reagieren sollte.

»Sind Sie sicher?«, übernahm Brandner das Gespräch. Innerlich kämpfte er dagegen an, Lindner nicht vor aller Augen zu rügen.

»Aber ja, ich bin doch vergangene Nacht mit den anderen und dem Gottfried noch beim Lagerfeuer gesessen!«

»Welche anderen, und wo genau haben Sie sich aufgehalten?«, fragte Lindner.

Brandner trat daraufhin einen Schritt zurück.

Ist schon in Ordnung, wenn sie das Heft wieder in die

Hand nimmt. Schließlich habe ich ihr vorhin genau das vorgeschlagen.

»Gleich vorne beim Eingang ins Tal. Wir zelten auf der Wiese zwischen dem Schmiedegesellenhaus und dem Bachbett. Dort haben wir auch die Würstel am Lagerfeuer gegrillt.«

»Warum in Herrgottsnamen zeltet jemand im Oktober im Mendlingtal?«, hakte Lindner nach.

Nach »Schmiedepapst« also nun »Herrgottsnamen«. Wer hätte gedacht, dass solch ein Ausdruck in ihrem Wortschatz vorkommt. Aber sie fährt auch mit einem Schlauchboot im Wildwasser und brettert mit dem Fahrrad steinige Gebirgswege hinunter. Und bleibt dabei blass im Gesicht ...

»Wir nehmen alle an einem Schmiedekurs vom Lugbauer in der revitalisierten Hammerschmiede im Mendlingtal teil. Das ist eine einmalige Gelegenheit, das gibt's nicht alle Tage!«

»Blöderweise ist der Kurs wohl jetzt vorbei und die Gelegenheit wird's nie wieder geben«, merkte Lindner an. »Wo halten sich die anderen Teilnehmer auf?«

Wimmer blickte wieder ratlos zum Inspektionskommandanten.

Mit den Anweisungen einer so jungen Frau kommt Wimmer offensichtlich schwer zurecht. Er scheint der Typ Mann zu sein, der eher mit der Jugend oder mit seinen Angestellten anschafft. Nach dem verunglückten Start macht sie es ihm aber auch nicht gerade leicht ...

Leitner beantwortete Lindners Frage anstelle von Wimmer: »Die anderen sind beim Schmiedegesellenhaus. Ein Kollege nimmt gerade die Personalien auf und stellt sicher, dass keiner abreist, bevor Sie nicht mit ihnen gesprochen haben.«

»Sehr gut, Herr Inspektionskommandant!«, lobte Lindner den Beamten, der vom Rang und vor allem seiner Erfahrung eigentlich über ihr stand. »Dann gehen wir jetzt wohl am besten alle zu diesem Schmiedegesellenhaus und suchen uns einen Platz, wo wir mit jedem einzeln ungestört reden können. Beeilung, wir sind spät dran!«

Wimmer und Leitner schauten wieder einmal zu Brandner. Der nickte, etwas forsch, die Lindner, aber tatsächlich hatte die Sonne bereits den Zenit überschritten.

Leitner zeigte bachabwärts. »Wir müssen dorthin zurück, wo Sie gerade hergekommen sind.«

9

Ybbsitz, Niederösterreich
Montag, 20. Juni

Der Unterricht war vorbei. Nicole würde zwar am Nachmittag noch Hausübungen ihrer Schüler kontrollieren, vorher musste sie aber etwas essen. Von der Schule zum

Nahversorger war es nicht weit, und auch um zu ihrer Wohnung zu gelangen, brauchte sie kein Auto. An einem normalen Arbeitstag war Nicole entweder wie heute zu Fuß oder mit dem Fahrrad unterwegs.

Nicole nahm sich einen Einkaufswagen, die automatische Schiebetür öffnete sich, und Nicole betrat das Geschäft. »Mahlzeit!«, sagte sie laut.

Gertraud Langer saß an der Kassa, sie erwiderte den Gruß nicht, und auch die anderen beiden Frauen, die gerade ihre Einkäufe auf das Förderband legten, blieben stumm.

Die sind heute anscheinend mit dem falschen Fuß aufgestanden.

Nicole schob ihren Wagen nach hinten zum Gefrierregal. Sie griff sich eine Packung Gemüselasagne, danach ging sie in die Getränkeabteilung. Eine Flasche Blaufränkischer aus dem Burgenland, biologisch hergestellt, landete neben der Lasagne im Wagen. Danach nahm sie sich noch einen grünen Salat.

Was zu lesen, wäre auch nicht schlecht, was Interessanteres als Hausübungen.

Das Regal mit den Magazinen befand sich unmittelbar vor der Kassa. Welche Zeitschrift sollte sie nehmen? Ein Klatschmagazin über die Königshäuser? Gesundheit? Yoga? Doch Handwerken?

»Was die sich erlaubt!«, hörte sie nun die gedämpfte Stimme Gertraud. »So eine schimpft sich Lehrerin! Ich weiß nicht, ob ich meine beiden Buben von der noch unterrichten lassen will. Die hat sich einfach nicht im Griff!«

»Eine Schlampe ist das! Die steigt doch mit jedem ins Bett. Hast vollkommen recht! Hinauswerfen sollte man sie aus der Schule!«

Nicoles Knie wurden weich. Sie hielt sich am Einkaufswagen fest, um nicht umzukippen.

Verlogene Weiber! Wäre ich ein Mann, dann wäre ich der tollste Typ, aber so bin ich einfach eine »Schlampe« für sie. Es ist so ungerecht!

Nicole befeuchtete mit ihrer Zunge ihre Lippen, die sich mit einem Mal spröde anfühlten.

Wenn sich die Langer das Maul derart über mich zerreißt, dann weiß bald ganz Ybbsitz, mit wem ich am Wochenende gevögelt habe. Dann kann ich vergessen, dass bald Gras über die Scheidung und deren Folgen gewachsen ist.

Nicole legte das Psychologiemagazin in den Einkaufswagen. Diese Ausgabe handelte laut Headline von Außenseitern und Mobbingopfern. Bewusst touchierte Nicole leicht das Regal mit dem Wagen, sodass es schepperte und die tratschenden Weiber aufhorchten.

Als sie um die Ecke bog, strahlte Gertraud Langer sie an. »Hallo, Nicole! Ich habe dich gar nicht hereinkommen sehen. Schön, dass du da bist!«

Verlogenes Miststück!

10

Mendlingtal, Niederösterreich
Sonntag, 2. Oktober

Es roch nach Rauch.

Ist das ein Lagerfeuer oder haben sie die Schmiede in Betrieb genommen? Das würde zu dem Geräusch passen.

Brandner lief mit Lindner, Leitner und Wimmer den Holzsteg entlang. Tatsächlich, aus dem Schornstein des Gebäudes, das gleich an die Venezianer-Säge anschloss, stieg Rauch in den Himmel. Als sie näher kamen, waren dumpfe Schläge deutlich zu hören.

»Das Mühlrad treibt jetzt auch wieder den Schmiedehammer an«, erklärte Wimmer unaufgefordert. »Lange Zeit wurde es nur mehr für die Säge verwendet, aber das hat Lugbauer vor Kurzem geändert.«

Brandner und die anderen hatten den Eingang zur Schmiede erreicht. Die alten Gemäuer waren weiß getüncht. Der Lärm, den der Hammer verursacht hatte, verstummte. Ein Mann legte gerade ein flaches Stück Eisen mit einer Zange zurück in die glühenden Kohlen. Zwei Frauen und zwei weitere Männer beobachteten den Handwerker, neben der offenen Tür hielt ein Uniformierter Wache.

»Das Warten hat sie mürbe gemacht, da hat der Schmied vorgeschlagen, mit dem Kurs weiterzumachen«, informierte der Beamte die Neuankömmlinge. Brandner nickte.

»Damit ist jetzt Schluss!«, stellte Lindner bestimmt fest. »Wir müssen mit einem nach dem anderen sprechen, und zwar umgehend!«

Der Uniformierte schickte sich an, die Schmiede zu betreten.

»Schon gut! Ich habe alles gehört!«, rief der Schmied aus dem Innern. »Wir kommen gleich raus!«

Er schob die Kohlen auseinander, sodass die Eisenstücke frei lagen. Brandner vermutete, dass daraus einmal scharfe Meißeln werden würden. Danach betätigte der Schmied zwei Hebel und einen Schieber. Unterdessen traten die vier Kursteilnehmer ins Freie. Eine Frau und ein Mann waren eindeutig ein Paar. Brandner schätzte die beiden auf um die 40 Jahre. Der jüngere Mann und die jüngere Frau schienen nicht zusammenzugehören, denn sie hielten voneinander Abstand. Alle trugen feste Schuhe mit Stahlkappen, Jeans und dunkle T-Shirts. Nur der Schmied, der nun ins Freie trat, trug ein weißes Hemd.

Wie Lugbauer.

»Martin Meinhart«, stellte er sich vor. »Ich kann es noch gar nicht glauben! Ist der Gottfried wirklich tot?« Seine Frage war an Wimmer gerichtet.

»Leider, es besteht kein Zweifel!«, antwortete Wimmer.

»Wie, wie ist das passiert?«

»Um das zu klären, sind wir hier«, unterbrach Lindner. »Wir müssen herausfinden, was passiert ist.«

»Und du bist?«, wollte Meinhart wissen.

»Inspektorin Lindner, LKA Niederösterreich. Ich kann mich nicht erinnern, dass ich Ihnen das Du angeboten habe.«

Meinharts Muskeln spannten sich unter seinem Hemd.

Den möchte ich mir nicht gerade zum Feind machen.

Brandner schaute zu Lindner, die von Meinharts Muskelspiel unbeeindruckt schien.

Der Schmied atmete schließlich hörbar aus. »Entschuldigung. Es war nicht meine Absicht, Ihnen auf den Schlips zu treten, Frau Inspektor.«

Bist du jedoch! Aber die Neue ist bissig wie eine Kobra.

Brandner wusste nicht recht, ob er das gut oder schlecht finden sollte. Beides, beschloss er.

Natürlich darf man sich nicht alles gefallen lassen, schon gar nicht als Inspektor der Kriminalpolizei. Manchmal ist es aber besser, nicht sofort auf Angriff zu gehen. Deeskalation nennt man das, bin neugierig, ob das Lindner auch beherrscht, wenn es nötig ist.

Vor dem Schmiedegesellenhaus waren mehrere Sitzgarnituren aufgestellt. Brandner zeigte zu den Feuerwehrbänken und Tischen. »Wir reden dort drüben mit jedem einzeln. Wer will anfangen?«

»Ich!«, rief die junge Singlefrau.

»Gut, dann kommen Sie bitte mit.«

Brandner und Lindner setzten sich auf die Bank, die an der Hausmauer stand. Die Frau nahm gegenüber Platz. Lindner legte ein Tonbandgerät auf den Tisch.

»Das Gespräch wird aufgezeichnet, Sie haben doch nichts dagegen?«, fragte sie.

Die Frau schüttelte ihren Kopf. »Nein, warum sollte ich?«

»Gut, wie heißen Sie?«

»Nicole Maier.«

»Wohnhaft in?«

»Ybbsitz.«

Lindner schaute zum Polizisten, der zuvor an der Eingangstür zur Schmiede gestanden war. »Sie haben die genaue Adresse, Telefonnummer und so weiter?« Der Beamte zog seinen Laptop aus seiner Umhängetasche. »Alles hier protokolliert, wenn ich zurück in der Inspektion bin, leite ich alle Daten weiter.«

Sehr fortschrittlich, die Kollegen vom Land.

»Sehr gut«, sagte Lindner, »dann können wir uns gleich den wesentlichen Fragen widmen. Frau Maier, was ist gestern vorgefallen?« Nicole Maier zuckte mit den Achseln. »Nichts von Belang, wir waren seit Freitag am Nachmittag hier, haben uns blendend verstanden. Der Kurs war toll, das Wetter schön. Gestern am Abend haben wir gegrillt, zu Würstel und Stockbrot Wein und Schnaps getrunken, die Männer mehr Bier als Wein. Irgendwann, es war schon ziemlich spät, bin ich dann ins Zelt.«

»Wie spät war es da?«, erkundigte sich Lindner.

»Ich habe nicht auf die Uhr geschaut, schätze um Mitternacht herum.«

»Wer war noch wach?«

»Alle sieben, ich bin dann zum Bach gegangen und hab mir dort die Zähne geputzt. Danach bin ich in mein Zelt. Die Karin ist noch bei den Männern am Feuer geblieben, sie wollte noch auf ihren Mann warten.«

»Sie sind also dann in Ihrem Zelt gelegen. Haben Sie noch etwas gehört, was für uns wichtig sein könnte? Einen Streit vielleicht?«, fragte Brandner.

Maier schüttelte ihren Kopf. »Es wurde schnell leise. Ich denke, die anderen sind kurz nach mir auch in ihre Zelte.« Sie machte eine Pause. »Oder ich bin einfach eingeschlafen und habe nichts mehr mitbekommen. Das

Schmieden war ziemlich anstrengend, und dann noch der Alkohol dazu.«

»Verstehe.«

»Wie sind Sie überhaupt auf den Schmiedekurs aufmerksam geworden? Warum machen Sie als Frau überhaupt mit?«, wollte Lindner wissen.

Grenzwertige Frage.

»Ich stamme aus Ybbsitz.«

»Ja, und?«

»Ybbsitz ist die Schmiedegemeinde schlechthin in Österreich, ja, sogar in Europa.«

»Ist das so?«, hakte Lindner nach.

»Ja, wir veranstalten sogar das internationale Schmiedetreffen, das *Ferraculum.* Das hat heuer im Juni wieder stattgefunden, und ich bin dabei auf den Geschmack gekommen und wollte das Handwerk einmal ausprobieren.«

»In Ybbsitz geht das nicht, wenn es doch das Schmiedezentrum ist?«

»Doch, ich wollte aber nicht, dass mich alle kennen, die am Kurs teilnehmen.«

»Haben Sie Herrn Lugbauer schon vorher gekannt?«, mischte sich Brandner ein.

»Nur flüchtig«, antwortete Maier. »Ich bin ihm ein oder zwei Mal über den Weg gelaufen. Er ist … Er war der Schmiedepapst, und ich wohne in der Schmiedehauptstadt Mitteleuropas«, erklärte sie und zuckte mit ihren Achseln. »In Ybbsitz kennt jeder den Lugbauer.«

»Können Sie sich vorstellen, wer ihn ermordet haben könnte? Haben Sie einen Verdacht?«

Nicole Maier schüttelte den Kopf. »Ich habe keine Ahnung.«

11

**Mendlingtal, Niederösterreich
Sonntag, 2. Oktober**

Der Leichnam Lugbauers wurde unter Mithilfe von Elfriede Auers Kollegen abtransportiert. Sie würden ihn weit durch die Schlucht schleppen müssen. Einen knappen Kilometer, schätzte Auer, bis sie beim Parkplatz wären. Sie mussten sich beeilen, denn es war bereits später Nachmittag.

Das sollen ruhig die Männer machen.

Frau Doktor Heiß lief voraus. Zwei Techniker trugen die Bahre über den Holzsteg, ein Kollege Auers folgte ihnen, damit sie sich abwechseln konnten, wenn einem die Kraft ausging.

Hier am Fundort richte ich nichts mehr aus. Der Schotter am Ufer wurde vom Wasser aus der Klause am Vormittag während der Holztriftvorführung überschwemmt.

Die Kriminaltechniker hatten keinerlei brauchbare Spuren an der Wehranlage, den Baumstämmen und auch nicht am Ufer sicherstellen können. Ob Lugbauer direkt an der Wehranlage ermordet worden war, konnte Auer weder mit Sicherheit bestätigen noch ausschließen.

Entweder ist er gleich hier im Wasser gelandet oder weiter oben bachaufwärts und die Strömung hat seinen Körper wie die Baumstämme bis hierher geschwemmt.

Auer marschierte los. Während sie dem Tal aufwärts folgte, schaute sie abwechselnd links und rechts. Sie hielt nach Blutspuren Ausschau und nach einem spitzen Gegenstand, der als Tatwaffe hätte verwendet werden können. Zuerst folgte sie einem Schotterweg, dann wieder einem Holzsteg, die Schlucht wurde schmal, rechter Hand begrenzten Felsen den Weg und boten kaum noch Platz für eine Person. Die »Sauprügelmauer«. Auer überflog den Text des dort angebrachten Schildes. Vor über 10.000 Jahren hatte das Schmelzwasser der letzten Eiszeit die Schlucht in das Kalk- und Dolomitgestein gefräst. Bis zum Hammerherrenhof am anderen Ende des Mendlingtals waren es noch 1.900 Meter, zurück zum Parkplatz in Lassing, wo ihr Fahrzeug stand, 1.300 Meter.

Nach der Sauprügelmauer folgte bald ein idyllisch angelegter Steg durch einen Auwald. Auch in diesem Gebiet entdeckte Auer nichts Auffälliges.

Ich muss einfach etwas finden, sonst durchkämmen wir noch tagelang dieses Tal.

Schon bald folgte die nächste Verengung. »Lange Mauer« hieß die Stelle an der wieder Felsen in den Steg ragten. Jetzt betrug die Entfernung zum Hammerherrenhaus nur mehr 1.600 Meter. Auer lief weiter und kam zur Klause, die am Vormittag noch eine deutlich größere Wassermenge beinhaltet haben musste. Im aufgestauten See spiegelten sich die Blätter der Bäume der umliegenden Berghänge grün, aber auch gelbe und orangefarbene Schattierungen färbten die Wipfel.

Weiter bachaufwärts dürfte eigentlich nichts mehr zu finden sein. Aber wenn der Täter diesen Ausgang aus dem Tal genommen hat, dann liegt vielleicht doch dort irgendwo die Tatwaffe.

Sie seufzte, denn eigentlich hatte sie gute Lust umzukehren, doch das kam nicht infrage. Auer folgte weiter dem Bachverlauf in Richtung Hammerherrenhaus.

12

Mendlingtal, Niederösterreich
Sonntag, 2. Oktober

»Am besten reden wir jetzt mit unserem Schönling«, bemerkte Lindner, nachdem sie das Gespräch mit Nicole Maier beendet hatten.

»Du meinst den männlichen Single der Kursteilnehmer?«, vergewisserte sich Brandner.

»Ja, der verbringt sicher mehr Zeit im Fitnessstudio, als ich in meinem Bett«, antwortete Lindner.

Brandner winkte dem jungen Mann. Der verließ die Gruppe der Kursteilnehmer, zu der Nicole Maier wieder zurückgekehrt war.

»Jetzt bin also ich dran, ich muss Sie aber enttäuschen, ich habe nichts zu berichten«, sagte der blonde Hüne, als er zum Tisch trat, an dem Brandner und Lindner die Aussagen aufnahmen.

»Das lassen sie besser uns beurteilen«, entgegnete Lindner. »Nehmen Sie Platz.« Sie zeigte auf die Feuerwehrbank ihr gegenüber.

Der Mann setzte sich und lächelte dabei Lindner freundlich an.

»Name?«, fragte sie kurz angebunden.

»Jan Müller.«

»Wohnhaft in?«

»Waidhofen an der Ybbs.«

Brandners Hals kratzte mit einem Mal, er räusperte sich. Lindner schaute zu ihm.

»Mach ruhig weiter«, forderte er sie auf.

An Waidhofen hatte er einfach keine guten Erinnerungen, zu viel war dort passiert, das er gerne verhindert hätte und an das er sich nicht erinnern wollte.

»Was hat Sie dazu bewogen, an diesem Kurs teilzunehmen?«, fuhr seine Kollegin fort.

»Ich arbeite in einer Werbeagentur.«

»Ja?«

»Viel Kopfarbeit«, fügte er hinzu.

»Und?«, hakte Lindner nach.

»Ich wollte endlich wieder einmal mit meinen Händen etwas erschaffen.«

Ergibt durchaus Sinn. Würde mir auch guttun.

»Waidhofen ist aber doch ein gutes Stück entfernt«, stellte Brandner fest. »Wie sind Sie auf den Kurs im Mendlingtal aufmerksam geworden?«

»Eines der lokalen Gratisblätter hat darüber berichtet. Dann habe ich mich informiert und gebucht.« Müller legte die Hände auf den Tisch. »Wenn ich das vorher gewusst hätte, dann hätte ich es bleiben lassen.«

»Was vorher gewusst?«, wollte Lindner wissen.

»Dass der Kursleiter ermordet wird, was sonst?«, erwiderte Müller.

Brandner beugte sich nach vorne. »Erzählen Sie uns von gestern Abend.«

»Wie gesagt, da gibt es nicht wirklich was zu sagen.«

»Jetzt lassen Sie sich nicht alles aus der Nase ziehen!« Lindners Stimme ertönte lauter als zuvor. »Berichten Sie uns einfach, was Sie und die anderen gemacht haben.«

Müller erzählte schließlich vom Grillen am Lagerfeuer und dass sich Nicole Maier als Erste der Gruppe in ihr Zelt zurückgezogen hatte. Während er über sie sprach, schaute er kurz zu den anderen Kursteilnehmern. Die hatten es sich außer Hörweite auf Holzliegen bequem gemacht und versuchten die letzten Sonnenstrahlen zu erhaschen, bevor die Sonne endgültig hinter dem Bergkamm verschwinden würde. Brandner und Lindner saßen bereits im Schatten, es war nun deutlich kühler als noch vor wenigen Minuten.

»Ich bin zeitgleich mit den Albrechts schlafen gegangen. Meinhart und Lugbauer haben noch das Feuer ausgemacht, dann sind die beiden auch in ihre Zelte.«

»Haben Sie das gesehen?«, erkundigte sich Lindner.

Müller zögert. »Nein«, antwortete er letztlich. »Wie hätte ich das mitbekommen sollen?«

»Sie wissen also nicht, ob und wann die beiden in ihre Zelte gegangen sind?«, fragte Lindner.

»Genau, ich habe nur angenommen, dass auch sie nicht mehr lange wach waren«, erwiderte Müller. »Bis heute Vormittag jedenfalls, dann habe ich von Lugbauers Tod erfahren.« Er machte eine Pause. »Meinhart war mit ihm am

Schluss zusammen.« Müller stockte. »Meinen Sie, Meinhart hat Lugbauer ermordet? Ein Schmied den anderen?«

Brandner zuckte stumm mit seinen Achseln.

»Hatten die beiden Streit?«, erkundigte sich Lindner.

Jetzt war es an Müller, mit seinen Achseln zu zucken. »Nicht dass ich es mitbekommen hätte.«

13

Mendlingtal, Niederösterreich
Sonntag, 2. Oktober

»Hallo, Huskys!« Elfriede Auer war bis zum Hammerherrenhaus marschiert. Dort befand sich das Drehkreuz, das den zweiten Zugang ins Mendlingtal markierte. Dahinter befand sich ein Gehege mit den Hunden.

Die hätten sicher angeschlagen, falls sich jemand mitten in der Nacht hätte vorbeischleichen wollen. Ist nicht meine Zuständigkeit, Brandner und Lindner sollen klären, ob jemand was gehört hat.

Auer sah sich um, ging an dem eindrucksvollen Herrenhaus vorbei, vor dem mehrere Sitzgarnituren die Besucher des Tals zu einer Rast einluden. Mehrere Gäste musterten sie neugierig, sie tuschelten untereinander, stellten aber keine Fragen. Für Auer war es schon fast überraschend, dass noch keine Reporter oder gar Fernsehteams vor Ort waren, denn mittlerweile musste sich herumgesprochen haben, dass im Mendlingtal ein Toter gefunden worden war. Egal, hier würde Auer jedenfalls nichts mehr entdecken, was Brandner bei der Aufklärung des Falls helfen könnte.

Müssen wir also tatsächlich in den nächsten Tagen das gesamte Tal durchkämmen. Ist nicht so schlimm. Solange es nicht regnet oder schneit, ist es ganz angenehm hier.

Auer drehte um, sie passierte die Huskys und benützte ihre Eintrittskarte, um wieder durch das Drehkreuz zu gelangen. Auch auf dem Rückweg hielt sie nach Spuren Ausschau, doch zwischen Hammerherrenhaus und Klause sprang ihr nur eine Aluminiumdose ins Auge, die ein Tourist weggeworfen haben musste. Es folgten zwei Plastiksäcke. Alle drei Gegenstände tütete Auer als Beweismittel ein, obwohl ihr klar war, dass diese voraussichtlich nichts zur Klärung des Mordes beitragen würden. Mit absoluter Sicherheit konnte man aber nie voraussagen, welches Stück für die Ermittlungen wertvoll sein würde. Daher war ein gewissenhaftes Vorgehen für die Kriminaltechnikerin selbstverständlich.

Auer stand inzwischen neben der Klause, doch so sehr sie sich auch bemühte, sie konnte nicht bis zum Grund des Sees sehen. *Wenn die Mordwaffe darin versenkt wurde, werden wir sie wohl nie entdecken.* Die Sonne schien nur noch schwach über dem Bergkamm, bald würde sie ganz dahinter verschwunden sein. Auer musste sich sputen, wollte sie nicht im Dunkeln durch das Mendlingtal irren.

In der Nacht war es natürlich komplett finster. Der Mörder ist sicher nicht den ganzen Weg bis zum Hammerherrenhaus gelaufen. Das wäre Wahnsinn! Der ist sicher zurück zum näher gelegenen Eingang, dorthin wo auch unsere Wagen stehen. Genau in die Richtung müssen wir suchen!

Auer beschleunigte ihre Schritte. Sie lief den Weg zurück, vorbei an der Klaushütte, an der Langen Mauer, durch den Auwald, ließ die Sauprügelmauer hinter sich, bis sie die Wehranlage erreichte, wo Lugbauers Leiche aufgetaucht war.

Die unmittelbare Umgebung haben wir schon abgesucht, aber die knapp 100 Meter zwischen Wehr, Schmiede und Säge noch nicht zur Genüge.

Auer schritt rasch über die Holzbohlen durch die enge Schlucht, an deren Ende überquerte sie den Bach auf dem Steg. Der führte auf der anderen Seite neben dem Wasserlauf über Stufen zurück zum Boden. Unten angekommen, duckte sich Auer unter das Holzgerüst, auf dem sie soeben gelaufen war, und inspizierte die Erde.

Da vorne, da funkelt etwas!

Gebückt nahm sie mehrere Schritte, zog ihre Handschuhe über, ging in die Hocke und griff nach einem metallenen Gegenstand, der neben einem der Holzpfeiler lag.

Blut, eindeutig Blut! Die Mordwaffe!

Der Mörder musste sie nach unten geworfen haben, als er über den Steg geflüchtet war.

Wahrscheinlich wäre es ihm lieber gewesen, sie wäre im Wasser gelandet. Ist sie aber nicht …

14

Mendlingtal, Niederösterreich
Sonntag, 2. Oktober

Brandner rieb seine Hände aneinander. Lindner saß mit geröteter Nase neben ihm, sie steckte gerade das Taschentuch, in das sie geniest hatte, in die Jackentasche.

Wir sollten die Befragung an einen wärmeren Ort verlegen, es wird langsam dunkel.

»Name?«, unterbrach Lindner seine Gedanken.

»Karin Albrecht.«

»Verheiratet?«

»Ja, mit Johann.« Die Frau zeigte zur Gruppe der anderen Kursteilnehmer, auch sie schienen die Sonne zu vermissen. Die meisten hatten ihre Hände in ihre Jacken- oder Hosentaschen gesteckt. Albrechts Mann zog seine rechte heraus und winkte ihr. Sie erwiderte den Gruß.

»Wohnhaft?«

»In Gaming.«

»Das mit der Kartause Gaming?«, hakte Lindner nach.

»Unser Haus steht nicht weit weg von der Kartause.«

»Kannten Sie den Toten schon vor dem Kurs?«

»Sicher, der Gottfried ist, entschuldigen Sie, der Gottfried war gebürtiger Gaminger und hat auch dort gewohnt und geschmiedet. Ohne ihn hätten wir den Kurs gar nicht erst gebucht. Es ist alles so schrecklich!«

»Wir wollen Sie auch gar nicht lange belästigen«, mischte Brandner sich in die Befragung ein und erntete dafür von seiner Kollegin einen verdutzten Blick. »Waren Herr Meinhart und Herr Lugbauer gestern Nacht die Letzten, die noch am Lagerfeuer saßen, als Sie schlafen gingen?«, fuhr Brandner unbeirrt fort.

»Ja, die beiden sind zum Schluss übrig geblieben.«

»Ist Ihnen etwas aufgefallen, das für die Klärung des Verbrechens wichtig sein könnte?«

»Nein.«

»Gut, dann schicken Sie bitte Ihren Mann zu uns.«

Die Frau stand auf und ging zur Gruppe zurück. Brandner rieb seine Hände aneinander.

Hier ist es einfach zu kalt.

»Etwas mehr hätten wir sie schon in die Mangel nehmen können«, stellte Lindner fest.

»Sie ist gemeinsam mit ihrem Mann im Zelt gelegen, wie hätte sie den Schmiedepapst abstechen sollen?«

»Trotzdem!«

Sie hat ja recht. Das war unprofessionell von mir. Nur weil mir zu kalt ist.

Lindner nieste in ihren Jackenärmel.

»Komm!« Brandner stand auf. »Wir machen woanders weiter. Irgendwo, wo es wärmer ist!«

Er schaute zum Weg, der hinaus aus dem Tal zum Parkplatz führte. Von dort kamen gerade die drei Kriminaltechniker in gebückter Haltung herunter. Sie prüften den Boden, die Böschung und den Abhang. Wenn sie im Dämmerlicht mit der Suche nach Beweismitteln fortfahren wollten, würde Brandner sie nicht aufhalten.

Aber wo ist Elfriede Auer?

Brandner und Lindner gingen zu den Kursteilnehmern, um sie über die Verlegung der Befragungen zu informieren.

Vielleicht können uns die einheimischen Polizisten ein Wirtshaus oder ein Hotel empfehlen ... Da vorne kommt ja Auer, sie scheint es eilig zu haben.

Die Kriminaltechnikerin lief an Schmiede und Säge vorbei auf die Gruppe rund um Brandner zu.

»Ich habe die Tatwaffe!«, rückte Auer schließlich heraus, nachdem sie Brandner und Lindner zur Seite genommen hatte. Sie hielt eine Tüte mit einem länglichen spitzen Eisenstück in die Höhe, sodass sie es sehen konnten. »Da klebt eindeutig Blut dran!«

Lindner nahm ihr die Tüte ab, drehte und wendete sie, dann gab sie das Beweisstück Brandner.

Der winkte Meinhart zu sich. »Wissen Sie, was das ist?«

Der Schmied schaute nur kurz auf den Gegenstand. »Ein extra lang geschmiedeter Nagel. Solche haben wir gestern als Übungsstück gefertigt. Jeder hat einen gemacht und darf ihn behalten.«

»Moment!«, sagte Lindner und schaute zu Brandner, der rieb sich sein Kinn.

»Jeder soll unter Aufsicht seinen Nagel aus seinem Zelt holen«, erklärte Brandner nach einem Augenblick.

Meinhart informierte die Teilnehmer über die Anweisung, die zögerten jedoch.

»Was steht ihr denn noch hier herum, holt eure Nägel, aber dalli!«, forderte Lindner.

Brandner war versucht, die Worte seiner Kollegin zu entschärfen, als er jedoch sah, dass sich alle daraufhin in Bewegung setzten, hielt er sich zurück.

Die Albrechts gingen gemeinsam zum größten Zelt, das hinter dem Schmiedegesellenhaus auf der Wiese aufgeschlagen worden war. Maier, Müller und Wimmer verschwanden ebenfalls in ihren deutlich kleineren Zelten. Brandner konnte es kaum erwarten, dass sie zurückkehrten. Neben ihm trat Lindner ungeduldig von einem Fuß auf den anderen. Auch die Kriminaltechniker und Polizisten schienen auf das Ergebnis gespannt zu sein.

Ist es wirklich derart einfach?

15

Mendlingtal, Niederösterreich
Sonntag, 2. Oktober

Brandner war enttäuscht. Er hatte erwartet, mit einem ersten Hauptverdächtigen aufwarten zu können. Jederzeit würde Böck anrufen und von ihm erste Ergebnisse einfordern. Brandner hatte jedoch nichts.

Nein, das stimmt nicht! Dank Elfriede Auer haben wir die Mordwaffe.

»Scheiße!«, zischte Lindner neben Brandner, sodass es die anderen nicht hören konnten. Anscheinend hatte sich auch seine neue Kollegin Hoffnungen gemacht, den Fall im Handumdrehen zu lösen. Doch so einfach war es leider nicht: Maier war die Schnellste gewesen, die wieder aus ihrem Zelt herausgekommen war, und hatte stolz ihren geschmiedeten Nagel präsentiert. Müller und Wimmer hatten es ihr gleichgetan. Nun standen auch die Albrechts vor ihnen und hielten jeweils einen langen spitzen Nagel in ihrer Hand.

Brandner drehte sich zu Meinhart. »Wo ist Ihrer?«

»Ich bin Kursleiter, meine Nägel habe ich in der Schmiede gelassen. Gottfried und ich haben mehrere zur Vorführung angefertigt. Die liegen alle drinnen am Tisch.«

Ohne etwas zu sagen, setzte Lindner sich in Bewegung. »Scheiße, scheiße«, murmelte sie schließlich vor sich hin, während sie Richtung Schmiede marschierte. Brandner folgte ihr mit allen anderen.

Lindner betrat als Erste das Gebäude. »Da liegen acht solcher Nägel am Tisch, wie viele waren es gestern am Abend, als Sie den Kurs beendet haben?«

Meinhart wiegte seinen Kopf. »So genau weiß ich das nicht. Gottfried und ich haben ja beide welche geschmiedet. Es könnten neun, zehn oder auch nur acht gewesen sein.«

»Das hilft uns nicht weiter, denken Sie nach!«, herrschte Lindner ihn an.

Brandner blickte die Kursteilnehmer nacheinander an. »Weiß von Ihnen jemand, wie viele Nägel hier zurückgeblieben sind?«

Maier, Müller und die Albrechts verneinten.

»Es werden wohl neun gewesen sein«, stellte Wimmer fest.

»Wissen Sie das, oder vermuten Sie es nur?«, fragte Lindner.

»Wo soll der Nagel, mit dem Gottfried abgestochen worden ist, sonst hergekommen sein?«, entgegnete Wimmer.

Schlauberger.

»Das heißt dann im Umkehrschluss, einer von euch sechs ist der Mörder oder die Mörderin«, stellte Lindner fest und schaute sie nacheinander an: Wimmer, Maier, Müller, die Albrechts und Meinhart.

»Ihr müsst die Schmiede auseinandernehmen, auch wenn es nicht so aussieht, als wäre hier etwas passiert. Jeder einzelne Nagel wird eingetütet, und auch die der Kursteilnehmer sind Beweisstücke«, sagte Brandner.

»Geht klar«, bestätigte Auer. »Wir beginnen mit Ihren Übungsstücken«, informierte sie die Gruppe Verdächtiger. »Jeder gibt mir seinen Nagel und sagt mir dabei seinen Namen, damit wir die Tüten richtig beschriften.«

»Jetzt habe ich mich so bemüht, mein erstes Schmiedestück! Muss ich das wirklich hergeben?«, erkundigte sich Karin Albrecht. Allein für die Frage erntete sie einen bösen Blick von Lindner. »Ist ja schon gut«, murmelte die Frau daraufhin. »Hier! Karin Albrecht heiße ich.« Sie gab Auer ihren Nagel.

Die Kriminaltechnikerin trug noch immer Handschuhe, nahm ihn entgegen und steckte ihn in eine Tüte. Dann notierte sie den Namen der Frau darauf.

»Spätestens wenn der Fall abgeschlossen ist, erhalten Sie ihre Nägel zurück«, erklärte Brandner der Gruppe.

»Falls er jemals abgeschlossen wird!«, erwiderte die Albrecht.

»Dafür werden wir schon sorgen!«, mischte sich Lindner wieder in das Gespräch ein.

»Geben Sie einfach nacheinander Ihre Nägel ab!«, sagte Brandner nun bestimmt. »Es ist notwendig, sonst würden wir es nicht von Ihnen verlangen.«

Wir müssen sie vergleichen. Vielleicht können wir feststellen, welche Nägel von einem Schmied gefertigt wurden und welche von einem Anfänger. Wenn das Exemplar, mit dem der Mord begangen wurde, von einem Profi gemacht wurde, stammt es wohl vom Tisch aus der Schmiede. Zu ihr hatten alle Zugang, das würde wenig weiterhelfen. Wenn sich aber ein von den Kursteilnehmern abgegebener Nagel als Meisterstück entpuppt, können wir den Kreis der Verdächtigen erheblich eingrenzen …

16

Lassing bei Göstling, Niederösterreich
Sonntag, 2. Oktober

»Wo sind Sie?«, wollte Böck wissen.

»Im *Eisenstraßenhof*, im Mendlingtal ist es zu kalt und dunkel geworden«, erklärte Brandner.

»Ist der Fall schon gelöst?«

Schön wäre es.

Brandner ging ins Nebenzimmer und schaltete den Lautsprecher an, sodass er sein Handy nicht mehr zum Ohr halten musste. »Nein, Herr Direktor«, antwortete er, »aber wir haben die Mordwaffe sichergestellt.«

»Also ist der Schmied tatsächlich einem Gewaltverbrechen zum Opfer gefallen«, stellte Böck fest.

»Genau, erstochen mit einem geschmiedeten Nagel.«

Böck schnaufte ins Telefon. »Verdächtige?«

»Fünf Teilnehmer und ein weiterer Leiter seines Schmiedekurses, den er gerade abgehalten hat. Die Holzknechte vom Schautriften und die Besucher am Vormittag können wir eher ausschließen, aber die Personalien haben wir. Derzeit reden wir noch mit den Kursteilnehmern, danach müssen wir zu der Frau des Opfers nach Gaming.«

»Wird ein langer Tag.«

»Lässt sich nicht ändern.«

»Gut. Ich gehe dann noch in die Oper. Barbier von Sevilla«, sagte Böck.

Brandner erwiderte nichts.

»Wie schlägt sich die Neue?« Böck machte eine Pause. »Die Lindner«, fügte er hinzu.

»Lindner ist engagiert und will den Fall, so wie ich, so schnell wie möglich lösen.«

»Gut, gut, tun Sie das doch gemeinsam, klären Sie den Fall, präsentieren Sie mir den Täter!«

»Wir bemühen uns.«

Böck verabschiedete sich, und sie beendeten ihr Telefonat.

Ich sollte Eva anrufen und ihr sagen, dass es heute sicher nichts mehr wird. Vielleicht muss auch Lindner jemandem Bescheid geben.

Brandner ging wieder zurück ins Zimmer, wo sich auch die Teilnehmer des Schmiedekurses eingefunden hatten.

Er winkte Lindner zu sich. »Heute schaffen wir es nicht mehr zurück. Wir übernachten hier oder in Gaming, falls du jemanden darüber informieren willst.«

Lindner nickte. »Mache ich, Zahnbürste und Wechselwäsche habe ich allerdings nicht dabei.« Sie lächelte verlegen, bevor sie ergänzte: »Macht aber nichts!«

»Vielleicht kannst du morgen Vormittag in Gaming oder in Göstling was kaufen.«

»Genau, so mache ich es!«

Herrlich unkompliziert mir gegenüber, aber angriffig bei den Zeugenbefragungen. Bin schon neugierig, wann die erste Beschwerde auf Böcks Tisch landet. Ich werde jedenfalls nicht petzen, aber unter vier Augen muss ich mal mit ihr reden, wenn Zeit ist. Deshalb hat sie Böck zu mir ins Team gesteckt. Davon gehe jedenfalls aus … Eva, ich sollte Eva anrufen.

»Entschuldige mich bitte nochmals kurz«, sagte er zu Lindner und ging erneut ins Nebenzimmer.

Eva hatte gemeinsam mit Isabella und deren Freund das Naturhistorische Museum besucht. »Danach waren wir noch am Donauturm Kaffee und Kuchen essen! Leo, die beiden waren so rührend, sie haben sich fantastisch um mich Strohwitwe gekümmert!«

Ich muss später noch zu einer frischgebackenen richtigen Witwe. Das wird nicht einfach. Isabella war auch nie einfach, die Beziehung scheint ihr gutzutun.

»Schön! Freut mich, dass du eine gute Zeit hattest!«, sagte Brandner zu seiner Frau.

»Wie geht es mit dem Fall voran?«

»Ich gehe davon aus, dass ich morgen daheim schlafe. Versprechen kann ich aber nichts.«

»Verstehe, du darfst nichts sagen, das Übliche also. Leo, pass auf dich auf!«

»Mache ich, du auch!«

»Immer.«

Die beiden verabschiedeten sich. Lindner und er mussten noch mit Johann Albrecht, dem Mann von Karin Albrecht, mit dem Schmied Meinhart und Wimmer reden.

Das dauert zu lange!

Kurzerhand rief Brandner Inspektionskommandanten Leitner zu sich und bat ihn, Lugbauers Witwe über den Tod ihres Mannes zu informieren. Es wäre ungut, wenn sie davon aus der Presse erfahren würde. Zudem sollte der Beamte der Frau seinen und Lindners Besuch für morgen Vormittag ankündigen. Danach informierte er Lindner darüber, die gerade ihr eigenes Telefonat beendet hatte.

»Dann können wir ja eventuell später doch noch ein Bierchen außer Dienst miteinander trinken, zwecks unserer ersten Zusammenarbeit und so. Ich lade ein!«, ließ Lindner verlautbaren.

Sollte das nicht eigentlich ich machen? Alter, Vorgesetzter, und was weiß ich noch alles dafür spricht …

»Geht klar, gerne«, antwortete Brandner seiner jungen Kollegin.

Wir werden uns schon einigen, wer die Rechnung bezahlt, solange ich es bin …

17

Lassing bei Göstling, Niederösterreich
Sonntag, 2. Oktober

Brandner wollte gerade Lindner und Johann Albrecht ins Nebenzimmer folgen, doch Nicole Maier hielt ihn zurück. »Darf ich dann fahren? Im *Eisenstraßenhof* ist es zwar ganz nett, aber ich unterrichte morgen in der Schule.«

Spricht eigentlich nichts dagegen.

»Einen Moment, ich prüfe das mit der Spurensicherung«, erwiderte Brandner. Er wählte Auers Namen am Smartphone aus. »Seid ihr mit den Zelten der Kursteilnehmer durch?«, erkundigte er sich.

»Ja«, bestätigte ihm Auer. »An keinem der Kleidungsstücke, keinem Schlafsack und keinem Zelt war Blut oder sonst irgendetwas Brauchbares.«

Brandner seufzte. »Auch an ihren Händen hat die Prüfung nichts ergeben. Wir kommen nicht voran.«

»Stimmt«, sagte Auer. »Die Kleidung, die sie am Körper tragen, ist auch sauber.«

Brandner dachte kurz nach. »Muss denn der Mörder Blutspritzer abbekommen haben oder ginge es theoretisch auch ohne?«

Oder womöglich finden wir den Mörder gar nicht unter den Kursteilnehmern, weil es keiner von ihnen gewesen ist.

»Ich gehe davon aus, dass zumindest ein wenig Blut sich an Kleidung oder zumindest an den Fingern des Mörders befinden sollte, aber unbedingt muss es nicht dazu gekommen sein. Am Ende des Nagels, mit dem die Tat begangen wurde, befindet sich nämlich kein Blut.«

»Verstehe, vielleicht finden wir dafür einen Fingerabdruck, das wäre ein Lichtblick!«

»Das prüfe ich gleich morgen früh im Labor, wie ausgemacht. Mein Team hat von den Beteiligten des Schmiedekurses vorsorglich Fingerabdrücke genommen.«

»Gut, ich sage ihnen, dass sie ihre Zelte abbauen können, gib deinen Kollegen Bescheid.«

»Mache ich.«

Brandner legte auf, informierte Nicole Maier und verabschiedete sich von ihr. »Gute Heimfahrt, wir melden uns, wenn wir Sie noch einmal brauchen.«

Er öffnete die Tür ins Nebenzimmer. Dort gab Albrecht gerade einige für Brandner unverständliche Laute von sich. Der Ermittler setzte sich neben Lindner, auf Albrechts Stirn standen Schweißperlen, und er hatte einen hochroten Kopf.

Meine Kollegin hat ihn schön in die Mangel genommen.

»Irgendwelche Erkenntnisse?«, wollte Brandner von Lindner wissen.

Sie schüttelte den Kopf. »Herr Albrecht erzählt uns genau das Gleiche wie seine Frau. Er kannte Lugbauer bereits, die Albrechts haben den Kurs nur wegen Lugbauer gebucht, alles war eitle Wonne zwischen den dreien. Irgendetwas sagt mir aber, dass das so nicht stimmt.«

»Wie oft soll ich es denn noch sagen? Wir haben uns mit dem Gottfried gut verstanden! Außerdem waren Karin und ich gemeinsam im Zelt, nur Martin Meinhart ist zum Schluss mit Gottfried am Lagerfeuer gehockt. Ihn müssen Sie verhören, nicht mich!«

»Das werden wir auch«, bestätigte Lindner, nun in versöhnlichem Tonfall. Sie schaute zu Brandner. »Ich bin mit ihm fertig, außer du hast noch Fragen.«

Brandner schüttelte seinen Kopf. »Danke, Herr Albrecht«, sagte er. »Für heute sind wir mit Ihnen fertig.« Albrecht stand auf. »Aber halten Sie sich zu unserer Verfügung und verreisen Sie nicht ins Ausland«, fügte Brandner hinzu.

»Haben wir nicht vor. Guten Abend!« Albrecht schloss hinter sich die Tür.

»Meinhart oder Wimmer?«, erkundigte sich Lindner.

»Den Schmied heben wir uns zum Abschluss auf.«

»Also Wimmer.«

18

Ybbsitz, Niederösterreich
Samstag, 25. Juni

»Ein Bier und ein Schmalzbrot!« Alfred Wimmer legte die Speisekarte auf den Tisch.

»Für mich das Gleiche«, sagte Gottfried Lugbauer.

»Kommt sofort!«, erwiderte die Frau im Dirndl.

Am Wochenende war die Prochenberghütte bewirtschaftet. Alfred Wimmer freute sich auf die Stärkung, nach der sein Körper nach dem mühsamen Aufstieg lechzte. Lugbauer wirkte hingegen so, als könnte er noch viele weitere Höhenmeter ohne Nährstoffzuführung erklimmen.

Wie eine Gämse ist Gottfried heraufgelaufen, ich bin da kaum mitgekommen.

»Der Aussichtsturm am Prochenberg ist auch aus Stahl«, stellte Lugbauer fest.

Wimmer konnte das nicht abstreiten, der Turm befand sich in unmittelbarer Nähe zur Hütte.

»Ein Stahlgerüst«, bestätigte Wimmer. »Was wir vorhaben, ist aber etwas vollkommen anderes! Eine geschmiedete Aussichtsplattform in der Felswand.«

Lugbauer wiegte seinen Kopf. »Ich weiß nicht, ob das so funktioniert. Die Sicherheit geht in jedem Fall vor!«

»Es sind doch schon ganz andere Projekte realisiert worden. Plattformen, die viel höher in den Bergen sind, wo es tiefer hinuntergeht«, argumentierte Wimmer.

»Eben, diese Orte waren aber von vornherein Touristenattraktionen, da lohnt sich so eine Investition.«

In Gedanken hatte Wimmer noch den Blick ins grüne Tal und auf die Bergkämme vor Augen, den er so genossen hatte, als er am Vormittag mit Lugbauer den Lokalaugenschein über der Felswand durchgeführt hatte. Wimmer hatte Lugbauer genau erklärt, wo er die Aussichtsplattform platziert haben wollte, und jetzt zögerte der Schmiedepapst.

»Die Kosten spielen keine Rolle, die trage ich, das habe ich dir doch schon gesagt!«, betonte Wimmer.

»Trotzdem.«

»Zwei Bier und die beiden Schmalzbrote!« Die Frau im Dirndl lächelte Wimmer und Lugbauer an, sie stellte die Getränke und die Brote auf den Tisch. Als keiner von den beiden Männern etwas erwiderte, verschwand sie wieder im Innern der Hütte.

Lugbauer stieß mit Wimmer an. »Gesundheit!« Die beiden tranken, danach biss Lugbauer in sein Schmalzbrot und kaute.

Wimmer wartete mit dem Krug in der Hand darauf, dass der Schmied den Bissen hinunterschluckte, dann hielt er es nicht mehr aus: »Es ist eine herrliche Aussicht, ich will die Plattform unbedingt dort in der Felswand haben!«

»Trotzdem, ich weiß nicht«, entgegnete Lugbauer.

»Das darf doch nicht wahr sein!« Wuchtig setzte Wimmer seinen Krug auf dem Tisch ab, Bier schwappte aus dem Glas. »Wenn du nicht willst, vergebe ich den Auftrag an einen anderen. Sie stehen Schlange dafür, das kannst du mir glauben!«

19

Lassing bei Göstling, Niederösterreich
Sonntag, 2. Oktober

»Herr Wimmer, nehmen Sie bitte Platz«, sagte Brandner.

Wimmer stellte sein Glas, das offensichtlich mit Bier gefüllt war, auf den Tisch. »Ist alkoholfrei«, erklärte er und setzte sich.

»Wir sind von der Kriminalpolizei und machen keine Alkoholkontrollen bei Autofahrern«, erwiderte Brandner.

»Schon klar, ich wollte nur klarstellen, dass ich bei der Einvernahme nüchtern bin.«

»Das ist eine normale Zeugenbefragung und keine Einvernahme«, mischte Lindner sich in das Gespräch ein.

»Egal, wie das nun heißt, ich bin nüchtern, das wollte ich Sie nur wissen lassen.«

»Im Gegensatz zu gestern Nacht!«, bemerkte Lindner.

Wimmers Gesicht gefror vor Brandners Augen förmlich zu Eis. Nach einigen Augenblicken bestätigte er Lindners Unterstellung: »Ja, wir haben einiges konsumiert. Bier, Schnaps, die Mädels haben auch Wein getrunken, das ist aber kein Verbrechen.«

»Das stimmt, Alkoholtrinken und dann im Zelt seinen Rausch ausschlafen, ist kein Verbrechen. Dem Kursleiter einen selbst geschmiedeten Nagel ins Herz rammen aber schon!«

Wimmer gingen Lindners Anschuldigungen sichtlich nahe, er hob beide Arme. »Ich war das nicht! Ich und Gottfried, wir waren befreundet, und ich war ein Großkunde von ihm. Gottfried hatte erst kürzlich einen Auftrag von mir bekommen. Er sollte eine geschmiedete Aussichtsplattform am Prochenberg für mich entwerfen und bauen.«

Lindner beugte sich nach vorne. »Für Sie? Wie kommen Sie dazu, so einen Auftrag zu vergeben? Haben Sie derart viel Geld?«

Sehr direkt ihre Fragen, aber die führen manchmal umso schneller ans Ziel.

»Ich hab klein angefangen und mich bald in jungen Jahren selbstständig gemacht. Das Leben hat es gut mit mir gemeint. Meine Firma *Wimmer Eisenteile* hat mittlerweile 200 Beschäftigte.«

Lindner ließ sich in ihren Sessel nach hinten sinken, auch Brandner lehnte sich zurück.

»Nett«, sagte seine Kollegin zu Wimmers Ausführungen.

»Ja, und mit der Plattform will ich jetzt etwas an die Menschen zurückgeben, die im Ybbstal wohnen.«

Ein Wohltäter.

»Lugbauer hatte den Vertrag für die Plattform also in der Tasche?«, erkundigte sich Brandner.

»Alles war unter Dach und Fach, nur ein paar Details waren noch zu klären«, antwortete Wimmer.

»Ist ein Vertrag unterschrieben oder nicht?«, hakte Brandner noch einmal nach.

»Ja, der ist unterzeichnet.«

»Was passiert jetzt, da Herr Lugbauer tot ist?«, wollte Lindner wissen.

Wimmer dachte nach. »Jetzt wird es richtig schwierig«, sagte er schließlich. »Ich muss mit seinen Erben reden, die sind ja auch seine Rechtsnachfolger. Seine Frau erbt sicher, sie hat aber vom Schmieden keine Ahnung. Wenn sie zustimmt, werde ich den Vertrag als nichtig erklären und das Projekt neu ausschreiben.«

»Dann würde ein anderer Schmied den Zuschlag bekommen«, stellte Lindner fest. »Eventuell Martin Meinhart, den kennen Sie ja schon vom Kurs.«

Wimmer nickte. »Das wäre durchaus möglich, Gottfried hatte eine hohe Meinung von ihm. Auch das Plattformprojekt hat er mit ihm besprochen, und meines Wissens war Martin auch in die Planung involviert.« Wimmer trank von seinem Bier. »In jedem Fall wirft Gottfrieds Tod mein Herzensprojekt um einige Monate zurück, wenn nicht sogar um mehr als ein Jahr.«

Das ist zwar schade, aber im Vergleich zum Verlust, den seine Angehörige erlitten haben, nichts.

»Gab es zwischen Ihnen und Lugbauer Unstimmigkeiten?«, fragte Brandner.

»Nein, wieso?«, kam sofort Wimmers Gegenfrage.

»Bei so einem großen Projekt ist man sicher nicht immer einer Meinung«, antwortete Brandner.

Wimmer trank noch einen Schluck. »Wenn wir unterschiedliche Auffassungen hatten, haben wir in Ruhe darüber diskutiert und immer eine Lösung gefunden.« Wimmer stand auf. »War es das jetzt? Kann ich gehen? Ich habe ein Unternehmen zu führen.«

Diesmal schaute Brandner zu Lindner. »Noch Fragen?« Seine Kollegin schüttelte ihren Kopf.

»Dann sind Sie für heute entlassen, Sie dürfen nach Hause fahren, schicken Sie aber bitte Herrn Meinhart herein.«

Wimmer trank sein Glas im Stehen leer, bevor er das Zimmer verließ. Kurz danach betrat Martin Meinhart den Raum. Auch er hielt ein Bierglas in seiner Hand. Im Gegensatz zu Wimmer sagte er jedoch nicht, ob es Alkohol beinhaltete oder nicht. Angesichts der leicht glasigen Augen des Schmieds vermutete Brandner Ersteres.

Kein Wunder, wenn Lugbauer ein Freund von ihm war, betrauert er ihn eben mit Bier.

»Wie ist es dazu gekommen, dass Sie gemeinsam mit dem Schmiedepapst einen Kurs leiten?«, begann Brandner das Gespräch.

»Wir kennen uns schon länger. Gottfried schätzt meine Arbeit. Beim letzten *Ferraculum* habe ich sogar eine Auszeichnung bekommen. Da saß Gottfried so wie immer in der Jury.«

»Sie glauben, er war dafür verantwortlich, dass Sie ausgezeichnet wurden?«

Meinhart nickte. »Da bin ich mir sicher. Natürlich war meine Arbeit gut, aber wenn mich Gottfried schlecht bewertet hätte, wäre ich leer ausgegangen.«

»Hat er denn andere schlecht bewertet, obwohl ihre Werke besser waren?«, intervenierte Lindner.

Meinhart zuckte mit den Achseln. »Ich habe gut abgeliefert, diese Bewertungen sind subjektiv, aber es hat Schmiede gegeben, deren Arbeiten waren ähnlich gut wie meine, und sie sind leer ausgegangen.«

Interessant! Es wird also jede Menge vergrämte Schmiede geben, mit denen es sich unser Schmiedepapst verscherzt hat. Falls wir hier nicht weiterkommen, wäre das ein möglicher Ansatz.

»Herr Wimmer hat von einem Großauftrag gesprochen,

den er an Lugbauer vergeben hat, und er hat gemeint, Sie wären da involviert.«

»Die Plattform am Prochenberg, das kann man wohl sagen! Gottfried hat mich dafür als Subunternehmer verpflichtet. Ich frage mich schon seit Stunden, wie das Projekt jetzt weitergeht. Das nächste Jahr hätte ich keine finanziellen Sorgen gehabt, aber jetzt?«

Demnach ist Lugbauers Tod beruflich für ihn problematisch. Das schließt ihn als Verdächtigen aus ... Oder doch nicht? Wir müssen seine Darstellung überprüfen und schauen, ob das wirklich so fix war, wie er behauptet.

»Die anderen Kursteilnehmer sagen, Sie wären gestern Nacht mit Lugbauer allein am Lagerfeuer zurückgeblieben«, sagte nun Lindner.

»Das stimmt!«, bestätigte Meinhart. »Wir haben noch unser Bier ausgetrunken, das Feuer gelöscht, dann ist jeder von uns in sein Zelt.«

»Sie haben gesehen, wie Herr Lugbauer in sein Zelt hineingegangen ist?«, hakte Brandner nach

»Es war dunkel«, entgegnete Meinhart. »Das Feuer war aus, er ist zu seinem Zelt, ich habe nicht gesehen, wie er hinein ist, aber ich habe gehört, wie der Reißverschluss runter- und wieder raufgezogen worden ist.«

Brandner beugte sich nach vorne. »Sie sind in ihr eigenes Zelt?«

»Jawohl.«

»Haben Sie danach noch etwas gehört oder gesehen?«

»Habe geschlafen wie ein Murmeltier«, erklärte Meinhart. »Als ich am nächsten Tag aufgestanden bin, dachte ich, ich wäre der Erste. Dabei waren Lugbauer und Wimmer nicht mehr in ihren Zelten.«

»Ihnen ist klar, dass Sie der Letzte sind, der Lugbauer lebend gesehen hat? Er wurde mit einem geschmiedeten Nagel erstochen. Das alles macht Sie sehr verdächtig«, stellte Lindner fest.

»Ich hatte aber keinen Grund, den Gottfried zu ermorden! Für mich ist sein Tod eine Katastrophe! Er war mein Freund und mein größter Auftragsgeber. Ich bin der Letzte, der ihm etwas antun will!«

20

Lassing bei Göstling, Niederösterreich
Sonntag, 2. Oktober

Brandner merkte der Kellnerin an, dass sie heim zu ihren Liebsten und vor allem ins Bett wollte. Er war nach dem langen Tag auch müde, aber er hatte seiner neuen Kollegin versprochen, noch ein Bier mit ihr zu trinken. Die Minibar in einem ihrer beiden Hotelzimmer kam nicht infrage, also musste die Hotelbar noch offen halten, auch wenn sie bereits die einzigen verbliebenen Gäste waren. Die Polizisten und die Zeugen waren bereits nach Hause gegangen. Die Kriminaltechniker, die außer Auer auch im *Eisenstraßenhof* übernachteten, hatten sich bereits in ihre Zimmer zurückgezogen.

Brandner setzte sich auf den Barhocker und winkte Lindner, die kurz die Toiletten aufgesucht hatte. »Wir trinken noch das Bier, aber ich zahle!«, ließ er sie wissen.

Lindner zögerte, Brandner rüstete sich schon für eine heftige Erwiderung ihrerseits, doch sie überraschte ihn, indem sie sich ein Lächeln ins Gesicht zauberte und: »Gerne« erwiderte. Sie ließ sich auf den Hocker neben Brandner nieder und bestellte wie er ein Seiderl Bier. »Was sagt dir dein jahrelang erprobter Ermittlerinstinkt? Haben wir bereits mit dem Mörder gesprochen?«

»Du sagst der Mörder – was ist mit den Frauen, ziehst du die nicht in Betracht?«, entgegnete Brandner, ohne ihre Frage zu beantworten.

»Schwer vorstellbar, oder nicht? Eine Frau ersticht einen Schmied mit einem Nagel! Das ist doch recht brachial ...« Sie rutschte auf ihrem Hocker nach vorne und trommelte mit ihren Fingern auf die Theke. »Andererseits, was wäre, wenn er über sie hergefallen ist?«, überlegte sie und führte ihren Gedanken gleich weiter: »Er war betrunken und geil, wollte sie ficken und sie hat sich gewehrt. Sie hat gefürchtet, dass er sie vergewaltigt. Die Mörderin hatte den frisch geschmiedeten Nagel noch bei sich, damit hat sie sich sehr effektiv gewehrt. Das würde unter Notwehr fallen. Der Gedanke, dass eine der Frauen die Täterin ist, erscheint mir unter diesem Aspekt doch nicht mehr vollkommen abwegig«, folgerte Lindner.

Brandner nickte. »Wir können auch die Frauen nicht gänzlich ausschließen, da stimme ich dir zu.«

»Mein Hauptverdächtiger ist aber der andere Schmied, Meinhart. Der hat die nötige Kraft, und er war zuletzt mit Lugbauer zusammen. Es spricht also einiges gegen ihn«, stellte Lindner fest. »Tatmotiv haben wir bisher allerdings noch keines. Eher das Gegenteil, er hat sogar ein Problem damit, dass Lugbauer tot ist und Wimmer nun seinen Großauftrag neu ausschreiben muss.«

»Er könnte jedoch auch davon profitieren.«

»Das ist ziemlich unsicher.«

»Bitte schön!« Die Kellnerin stellte die mit Bier gefüllten Gläser auf die Theke.

»Auf eine gute Zusammenarbeit!«, sagte Brandner.

»Darauf, dass wir den Fall rasch lösen!«, erwiderte Lindner.

»Und dass du morgen frische Sachen zum Anziehen bekommst!«

Lindner lachte. »Mich stört der Gestank meiner verschwitzten Kleidung sicher nicht so stark wie meine Mitmenschen. Der Leittragende wärst also ohnehin du!«

»Das stimmt!« Brandner stimmte in Lindners Gelächter ein. »Daher ist es umso wichtiger, dass wir auf deine neuen Kleider trinken!«

Die Gläser klirrten beim Anstoßen, danach nahmen beide einen großen Schluck. Brandner genoss den herben Geschmack auf der Zunge und die Frische im Hals. Wäre er daheim bei Eva, hätte er wahrscheinlich ein Glas Rotwein mit ihr getrunken, aber so klang der arbeitssame Sonntag für ihn auch noch angenehm mit seiner jungen Kollegin aus.

Als Lindner ihr Glas absetzte, hatte sie es zu zwei Drittel leer getrunken. »Ich gebe es zu, ich hätte heute mega

Bock, mich zu betrinken! Die erste Leiche und so, du verstehst, aber Chef, sei beruhigt, ich halte mich zurück.« Sie lächelte ihn schelmisch an.

»Solange du morgen fit bist, kannst du so viel trinken, wie du willst, das ist kein Problem für mich«, erwiderte Brandner und nahm einen Schluck.

»In 15 Minuten haben wir Sperrstunde«, informierte sie die Kellnerin.

»Dann bringen Sie uns noch schnell zwei Seiderl, die gehen sich noch aus!«, forderte Lindner.

Die Kellnerin schaute zu Brandner in der Hoffnung, dass er nichts mehr trinken wollte, doch auch er leerte rasch sein Glas und schob es ihr zu. »Eines trinken wir noch, dann ist sowieso Schluss.«

Die Kellnerin zapfte die beiden Biere und sorgte dabei gekonnt für eine schöne Schaumkrone.

»Auf deine erste Leiche!«, prostete Brandner Lindner leise zu, sodass nur sie beide den Trinkspruch hören konnten.

»Mögen noch viele weitere folgen!«, erwiderte Lindner.

Zu makaber! Den Trinkspruch dürfen wir keinesfalls wiederholen …

21

Gaming, Niederösterreich
Montag, 3. Oktober

Sieht doch gleich freundlicher aus.

Annika Lindner trug zwar nach wie vor hauptsächlich Schwarz, aber unter dem Jackenkragen blitzte ihr neu gekaufter Pullover rot hervor, als sie aus Brandners Audi ausstieg. Am frühen Morgen waren sie gemeinsam nach Göstling gefahren, dort hatten sie ein passendes Geschäft gefunden, wo sie sich mit der notwendigsten Kleidung eingedeckt hatte. Danach hatten sie noch rasch einen Drogeriemarkt aufgesucht.

»So, jetzt können wir eine Woche durchgehend ermitteln, kein Problem mehr für mich!«, hatte Lindner danach verlautbart. »Ich bin jedenfalls bestens versorgt!«

Auf der Damentoilette einer Tankstelle hatte sie sich umgezogen und geschminkt, wobei Brandner ihr natürliches Aussehen besser gefallen hatte, da die Haut nicht derart blass gewirkt hatte, und das Schwarz um ihre Augen hatte er auch nicht vermisst. Aber er war nicht ihr Stilberater, sondern ihr Vorgesetzter, daher hielt er sich mit Kommentaren zu zurück. Im Anschluss waren sie mit Brandners Audi von Göstling bis Gaming gefahren. Einfachheitshalber hatte sich Brandner am großen Parkplatz der Kartause eingeparkt. Dort standen sie nun neben seinem Wagen.

»Wo entlang?«, fragte Lindner. Brandner warf rasch

einen Blick auf das eindrucksvolle Bauwerk der Kartause. Stimmen von jungen Studenten waren zu hören.

Hier blüht das Leben, nur auf der anderen Flussseite sieht es heute ganz anders aus.

»Da vorne müssen wir über die Brücke.« Das Navi hatte Brandner zuvor schon auf die andere Seite führen wollen, und er hatte am Bildschirm bereits das Ziel genau sehen können, insofern wusste er, wohin sie gehen mussten.

Sie liefen nebeneinander über die Brücke. Nirgends war ein fahrendes Auto zu sehen. Lugbauers Werkstatt lag direkt am Wasser, es wirkte, als wäre auch diese Schmiede nach einem langen Winterschlaf wieder zum Leben erweckt worden.

Jetzt, da Lugbauer tot ist, stirbt sie vielleicht für immer.

Neben der Schmiede befand sich das zweistöckige Einfamilienhaus, das sie suchten. Lindner betätigte die Klingel. Sie hörten die Glocke laut im Innern.

»Die Maria ist daheim. Sie wird gleich kommen!« Eine ältere Dame mit dunkelblauem Kopftuch schaute im Nachbargarten über den Holzzaun. »Schrecklich, das mit dem Gottfried! Das hat er sich nicht verdient.«

»Nicht?«, fragte Lindner.

Sie kann es schon wieder nicht lassen. Jetzt habe ich gestern ganz darauf vergessen, sie wegen ihrer direkten Art vorzuwarnen. Zeit wäre genug gewesen, als wir das Bier getrunken haben.

»Der Gottfried, Gott hab ihn selig, war zwar ein Hallodri, aber nein, das hat er sich nicht verdient!«, bekräftigte die ältere Dame.

Innen wurde der Schlüssel im Schloss gedreht, dann wurde die Tür geöffnet. »Major Brandner, Kriminalpolizei, das ist meine Kollegin, Inspektorin Lindner, Frau Lugbauer?«

»Ja.«

Brandner schätzte die Witwe zwischen 40 und 50 Jahre alt. Ihre weiblichen Kurven waren trotz des konservativen schwarzen Kostüms, das sie trug, nicht zu übersehen.

»Dürfen wir reinkommen?«, erkundigte sich Lindner, nachdem mehrere Sekunden vergangen waren und die Hausherrin keinerlei Anstalten machte, sie hereinzubitten.

»Aber sicher, kommen Sie nur!« Frau Lugbauer ging voraus. »Entschuldigen Sie bitte, ich bin noch komplett durch den Wind, kann noch nicht glauben, dass Gottfried nicht gleich zur Tür hereinspaziert kommt.«

»Sollen wir unsere Schuhe ausziehen?«, flüsterte Lindner zu Brandner. Der schüttelte unmerklich seinen Kopf.

Wenn sie komplett schmutzig sind, ja, und wenn sie uns darum bittet auch, aber sonst nicht. Ohne Schuhe verlieren wir an Autorität, da hilft der Titel Major nur wenig.

Maria Lugbauer führte sie durch den Flur ins Wohnzimmer. Auf dem Boden dort lagen zwei weiße Schaffelle, und ein geschmiedeter Weinständer stach Brandner sofort ins Auge. Auf dem Couchtisch hatte die Hausherrin Salzstangen zum Knabbern bereitgestellt.

»Nehmen Sie doch Platz, darf ich Ihnen etwas zu trinken anbieten?«

»Wasser bitte.«

Lindner schloss sich Brandners Wunsch an, die beiden setzten sich nebeneinander auf die Couch, deren Polster mit dunkelrotem Stoff überzogen waren. Frau Lugbauer brachte ihnen die beiden Wassergläser und nahm anschließend schräg gegenüber im Couchsessel Platz.

»Wissen Sie schon, wer es getan hat? Wer hat meinen Gottfried auf dem Gewissen?« Lugbauer presste ihre Lippen aufeinander und legte ihre Hände auf ihre Oberschenkel.

»Wir haben gehofft, dass Sie uns weiterhelfen können. Hatte Ihr Mann Feinde?«

»Feinde, der Gottfried?« Sie hüstelte und verschränkte ihre Hände ineinander, dann fuhr sie fort: »Natürlich ist man nicht immer beliebt, wenn man in einer Jury sitzt, und auch nicht, wenn man Aufträge vergibt und einfach nicht jeden berücksichtigen kann, weil nicht genug Arbeit für alle zur Verfügung steht. Wegen so etwas wird aber niemand umgebracht. Das wäre doch krank!«

»Und doch ist Ihr Mann tot«, stellte Lindner fest.

Die Witwe schaute Brandners Kollegin an, als wäre sie ein Geist, bevor sie nickte. »Ja, es stimmt, mein Mann ist tot«, wiederholte sie wie in Trance. »Ich kann es einfach nicht fassen.«

»Ist Ihnen an Ihrem Mann in letzter Zeit etwas aufgefallen?«, übernahm Brandner das Gespräch. »Hat er sich anders verhalten als sonst? Irgendetwas Komisches?«

Stumm starrte die Witwe auf ihre Hände im Schoß.

Hier kommen wir heute nicht weit.

»Frau Lugbauer«, sagte Brandner, »bitte verstehen Sie mich nicht falsch, aber ich muss die Frage stellen: Wo waren Sie die Nacht von Samstag auf Sonntag?«

Die Frau blickte überrascht hoch. »Hier natürlich, wo sonst?«

»Waren Sie allein, oder gibt es Zeugen dafür?«, wollte Lindner wissen.

»Natürlich war ich allein! Gottfried hat ja in seinem Zelt

im Mendlingtal geschlafen. Das war von vornherein eine blöde Idee, aber er hat sich nicht davon abbringen lassen.«

»Es gibt also keine Zeugen dafür, dass Sie die ganze Nacht daheim waren?«, beharrte Lindner.

»Nein, die gibt es in der Tat nicht.«

Brandner räusperte sich und stand auf. Mit einem strengen Blick bedeutete er seiner Kollegin, es ihm gleichzutun. »Wir werden uns eventuell in den nächsten Tagen wieder bei Ihnen melden. Ich verstehe, dass es im Moment sehr viel ist, was da auf Sie hereinstürzt, aber wenn Ihnen irgendetwas einfällt, egal was, das uns weiterhelfen könnte, dann rufen Sie mich umgehend an.« Brandner legte seine Karte auf den Couchtisch, Lindner platzierte ihre Karte daneben.

»Ich melde mich bei Ihnen, wenn mir etwas einfällt, versprochen«, sagte die Witwe zu Brandner. Lindner wurde von ihr ignoriert. »Finden Sie den Täter und bringen Sie ihn hinter Gitter, er soll büßen für das, was er Gottfried angetan hat – und mir!«, fügte sie hinzu, bevor sie die Tür hinter den Ermittlern schloss.

22

Gaming, Niederösterreich
Montag, 3. Oktober

»Hat Ihnen die Maria die trauernde Witwe vorgespielt?«

Brandner bemerkte die ältere Nachbarin mit dem Kopftuch erst wieder, als sie von ihr angesprochen wurden. Sie stand immer noch am Zaun und schaute neugierig zu ihnen herüber.

»Kommen Sie zu mir in den Garten«, forderte sie Brandner und Lindner auf. »Ich mache uns einen Tee, dann erzähle ich Ihnen, was wirklich vor sich gegangen ist, bei dem so ehrenwerten Schmiedepaar!«

Seine Kollegin schaute fragend zu Brandner. Er hob seine Arme und nickte kaum merklich.

»Okay, wir kommen rüber«, erwiderte Lindner.

Brandner registrierte aus dem Augenwinkel, dass sich der Vorhang am Fenster neben der Haustür der Lugbauers leicht bewegte.

Jede Wette: Die Witwe hatte schon so eine Ahnung, dass uns ihre liebe Nachbarin abfängt!

Die beiden Ermittler liefen am Gehsteig und nahmen den Zugang zum Nachbargrundstück. Am Gartenzaun erwartete sie die mitteilungsfreudige Dame mit leuchtenden Augen. Sie öffnete ihnen das Türchen und führte sie zu einer Laube unter einem beeindruckenden Ahornbaum.

»Mögen Sie einen Pfefferminztee?«

Beide Ermittler nahmen das Angebot gerne an, und die Frau verschwand im Innern ihres Hauses.

»Wir wissen noch nicht einmal, wie die geschwätzige Alte heißt«, stellte Lindner fest.

»Nur die Ruhe, das wird schon noch«, beschwichtigte Brandner. Er machte es sich auf der dunklen Holzbank bequem.

Lindner blieb stehen und hob eines der goldgelben gezackten Blätter auf, die am Boden lagen. »Schön hier, so idyllisch, wenn nur der Nachbar nicht ermordet worden wäre …«

Nicht weit entfernt stand ein Vogelhäuschen. Eine Blaumeise pickte darin bereits Körner, und darunter lauerte eine grau getigerte Katze. Lindner lief auf das Tier zu und verscheuchte es, daraufhin flatterte auch die Meise davon.

»Wollte Minki schon wieder einen Vogel fangen?«, rief die Hausherrin. Sie hielt ein Tablett mit drei Teetassen in beiden Händen und schritt vorsichtig vorwärts. »Sie kann es einfach nicht lassen, sie will zwar nur mit ihnen spielen, aber für die Vögel ist das bitterer Ernst.«

Lindner ging stumm zurück zur Laube und setzte sich zu Brandner.

»Hier, bitte!« Die Frau stellte das Tablett auf den Gartentisch und nahm gegenüber auf einem Stuhl Platz.

Lindner wärmte sich die Finger an ihrer Tasse, bevor sie den Teebeutel herauszog und ihn in die dafür vorgesehene Schale legte. Danach nippte sie vorsichtig.

»Ich hoffe, er schmeckt?« Die Hausherrin zeigte auf die Dose auf dem Tablett. »Falls Sie Zucker wollen!«

»Danke, Tee trinke ich meist zuckerfrei! Ich liebe Ihren Pfefferminztee, er hat einen herrlichen Geschmack!«

Lindner kann also durchaus freundlich sein.

»Freut mich, wenn Ihnen der Tee schmeckt, junge Frau!« Die ältere Dame musterte nun Brandner.

»Ich lasse ihn noch etwas auskühlen«, erklärte er rasch.

»Natürlich.« Die Frau zögerte. »Kann ich Ihnen sonst noch etwas anbieten? Ich bin etwas aus der Übung.« Sie lächelte verlegen. »Seit meine Tochter mit meinem Schwiegersohn und den Kindern nach Wien gezogen ist, bin ich meist allein.«

So zurückhaltend wie sie sich jetzt gibt, war sie zuvor am Gartenzaun nicht.

Brandner nahm seine Tasse, pustete mehrmals, nahm einen kleinen Schluck und verbrannte sich Lippen und Zunge. »Sie wollten uns erzählen, was bei Ihren Nachbarn passiert ist«, sagte er, nachdem er hinuntergeschluckt und die Tasse zurück auf den Tisch platziert hatte.

»Ja, das stimmt. Mir ist das aber fast ein bisschen peinlich.«

»Was ist Ihnen peinlich?«, fragte Lindner nach.

»Sie müssen wissen, ich habe selten Besuch und daher viel Zeit. Ja, Zeit, die habe ich mehr als genug.«

»Worauf wollen Sie hinaus?«

Die Frau seufzte. »Früher war ich nicht so, aber nun bleibt mir praktisch gar nichts anderes übrig, ich kann ja nicht immer fernsehen oder lesen, also schaue ich auch mal, was sich bei meinen Nachbarn tut.« Sie zeigte nach rechts. »Bei den Spielmanns rührt sich nichts, über die kann ich Ihnen nichts erzählen, die sind einfach nur langweilig.«

Brandner beugte sich nach vorne. »Über die Spielmanns wollen wir auch gar nichts wissen.« Er zeigte nach links. »Aber wie sieht es bei den Lugbauers aus?«

Die ältere Dame lachte auf. »Ja, der Schmiedepapst und seine Maria! Da brauche ich wahrlich keinen Fernseher mehr, das sage ich Ihnen! Da gibt es genug zu sehen, was mir auch in meinem Alter noch die Schamesröte ins Gesicht treibt!«

»Wie meinen Sie das?«

Sie verbarg ihr Gesicht hinter ihren Händen. »Ich kann es nicht aussprechen.«

Jetzt war es Lindner, die laut seufzte. »Nun sagen Sie schon! Weshalb haben Sie uns herübergeholt? Was wollen Sie uns über die Lugbauers mitteilen?«

Die Frau kicherte. »Wissen Sie, ich war auch einmal jung, und ich hatte damals meinen Spaß, wenn Sie verstehen, was ich meine.« Noch immer hielt sie die Hände vor ihren Mund.

»Ja?«, hakte Lindner nach.

Die Nachbarin sprach nicht weiter. Brandner und Lindner sagten ebenso nichts, beide nahmen stattdessen kleine Schlucke von ihren Pfefferminztees.

Schließlich legte die ältere Dame ihre Hände auf den Tisch und beugte sich nach vorne. »Am hellsten Tag haben die es miteinander getrieben, ohne die Vorhänge zuzuziehen! Im Wohnzimmer auf der Couch, ich konnte alles sehen!«

Brandner stellte seine Tasse ab.

»Wer hat es mit wem getrieben?«, erkundigte sich derweil Lindner.

»Der Gottfried mit der Maria! Auf der Couch und auch auf dem Küchentisch, ich habe es mit eigenen Augen gesehen, stellen Sie sich das einmal vor!«

»Verstehe ich das richtig, die beiden hatte also Geschlechtsverkehr miteinander? Sie sprechen von Herrn und Frau Lugbauer, richtig?«

Brandner erkannte an der Stimmlage seiner Kollegin, dass Lindner genervt war.

»Genau!«, bestätigte die ältere Dame und schien nicht zu merken, dass sie die Geduld der Ermittler strapazierte.

»*Deswegen* haben Sie uns in Ihren Garten gebeten?«, fragte Brandner direkt heraus.

Die Frau schüttelte energisch ihren Kopf. »Nein, wo denken Sie hin, natürlich nicht!« Sie hörte gar nicht auf, ihren Kopf zu schütteln. »Wissen Sie, was eine Nymphomanin ist?«, wandte sie sich an Lindner.

»Eine Frau, die häufig Sex hat. Viel öfter als andere«, antwortete Brandners Kollegin.

»Ja, so kann man es ausdrücken, glaube ich.« Lugbauers Nachbarin machte eine Pause, löffelte Zucker in ihre Tasse und rührte den Tee mit einem kleinen Löffel um. Als sie fertig war, schaute sie zuerst zu Lindner, dann zu Brandner. »Ich glaube, Maria Lugbauer ist eine Nymphomanin«, sagte sie schließlich und trank einen Schluck.

Lindner stellte ihre Tasse mit einem lauten Scheppern auf die Untertasse zurück. »Nur weil eine Frau gerne öfter von ihrem Mann gefickt wird, ist sie noch lange nicht sexsüchtig!«, erwiderte sie energisch.

Brandners Blick war weiterhin auf die ältere Nachbarin gerichtet. Bei der Ausdrucksweise seiner jungen Kollegin war sie leicht zusammengezuckt.

»Maria ›fickt‹ ja nicht nur ihren Mann«, entgegnete die Dame nach einigen Sekunden. Das vulgäre Wort spie sie förmlich aus.

Brandners Interesse war endlich geweckt. »Das heißt, sie hat ihren Mann betrogen?«

»Wenn der Gottfried, Gott hab ihn selig, nicht da war,

was oft der Fall war, hatte Maria Männerbesuch.« Sie hielt kurz inne und befeuchtete mit der Zunge die Lippen. »Meist holte der Mann sie mit dem Auto ab, und sie fuhren gemeinsam weg. Einige Male war er aber auch schon im Haus. Dann hat die Maria immer die Vorhänge zugezogen. Sie können sich denken, was dahinter passiert ist. So ungeniert wie die Maria mit dem Gottfried zugange war, da hat sie sicher noch ärgere Sauereien mit ihrem Liebhaber praktiziert!«

Mit diesem Liebhaber werden wir reden müssen.

»War es immer derselbe Mann? Haben Sie Frau Lugbauer beim Geschlechtsverkehr mit ihm beobachten können?«, fragte Lindner.

»Ja, es war immer derselbe. Und nein, die Vorhänge waren immer vorgezogen.«

»Vielleicht gibt es eine ganz einfache Erklärung für den Besuch des Mannes. Eventuell ist er ihr Masseur oder ein Physiotherapeut, Personal Trainer oder etwas in der Art«, bemerkte Lindner.

Lugbauers Nachbarin schüttelte ihren Kopf. »Junge Frau!«, erwiderte sie. »Ich mag zwar selber seit Jahrzehnten mit keinem Mann mehr im Bett gewesen sein, aber ich erkenne noch immer, wenn eine Frau mit einem Mann intim ist, und zwar daran, wie sie miteinander umgehen. Glauben Sie mir, Maria hatte Sex mit ihm.«

»Frau Lugbauer hat uns gerade erklärt, dass sie in der Nacht von Samstag auf Sonntag allein daheim war, stimmt das?«, wechselte Brandner das Thema.

Die ältere Dame schüttelte wieder ihren Kopf. »Gegen sieben Uhr am Abend ist sie in den dunkelblauen BMW gestiegen, den ihr Liebhaber fährt. Da bin ich mir ganz sicher.«

»Sie kennen sogar die Automarke?«, wunderte sich Lindner.

»Ja, mein Schwiegersohn ist so stolz auf seinen 5er-BMW, und Marias Liebhaber fährt das gleiche Modell. Ich hoffe nur, mein Schwiegersohn ist meiner Tochter treuer als die Maria dem Gottfried.«

Das wären eher umgekehrte Vorzeichen, aber egal.

»Das wird er schon sein«, murmelte Brandners Kollegin. »Sie kennen nicht rein zufällig auch das Kennzeichen?«

»Nein, damit kann ich nicht dienen«, antwortete die Nachbarin.

Brandners Telefon klingelte. Er schaute auf das Display. »Entschuldigung, da muss ich rangehen.«

23

Gaming, Niederösterreich
Montag, 3. Oktober

»Wie weit sind Sie mit der Befragung der Witwe?«

Brandner stand neben dem Vogelhäuschen und drückte das Smartphone gegen sein Ohr, um Direktor Böck besser zu verstehen. Er schaute hinüber zum Haus der Lugbauers, wieder bewegte sich der Vorhang hinter einem der Fenster leicht.

Sie beobachtet uns und weiß, dass wir bei ihrer Nachbarin sind.

»Major Brandner, hören Sie mich?«, rief Böck am anderen Ende der Leitung.

Brandner räusperte sich. »Wir reden gerade mit Lugbauers Nachbarin, die erzählt uns interessante Details aus dem Leben des Opfers und seiner Frau.«

»Haben Sie Ihr Gespräch mit der Witwe nun beendet oder nicht?«, hakte Böck ein weiteres Mal nach, ohne auf Brandners Aussage einzugehen.

»Ja, schon vor einer halben Stunde.«

»Gehe ich recht in der Annahme, dass die Witwe den Mord an ihrem Mann nicht gestanden hat?«

Worauf will Böck hinaus?

»Ja, da haben Sie recht, Herr Direktor, ansonsten hätte ich Sie sofort informiert.«

»Dann kommen Sie umgehend zurück ins LKA, es gibt hier gleich eine Menge zu tun!«, forderte Böck.

»Was ist passiert?« Brandner drehte sich um und registrierte, dass sich Lindner weiterhin mit der Nachbarin unterhielt.

»Auer konnte einen Fingerabdruck an der Tatwaffe sicherstellen. Wir gleichen ihn gerade mit den Fingerabdrücken ab, die die Kollegen gestern abgenommen haben. Alle Teilnehmer des Schmiedekurses wurden ins LKA beordert. Falls es eine Übereinstimmung gibt, führen Sie das Verhör.«

Brandner schaute wieder zum Haus der Witwe. Diesmal bewegte sich kein Vorhang. »Ich fahre sofort los«, bestätigte er seinem Vorgesetzten, bevor er das Telefonat beendete. Er ging zurück zu den beiden Frauen und zuckte entschuldigend mit seinen Achseln. »Der Chef«, bemerkte er, bevor er sich an seine Kollegin wandte: »Hast du die Personalien aufgenommen? Wir müssen sofort los.«

Lindner stand auf. »Ja, hab ich. Danke für den Tee und für Ihre Auskunft!«

Auch Brandner bedankte sich, während sich die Nachbarin am Tisch abstützte, um aufzustehen. »Ich will ja über niemanden schlecht reden«, erklärte sie, als sie nebeneinander zur Straße gingen. »Aber der Gottfried ist tot, Gott habe ihn selig! Da kann ich doch nicht einfach daheimsitzen und nichts darüber sagen, was ich gesehen habe.« Sie öffnete für die Ermittler die Gartentür.

»Sie haben richtig gehandelt«, beruhigte Brandner die Dame.

»Was werden Sie jetzt tun?«, erkundigte sie sich.

»Alles in Ruhe abwägen und dann entscheiden«, lautete Brandners Antwort.

Sie verabschiedeten sich voneinander, danach überquerten Lindner und Brandner die Brücke und schritten an der Kartause vorbei in Richtung Parkplatz.

»Was hältst du davon, was uns die Nachbarin brühwarm über die Lugbauers erzählt hat?«, fragte Brandner.

»Schwer zu sagen, wie vertrauenswürdig sie ist«, antwortete Lindner, »Nachgehen sollten wir dem aber in jedem Fall. So wie es aussieht, hat uns die frischgebackene Witwe nämlich belogen!«

»Stimmt …«

Ich habe Böck bestätigt, dass ich zurückkomme, von Lindner habe ich nichts dergleichen behauptet.

Brandner blieb stehen. »Annika?«
»Ja?« Sie schaute ihn fragend an.
»Du hast doch einen Führerschein.«
»Ja, sicher, warum?«
»Ich habe da so eine Idee.«

24

Sankt Pölten, Niederösterreich
Montag, 3. Oktober

Brandner lehnte sich in seinem Schreibtischsessel zurück und verschränkte die Arme hinter seinem Kopf. Noch war die Analyse der Fingerabdrücke nicht abgeschlossen, und Böck hatte nicht danach gefragt, wo Lindner abgeblieben war. Derzeit konnte er nur abwarten, da es keinen Sinn ergab, vor einem Ergebnis des Abgleichs noch einmal mit den Kursteilnehmern zu sprechen. Diese waren angehalten worden zu warten.

Lindner hat es gerade wahrscheinlich nicht so bequem wie ich.

Brandner hatte sich schon eine Erklärung zurechtgelegt,

warum er seine neue Kollegin in Gaming zurückgelassen hatte, doch ihm war bewusst, dass seine Entscheidung nicht gerade mit Wohlwollen von seinem Vorgesetzten aufgenommen werden würde. Schließlich war Lindner direkt ihm unterstellt, und er hatte für ihre Sicherheit zu sorgen.

Hoffentlich hält sie sich an die Vorgabe, nur zu beobachten und nichts zu unternehmen.

Ursprünglich hatte es Brandner für eine gute Idee gehalten, Lindner die heikle Aufgabe zu übertragen, doch nun, da er in Sankt Pölten war, plagte ihn sein Pflichtgefühl ihr gegenüber, und er spürte eine innere Unruhe, die er so im beruflichen Umfeld bislang nicht kannte. Nur um seine engsten Familienangehörigen machte er sich hin und wieder Sorgen, um seine Töchter und auch um seine Frau Eva, aber doch nicht um eine Kollegin.

Böck hat mir die Verantwortung für Lindner übertragen, daher sollten mich meine Gefühle nicht überraschen. Der Mörder befindet sich wahrscheinlich sowieso hier im LKA, es muss *einfach einer oder eine aus dem Schmiedekurs sein! Wimmer, Meinhart, Müller, der Albrecht oder eine der beiden Frauen … Wessen Abdruck ist auf dem Mordnagel?*

Das Festnetztelefon klingelte. Brandner nahm den Hörer ab.

»Wir haben eine Übereinstimmung«, informierte ihn Auer.

»Wer ist es?«

»Albrecht«, erwiderte die Kriminaltechnikerin. »Der Mann«, fügte sie hinzu. »Rechter Daumen.«

Mist! Dem gibt seine Frau ein Alibi. Er war die ganze Zeit bei ihr im Zelt, hat sie gesagt, aber was ist das Alibi schon wert? Ich werde ihn unter Druck setzen, hoffentlich bricht er zusammen und gesteht, dann ist der Fall gelöst. Aber was hat er für ein Motiv? Viele Fragen, auf die ich eine Antwort brauche!

Endlich hatte das Warten ein Ende, Brandner stand energisch auf und verließ sein Büro. Vor dem Verhörraum wartete schon Böck. Brandners Vorgesetzter wippte zufrieden auf seinen Zehenballen auf und ab, die Hosenträger spannten sich über seinen voluminösen Bauch, sein Scheitel reichte Brandner nicht einmal bis zum Kinn.

»Johann Albrecht ist bereits drinnen, und seine Frau wartet im Besprechungszimmer«, sagte Böck.

»Sehr gut! Seine Frau gibt ihm ein Alibi, ich nehme ihn jetzt in die Mangel, wenn er nicht einbricht, werde ich mit ihr reden.«

»Genau so machen Sie es, wir gehen heute nicht heim, bevor Albrecht gestanden hat!«

Böck ist sich wieder einmal sicher, dass wir den Täter haben, doch Albrecht hat wahrscheinlich bereits eine einigermaßen plausible Erklärung parat, warum sein Daumenabdruck auf dem Nagel ist.

»Ich fühle ihm auf den Zahn, dann sehen wir weiter«, entgegnete Brandner.

Er wartete nicht auf weitere Instruktionen von Böck, sondern öffnete die Tür zum Verhörraum und schloss sie hinter sich wieder. »Herr Albrecht, Sie wissen bereits, weswegen Sie hier sind?«, fragte er Johann Albrecht statt einer Begrüßung.

Albrecht stand ganz nahe an der verspiegelten Wand, durch die Böck das Verhör vom Nebenzimmer aus mitverfolgen würde. Wie immer fühlte sich Brandner auch diesmal in diesem Raum unwohl, er hoffte, dass das auch für sein Gegenüber galt.

Albrecht hatte die Hände vor seiner Brust verschränkt. »Der Daumenabdruck meiner rechten Hand befindet sich auf dem Nagel, mit dem Gottfried erstochen worden ist«, stellte er fest.

Brandner nickte und zeigte auf den Stuhl an der Längsseite des Tisches. »Nehmen Sie bitte Platz, dann können wir uns in Ruhe unterhalten.« Brandner hielt es nicht für ausgeschlossen, dass sich Albrecht widersetzen und stehen bleiben würde, doch der Verdächtige setzte sich tatsächlich hin. Brandner ließ sich auf dem Stuhl gegenüber nieder.

»Ja, es stimmt, Ihr Daumenabdruck wurde sichergestellt. Das sieht nicht gut für Sie aus, gar nicht gut!«

»Das hat nichts zu bedeuten!«

»Ich denke, ein Richter wird das anders sehen. Ein Fingerabdruck ist ein starkes Indiz. Ersparen Sie uns einfach die lange Befragung und gestehen Sie den Mord.«

»Ich habe ihn nicht erstochen!«

»Was mich vor allem interessiert, ist, *warum* Sie Gottfried Lugbauer getötet haben?« Brandner betonte mit Absicht das Wort »warum«. »Was hat er Ihnen getan?«

»Die Frage stellt sich doch überhaupt nicht, denn ich habe Gottfried nicht ermordet!«

»Wie erklären Sie sich in dem Fall Ihren Fingerabdruck auf der Mordwaffe?«

Albrecht lehnte sich in seinem Sessel zurück und verschränkte wieder die Arme vor seiner Brust. »Es muss sich um einen der Nägel handeln, die Gottfried oder Martin Meinhart zur Ansicht angefertigt haben. Wir haben sie uns genauer anschauen dürfen, bevor wir unsere eigenen geschmiedet haben.«

»Das kann ein jeder behaupten.«

Albrecht beugte sich nach vorne. »Ich behaupte nichts anderes als die Wahrheit, fragen Sie einfach die anderen Kursteilnehmer. Die werden es Ihnen bestätigen.«

»Warum ist dann nur Ihr Abdruck auf dem Nagel?«

»Wahrscheinlich hatten die anderen ihre Handschuhe an, oder sie haben andere Nägel betrachtet, oder der Mörder hat den Nagel schlampig abgewischt! Das ist alles möglich, oder etwa nicht? Finden *Sie* heraus, was passiert ist, das ist nicht meine Aufgabe! Ich weiß nur, dass ich mit Gottfrieds Tod rein gar nichts zu tun habe! Wir waren befreundet und ich hätte ihn nie im Leben ermordet!«

Brandner sah Albrecht direkt in die Augen. »Wissen Sie was, Herr Albrecht, für mich hört sich das alles nach billigen Ausflüchten an! Sie klammern sich an Strohhalme und werden doch untergehen. Sie und ihre Frau hatten in Wirklichkeit ein engeres Verhältnis zum Opfer als die anderen. Irgendetwas Persönliches ist vorgefallen, was Sie zu dieser Tat veranlasst hat. Sagen Sie mir, was das war, und gestehen Sie den Mord.«

»Da gibt es nichts zu gestehen! Ich war die ganze Zeit bei meiner Frau im Zelt, sie wird es Ihnen bestätigen!«

»Was hat Herr Lugbauer Ihnen getan? Welches Motiv hat Sie zu der Tat getrieben? Warum hassen Sie Lugbauer derart?« Albrecht öffnete seinen Mund, für Brandner wirkte es fast so, als wolle er einlenken, doch er blieb stumm. »Sagen Sie es mir, ich finde es sowieso heraus!«

Albrecht befeuchtete mit der Zunge seine Lippen.

Irgendetwas will er mir mitteilen. Er will nicht gestehen, aber etwas will er mir sagen.

»Rücken Sie einfach raus damit!«

Albrecht schüttelte langsam seinen Kopf. »Ich will mit einem Anwalt reden, vorher sage ich gar nichts.«

Brandner stand auf. »Sie machen es sich nur unnötig schwer, aber ich komme natürlich Ihrem Wunsch nach.«

»Ein Glas Wasser wäre gut!«, rief ihm Albrecht nach, als Brandner den Verhörraum verließ.

»Ich kümmere mich darum.«

Draußen wartete bereits Böck. »Sie hatten ihn fast so weit! Zu blöd, dass ihm jetzt doch noch die Idee mit dem Anwalt gekommen ist.« Der Direktor steckte beide Daumen in seine Hosenträger, dehnte sie und ließ sie gegen Brust und Bauch knallen.

»Dagegen sind wir machtlos.«

»Stimmt, weiter mit Plan B?« Wieder ließ Böck seine Hosenträger schnalzen.

»Ja, ich rede mit Frau Albrecht, vielleicht wird ja sie schwach«, erwiderte Brandner.

25

Gaming, Niederösterreich
Montag, 3. Oktober

Was tue ich hier eigentlich?

Zuerst war Annika Lindner Feuer und Flamme für Brandners Vorschlag gewesen, doch jetzt saß sie im gemieteten VW Golf, und es rührte sich seit Stunden rein gar nichts im Haus der Lugbauers. Lindner konnte sich nicht einmal sicher sein, dass die Witwe überhaupt daheim war. Das Gebäude war eineinhalb Stunden unbeobachtet gewesen, während sie sich von der Polizeidienststelle in Scheibbs aus, wo Brandner sie abgesetzt hatte, den Mietwagen besorgt hatte. Da es sich um keine offiziell beantragte und abgesegnete Observierung handelte, war Lindner auf sich allein gestellt.

Ihr silberner VW stand vor dem Gartenzaun der neugierigen Nachbarin der Lugbauers. Sie hatte einen guten Blick auf die Zufahrt zum Einfamilienhaus des Mordopfers und auch auf die Schmiede, während ihr die umstehenden Bäume Sichtschutz boten. Zu Lindners Bedauern lag die Straße bereits vollständig im Schatten. Im Auto war es kalt, und ihre Finger waren klamm. Immer wieder rieb sie sie aneinander, doch das half nur kurze Zeit. Schon bald würde sie den Motor starten müssen, damit die Heizung ansprang.

Eine Standheizung wäre Gold wert! Lindner hatte bei der Buchung des Mietautos nicht daran gedacht. *Wahr-*

scheinlich wäre ohnehin kein Fahrzeug mit diesem Zusatzfeature so kurzfristig verfügbar gewesen.

Sie wollte gerade das Autoradio einschalten, da klopfte es am Seitenfenster. Lindner zuckte erschrocken zusammen, bevor sie einen Blick auf den Störenfried warf.

Die neugierige Nachbarin! So viel zur geglückten Tarnung.

Sie ließ die Scheibe ein Stück nach unten fahren.

»Entschuldigung, Frau Inspektor, ich wollte nicht stören.«

Tust du aber!

»Was kann ich für Sie tun?«, erkundigte sich Lindner, so freundlich, wie es ihr möglich war.

»Langsam wird es kalt«, stellte die ältere Dame fest. »Da dachte ich mir, Sie könnten noch einen Pfefferminztee gebrauchen.« Sie hielt die Tasse samt Untersatz ans Fenster.

Mittlerweile hatte sich Lindner wieder beruhigt, rasch überlegte sie, ob es gegen irgendeine Vorschrift verstieß, das Angebot anzunehmen.

Sie ist nicht verdächtig. Es ist also keine Bestechung, Alkohol beinhaltet der Tee auch nicht. Brandner hatte auch keine Bedenken, ihn zu trinken, als wir im Garten waren.

Lindner bedankte sich, nahm das heiße Getränk entgegen und pustete gegen den Dampf.

»Wenn Sie sonst noch etwas brauchen, lassen Sie es mich wissen!«, bot die Nachbarin an.

»Danke!« Lindner lächelte und wärmte ihre Finger an der Tasse. »Ich bin jetzt bestens versorgt.«

»Gut, dann gehe ich wieder! Sie wissen ja, wo Sie mich finden.« Die Dame drehte sich um.

Sie beobachtet ja auch die Nachbarn!

»Entschuldigung?«, rief Lindner ihr hinterher.

»Ja?« Die Frau schaute über ihre Schulter zurück.

»Ist Maria Lugbauer daheim?«

Die Nachbarin lächelte wissend. »Die Maria ist zu Hause, sie hat sich hingelegt. Entweder hat sie der Tod vom Gottfried, Gott hab ihn selig, so mitgenommen, oder sie hat später noch was vor, wofür sie ausgerastet sein will. Sie können sich sicher vorstellen, was das wäre! Also passen Sie gut auf!«

26

Sankt Pölten, Niederösterreich
Montag, 3. Oktober

Karin Albrecht hielt eine der Salzstangen in ihrer Hand, die als Knabberei für Besucher und Mitarbeiter des LKA in dem Besprechungsraum angeboten wurden.

»Schönen Nachmittag, Frau Albrecht!«, begrüßte Brandner sie, als er das Zimmer betrat. Hier fühlte er sich wie immer deutlich wohler.

»Für mich ist es kein schöner Tag«, entgegnete Albrecht. Sie saß am Tisch, Körper und Kopf zur Seite gedreht, sodass sie nicht von den Strahlen der tief stehenden Sonne geblendet wurde, die durchs Fenster fielen.

»Das kann ich mir vorstellen«, erwiderte Brandner.

Er setzte sich der Frau gegenüber an den Tisch. Karin Albrecht war dezent geschminkt, sie trug eine dunkelblaue Strickweste, am Hals blitzte der weiße Rüschenkragen einer Bluse hervor.

»Wenn man erfährt, dass der eigene Mann ein Mörder ist, ist das sogar ein schrecklicher Tag«, stellte Brandner fest.

»Der Johann ist doch kein Mörder!« Sie schüttelte energisch ihren Kopf. »So etwas Furchtbares könnte er nie tun, dafür ist er viel zu gutmütig!«

»Niemand kann mit absoluter Sicherheit wissen, welche Abgründe tief in einer Person schlummern. Auch wenn man sich schon sehr lange kennt, kann man böse überrascht werden. Glauben Sie mir, in meinem Beruf habe ich das schon zu oft erlebt!«

»Aber doch nicht mein Johann! Mein Mann ist einfach ein herzenslieber Kerl, der kann niemandem etwas zuleide tun.«

Wieder diese altbekannte Leier. Ich kann sie schon nicht mehr hören. Gleich wird auch noch die Fliege erwähnt, die er nicht einmal erschlagen könnte.

»Hatte Ihr Mann Streit mit Herrn Lugbauer? Irgendetwas ist zwischen den beiden doch am Wochenende vorgefallen, oder nicht?«

Für Brandner eindeutig zu schnell und zu energisch schüttelte Karin Albrecht ihren Kopf. »Johann und ich haben mit dem Mord am Gottfried nichts zu tun!«

»Und doch befindet sich ein Fingerabdruck Ihres Mannes auf der Mordwaffe.«

»Das hat doch rein gar nichts zu bedeuten! Der Johann hat den Nagel einfach vorher angefasst, noch während des Schmiedekurses, und der Mörder hat später Handschuhe getragen. Das ist doch klar! Genauso könnten zufälligerweise meine Fingerabdrücke oder die von einem der anderen auf dem Nagel sein!« Die Salzstange in Albrechts Hand zerbrach, eine Hälfte landete auf der Tischplatte, die andere hielten ihre Finger fest umklammert. »Entschuldigung.« Sie legte das zweite Stück auf den Tisch neben das andere. »Johann war die ganze Nacht bei mir im Zelt. Er kann es gar nicht gewesen sein«, sagte sie mit ruhigerer Stimme.

»Er hat sich aus dem Zelt geschlichen, als sie schliefen.«

»Das hätte ich gemerkt.«

»Sie decken vielleicht einen Mörder!«

»Tue ich nicht!«

»Meineid ist strafbar, das wissen Sie?«

»Es war, wie ich es sage! Johann war die ganze Nacht bei mir im Zelt.«

Mist, bei ihr komme ich auch nicht weiter.

Brandner stand auf. »Frau Albrecht, denken Sie bitte noch einmal genau darüber nach, ob Ihr Mann nicht doch einen Grund hatte, Herrn Lugbauer zu töten. Sie wollen nicht Ihr Leben mit einem Mörder verbringen. Im selben Bett mit ihm schlafen.«

Nun erhob sich auch Karin Albrecht. »Johann ist kein Mörder, merken Sie sich das!« Sie atmete zweimal kräftig aus und wieder ein. »Wenn Sie sonst keine Fragen haben, würde ich jetzt gerne gehen.«

Brandner zeigte zur Tür. »Bitte schön.«

Albrecht zögerte. »Was ist mit Johann?«

»Ihr Mann bleibt vorerst einmal hier.«

27

Gaming, Niederösterreich
Montag, 3. Oktober

Lindner verfluchte den Pfefferminztee, den sie vor einer Stunde getrunken hatte. Obwohl es im Auto noch kälter war als zuvor, schwitzte sie mittlerweile. Nicht das heiße Getränk wärmte sie von innen – wobei, indirekt schon, denn die Hitzewallung wurde von ihrer zum Bersten gefüllten Blase ausgelöst.

Was soll's? Es geht nicht anders!

Lindner stieg aus und verriegelte das Auto mit der Fernbedienung. Danach huschte sie durch die offene Gartentür zum Haus von Lugbauers Nachbarin und betätigte die Klingel. Während sie wartete, hüpfte sie von einem Bein auf das andere.

Wie ein kleines Kind.

Fast musste sie über sich selbst lachen, doch der Druck in ihrem Unterleib vertrieb alle Heiterkeit.

Nach einer gefühlten Ewigkeit öffnete die ältere Dame die Tür. Noch immer trug sie ihr Kopftuch. »Ah, Frau Inspektor, müssen Sie auf die Toilette?«

Sie sieht es mir an. Ich bin so ein Jammerlappen.

»Ja, bitte!«

»Hier entlang.«

Lindner schlüpfte hastig aus ihren Schuhen und folgte der Frau. Sie registrierte dabei kaum den Herbstkranz und die Fotos im Eingangsbereich, die eine deutlich jüngere Hausherrin an verschiedenen Urlaubsorten zeigten. Die Aufnahmen mussten vor Jahrzehnten entstanden sein.

Nachdem sich Lindner erleichtert hatte, wusch sie sich im Badezimmer die Hände und trocknete sie mit einem blassblauen Handtuch ab. Dann trat sie wieder in den Gang hinaus, wo die ältere Dame auf sie wartete.

»Darf ich Ihnen noch einen Tee anbieten?«, fragte sie.

Nie wieder Tee während einer Observierung!

»Danke, das ist sehr lieb von Ihnen, aber besser nicht, sonst muss ich Sie noch öfter belästigen.«

»Das stört mich doch nicht, Sie können jederzeit zu mir kommen!«

»Es ist aber nicht gerade gut, wenn ich meinen Posten verlassen muss.«

Die Nachbarin nickte. »Da haben Sie natürlich recht! Daran habe ich gar nicht gedacht, bitte entschuldigen Sie!« Die Frau tätschelte Lindners Arm, die Inspektorin trat einen Schritt näher zum Ausgang.

»Da gibt es doch nichts zu entschuldigen. Jetzt muss ich aber los!« Lindner schlüpfte in ihre Schuhe.

»Viel Erfolg! Schnappen Sie sich die Ehebrecherin!«

Darauf erwiderte Lindner nichts mehr, stattdessen schloss sie die Tür hinter sich. Eilig lief sie zurück zur Straße und lugte vorsichtig zum Haus der Lugbauers. Davor stand nun ein BMW, der zuvor noch nicht dort gestanden hatte. Die Scheinwerfer waren noch eingeschaltet, und der Motor lief.

Gerade noch rechtzeitig.

Lindner stieg rasch in ihr Auto und duckte sich hinter das Lenkrad.

Nach wenigen Sekunden trat Maria Lugbauer ins Freie. Sie trug einen grauen Mantel und schwarze Stiefel mit hohen Absätzen. Mit energischen Schritten lief sie zum BMW. Während sie am Beifahrersitz Platz nahm, startete Lindner ihren Golf. Der Wagen setzte sich in Bewegung, und auch Lindner legte den ersten Gang ein.

28

Sankt Pölten, Niederösterreich
Montag, 3. Oktober

Eva wird es verstehen.

Brandner setzte sich in seinen Audi und fuhr los. Bald würde es dämmern, doch er konnte nicht einfach Feierabend machen und nach Hause nach Wien fahren. Er hatte einen Mord aufzuklären. Johann Albrecht saß in Untersuchungshaft, aber die Beweislage war dürftig, und der Verdächtige konnte auf das Alibi seiner Frau zählen. Der Fall war also alles, nur nicht gelöst.

Brandner musste daher unbedingt noch einmal mit den anderen Kursteilnehmern reden und sie zu den Albrechts befragen. Ein Jammer, dass er Müller, Maier, Meinhart und Wimmer heute Nachmittag hatte gehen lassen müssen, nachdem das Ergebnis des Abgleichs sie fürs Erste entlastet hatte. Nun musste er alle nochmals einzeln aufsuchen, doch immerhin hatte Meinhart am Telefon einem Treffen noch am selben Abend in seinem Heimatort zugestimmt.

Major Brandner nahm die Autobahnauffahrt Richtung Salzburg und beschleunigte auf 140 Stundenkilometer. Er fixierte den Tempomat, bevor er Lindner anrief.

Nach mehrmaligem Läuten meldete sie sich. »Ich folge gerade dem blauen BMW, von dem die Nachbarin erzählt hat, unsere trauernde Witwe sitzt drinnen.«

Brandner hatte Schwierigkeiten, seine Kollegin zu verstehen. »Kannst du bitte lauter sprechen?«

»Ich habe das Handy auf Lautsprecher geschaltet«, hörte er sie deutlicher sagen, »mit der Freisprecheinrichtung vom Golf kenne ich mich nicht aus«, erklärte sie weiter.

Solange sie von keiner Verkehrsstreife angehalten wird, ist alles in Ordnung.

»Kein Problem, wenn du so laut sprichst, verstehe ich dich!«, erwiderte Brandner. »Wohin fährt der BMW?«

»Zurück, den Berg hinauf, in die Richtung aus der wir heute am Morgen gekommen sind. Lackenhof, Lunz, Göstling oder sogar das Mendlingtal wären mögliche Ziele.«

»Okay, bleib dran.«

Brandner berichtete Lindner, was sich in den vergangenen Stunden im LKA ereignet hatte und dass er sich auf dem Weg zu Meinhart befand. »Sei du vorsichtig, halte Abstand und mach keine Alleingänge!«, ermahnte er sie abschließend.

»Mache ich nicht, keine Angst!«, entgegnete seine Kollegin.

Sie nimmt mich in der Hinsicht nicht ernst.

»Annika, es ist nicht sicher, dass Albrecht der Täter ist, vielleicht sitzt der Mörder vor dir im Auto, also pass auf dich auf!«

»Mache ich, versprochen!«, beschwichtigte Lindner. »Es kann aber auch einer der anderen Kursteilnehmer gewesen sein. Du musst also auch auf dich achtgeben, wenn du mit denen alleine sprichst!«

Jetzt weiß ich, wie es ihr sonst geht. Irgendwie fühlt man sich wie ein Kind …

»Ja, gut!«, murmelte er.

Etwas anderes konnte er nach seinen eigenen Ermahnungen schlecht antworten.

Danach verabschiedete er sich von seiner Kollegin und wählte die Nummer seiner Frau.

»Wie geht es dir?«, erkundigte er sich nach der Begrüßung.

»Frag nicht, typischer Montag halt«, erwiderte Eva. »Wie läuft es bei dir?«

»Mörderjagd, typischer Arbeitstag, leider noch nichts zu feiern.«

»Wann kommst du heim?«

»Kann richtig spät werden heute, ich führe noch eine Befragung im oberen Ybbstal durch.«

»Oh, okay … Denk nicht zu sehr an früher, das ist jetzt ein anderer Fall.«

Brandner schluckte, seine Frau kannte ihn einfach zu gut. Sie wusste genau, dass er mit einem mulmigen Gefühl ins obere Ybbstal fuhr, da es ihn an frühere Mordfälle erinnerte, die er zumindest zum Teil hätte verhindern können.

Wenn, ja, wenn alles glattgelaufen wäre … Aber Mordermittlungen laufen eben nicht immer nach Lehrbuch.

»Ich versuche, die Vergangenheit auszublenden«, sagte Brandner. »Es gelingt mir nicht immer.« Dann wechselte er das Thema: »Wie geht's den Mädels?«

»Die waren am Morgen auch nicht gerade begeistert über den Wochenstart, aber sonst gibt es nichts Besonderes zu berichten.«

»Schatz, ich bekomme gerade einen Anruf rein.«

»Alles klar, Leo, hab dich lieb!«

»Ich dich auch!«

Brandner trat kräftig aufs Bremspedal, da vor ihm ein LKW auf die Überholspur ausscherte, bevor er den neuen Anruf entgegennahm. »Hallo, Elfriede!«

»Hallo, Leo, ich habe mit meinen Kollegen aus dem Mendlingtal telefoniert.«

»Ja, haben sie was gefunden?«

»Noch nicht, sie fragen, ob sie abreisen dürfen. Wir haben ja den Fingerabdruck auf dem Nagel.«

»Albrecht behauptet, dass er den Nagel in der Schmiede angefasst habe und der echte Täter wahrscheinlich später Handschuhe getragen hätte.«

»Das kann schon sein. In dem Fall sollten an den Handschuhen Blut und weitere Spuren zu finden sein«, bestätigte Auer.

»Richtig, es ist also essenziell, dass wir die Handschuhe finden, falls es sie gibt«, stellte Brandner fest. »Wir sollten der Theorie auf den Grund gehen.«

»Okay«, erwiderte Auer. »Ich sage den Kollegen, sie

sollen nochmals alles durchkämmen und den Suchradius erweitern. Länger als bis morgen Abend bleiben sie aber sicher nicht dort.«

»Wenn sie bis dahin nichts gefunden haben, gibt es dort wahrscheinlich keine Handschuhe. Sag ihnen, sie sollen das Gebiet rund um das Schmiedegesellenhaus und um den Bach durchkämmen. Der oder die Täterin muss da vorbeigekommen sein oder hat sogar in einem der Zelte geschlafen. Die Handschuhe müssten also ganz in der Nähe sein!«

»Mache ich sofort! Dann bis morgen!«

»Bis morgen!«

29

Lunz am See, Niederösterreich
Montag, 3. Oktober

Früher bin ich hier einmal mit Papa mit dem Tretboot gefahren, war schön, ist aber lange her.

Die Dämmerung hatte eingesetzt. Lindner schaltete die Scheinwerfer ihres Golfs ein, als sie ins Ortsgebiet fuhr. Der BMW hielt sich an die Geschwindigkeitsbeschränkungen, fuhr jedoch nicht so langsam wie ein typischer Sonntagsfahrer. Daher hatte Lindner bisher keine Probleme gehabt, ihn im Auge zu behalten. Jetzt hoffte sie, dass der Lenker des Fahrzeuges nichts davon mitbekam, dass ihm bereits seit der Abfahrt aus Gaming ein und derselbe Wagen folgte. Ein Golf in Silber war in Österreich ein sehr beliebtes Modell, das kaum auffiel, darauf zählte Lindner nun.

Die fahren tatsächlich zum See.

Vor Lindner lag erleuchtet ein Restaurant mit der Terrasse am Ufer, die im Sommer gerne von Gästen genutzt wurde, aber jetzt leer war.

Da haben wir uns damals das Tretboot ausgeliehen!

Der BMW parkte vor dem Gebäude. Hinter Lindner befand sich kein weiteres Fahrzeug, also hielt sie den Wagen im Abstand von vielleicht 20 Metern auf der Straße an und schaltete die Lichter aus. Ein Mann mittleren Alters stieg auf der Fahrerseite des BMW aus. Soweit Lindner erkennen konnte, trug er ein Sakko und dunkle Jeans. Die wärmende Jacke, die besser zur Jahreszeit gepasst hätte, lag vermutlich im Auto, immerhin war der Weg zum Restaurant kurz.

Nachdem das Paar im *Seewirt* verschwunden war, schaltete Lindner die Scheinwerfer wieder ein und fuhr zum Parkplatz, wo sie den Golf am Rand abstellte. Sie verließ ihren Wagen und schlich zu dem des vermeintlichen Liebhabers der frischgebackenen Witwe.

Die beiden sind richtig dreist. Ihr Mann ist erst einen Tag tot, und sie geht mit ihrem Lover essen. In aller Öffentlichkeit! Wenn sie sich zumindest in Wien ein anonymes Hotelzimmer genommen hätten – aber so, was soll man davon bloß halten?

Lindner fotografierte den BMW mit der Kamera ihres Smartphones, ging in die Hocke und lichtete das Kennzeichen ab. Nachdem die unbekannte Bordtechnik des Golfs und die Verfolgung all ihre Konzentration erfordert hatten, konnte sie jetzt in aller Ruhe den Halter des BMW überprüfen lassen.

Sie kehrte zu ihrem Wagen zurück und rieb ihre Handflächen aneinander.

Kalt ist es hier ... Lunz am See, natürlich, wie konnte ich das nur vergessen! Der Ort wird immer wieder einmal von den Wetterfröschen im Radio oder Fernsehen als Kältepol genannt.

Lindner stieg ins Auto und startete den Motor.

Klimaschutz hin oder her, erfrieren muss ich nicht.

Sie drehte Temperatur und Gebläse nach oben und beschloss, alle paar Minuten den Motor wieder abzustellen, bis sie die Heizung neuerlich bräuchte, um sich nicht zu erkälten. Ihr Magen knurrte.

Essen wäre auch nicht schlecht. Leider kennt mich die Witwe, sonst könnte ich reingehen. Da stehe ich vor einem Restaurant und muss hungern! Ist nichts zu machen. Super Berufswahl, Annika, gratuliere!

Sie nahm ihr Smartphone und schickte das Foto vom Kennzeichen an Brandner.

30

Ybbsitz, Niederösterreich
Montag, 3. Oktober

Brandner schaute sich das Foto am Smartphone an, das ihm Lindner geschickt hatte.

Kennzeichen mit SB, also wohnt er im Bezirk Scheibbs, wahrscheinlich gar nicht weit entfernt von den Lugbauers.

Er bestätigte Lindner, dass er das Kennzeichen überprüfen lassen würde. Danach schickte er eine E-Mail mit einer knappen Erklärung ins LKA. Schon bald würde er sämtliche Informationen erhalten, die über den Halter des BMW verfügbar waren.

Spätestens nach dem Gespräch mit Meinhart werde ich Auskunft haben, wer der Liebhaber der Witwe ist.

Brandner stieg aus seinem Audi. Vor ihm lag eine Schmiede mit alten Gemäuern samt Rauchfang, die vor Hunderten von Jahren am Prollingbach erbaut worden sein musste. Dorthin hatte ihn Meinhart bestellt.

Meinhart bearbeitete gerade mit einem mittelgroßen Hammer ein Werkstück, als Brandner die alte Schmiede betrat. Innen war es dunkel und warm, der metallene Geruch von Eisen und Rauch hing in der Luft. Der Schmied legte sein Werkstück an den Rand der Kohlen, betätigte einen Schieber und hängte die Zange, mit der er das Eisen gehalten hatte, an einen Haken an der Wand.

»Sie arbeiten noch?«, erkundigte sich Brandner nach einer kurzen, aber freundlichen Begrüßung.

»Ja, aber ich mache gerne für Sie eine Pause. Gehen wir kurz ins Haus hinüber. Schmieden macht durstig und Autofahren sicher auch«, sagte Meinhart und bedeutete dem Major, ihm ins Freie zu folgen. »Es ist nur ein kurzes Stück die Straße entlang.«

Brandner lief neben Meinhart, er sah kaum mehr den Asphalt, so dunkel und spärlich beleuchtet war die Straße.

»Wir reden, nachdem wir etwas getrunken haben. Ich muss kurz zu meiner Frau und meinem Kleinen Hallo sagen«, erklärte Meinhart, als Brandner damit begann, ihm Fragen über das Wochenende und die Kursteilnehmer zu stellen. »Dauert alles gar nicht lange, versprochen!«, fügte der Schmied hinzu.

Meinhart legte ein Tempo vor, bei dem Brandner kaum mithalten konnte. Ein unbedarfter Schritt, und er spürte einen Stich im rechten Knie. Sofort reduzierte er seine Geschwindigkeit und trat vorsichtiger auf.

»Ich bin zu schnell, entschuldigen Sie bitte, aber ich habe heute einen Dreivierteltag Arbeit aufzuholen und keine Zeit zu verlieren.«

»Mein Knie ist schon leicht in Mitleidenschaft gezogen, hin und wieder meldet es sich, wenn ich es strapaziere«, erklärte Brandner. »Konnten Sie nicht wissen.«

Meinhart stoppte bei einem Einfamilienhaus. Brandner schätzte, dass es in den Achtzigern errichtet und wahrscheinlich vor Kurzem renoviert worden war. So sah es zumindest von außen aus, soweit er das bei diesen Lichtverhältnissen beurteilen konnte.

»Wir sind eingezogen, als meine Frau schwanger wurde. Hinten raus ist ein Garten, da kann der kleine Schmied spielen, bevor er einmal den Hammer schwingen wird!«

Scheinbar gehört er zu den Eltern, die tatsächlich noch davon träumen, ihre Kinder würden in ihre Fußstapfen treten. Diesen Irrglauben hatten Eva und ich gottlob nie.

Brandner trat hinter dem Hausherrn in den Vorraum.

»Papa!« Ein kleiner Wildfang in blauen Strumpfhosen zog an einer Schnur eine gelbe Ente auf Rollen hinter sich her und lief auf Meinhart zu. Der Schmied ging in die Hocke, der Bub ließ die Schnur los, und sein Vater hob ihn hoch, bevor er ihn nach wenigen Augenblicken wieder auf die Beine stellte.

»Martin, bist du schon fertig?«

Meinharts Frau war barfuß, trug grüne Leggins und ein rotes T-Shirt. Sie war schlank, hatte leicht zerzauste hellbraune Haare und tief liegende blaue Augen. Ihre Haut war blass.

Der Junge kommt eindeutig nach seiner Mutter.

Brandner beugte sich zu dem Jungen hinunter. »Wie heißt du denn und wie alt bist du?«

»Clemens.«

Für einen so kleinen Burschen hat er schon eine ziemlich gute Aussprache.

»Wie alt bist du?«, wiederholte Brandner.

Innerlich kritisierte er sich dafür, dass er dem Kleinen zwei Fragen in einem Satz gestellt hatte. Das konnte bei einem Kleinkind einfach nicht funktionieren.

Der Junge lief ohne ein weiteres Wort zu seiner Mutter und klammerte sich an ihre Beine.

»Clemens ist zwei Jahre und einen guten Monat alt«, antwortete Frau Meinhart anstelle ihres Sohnes. »Und Sie sind?«, wollte sie im Anschluss von Brandner wissen.

»Entschuldige, Schatz!«, kam ihr Mann Brandner zuvor.

»Clemens hat mich überrumpelt!« Meinhart trat auf seine Frau zu und gab ihr einen Schmatz auf die Lippen. »Darf ich vorstellen«, sagte er, »Major Brandner, von der Kriminalpolizei.« Dann wandte er sich an den Ermittler. »Meine Frau, Anja!« Danach blickte er wieder seine Frau an. »Major Brandner untersucht den Mord an Gottfried, aber das wirst du dir schon zusammengereimt haben.«

»Sicher.« Anja Meinhart nickte.

»Angenehm, Frau Meinhart, und einen guten Abend«, sagte Brandner. »Ich will gar nicht lange stören, ich habe nur noch ein paar Fragen an Ihren Mann.«

»Schon klar. Darf ich Ihnen etwas zu trinken anbieten?«, erkundigte sie sich.

»Wasser, bitte, wenn es keine zu großen Umstände bereitet.«

»Martin?«

»Ein Bier.«

»Ihr kommt am besten mit in die Küche«, forderte Anja Meinhart die beiden Männer auf.

Sie hob Clemens hoch, hielt ihn an ihrer Hüfte und ging voraus. Meinhart und Brandner folgten, wobei Letzterer darauf achtete, nicht auf die bunten Bausteine zu steigen, die am Boden verstreut herumlagen.

»Entschuldigen Sie die Unordnung! Ich war nicht auf Besuch eingestellt«, rief Anja Meinhart. Sie setzte Clemens auf den Boden und öffnete den Kühlschrank.

»Schon gut, ich kenne das, meine beiden Töchter waren auch einmal klein«, erwiderte Brandner.

Die Meinhart reichte ihrem Mann eine Bierflasche, danach holte sie ein Glas aus dem Küchenschrank, füllte es mit Leitungswasser und stellte es für Brandner auf den

Küchentisch, der mit Zeichenblättern und Buntstiften zu gut zwei Dritteln abgedeckt war.

Meinhart griff in seine Hosentasche. Brandner erkannte einen metallenen Gegenstand in dessen Hand, der Schmied setzte am Hals der Flasche an, eine kurze rasche Handbewegung folgte, und sie war geöffnet. Verschluss und Öffner verschwanden in der Hosentasche des Schmieds. »Zum Wohl!«, sagte Meinhart und hielt die Bierflasche hoch.

»Gesundheit!«

Auch Brandner hob sein Glas, beide tranken im Stehen, das Wasser war angenehm kalt.

»Braucht ihr noch etwas?«, fragte Anja Meinhart, nachdem ihr Mann die Bierflasche wieder abgesetzt hatte.

Der Schmied schaute zu Brandner, der schüttelte seinen Kopf.

»Nein, wir sind versorgt«, antwortete Meinhart.

»Gut, Clemens, komm mit, wir gehen ins Kinderzimmer und spielen mit der Ritterburg!«

Clemens watschelte hinter seiner Mutter her. Erst jetzt registrierte Brandner die Windel, die sich unter der Strumpfhose des Jungen verbarg.

Ob der Schmied auch Windeln wechselt? Geht mich nichts an und ist vollkommen irrelevant!

Meinhart schloss die Tür hinter seinem Sohn. »So, jetzt sind wir ungestört. Legen Sie los! Was wollen Sie wissen?« Der Schmied setzte sich auf einen der sechs Stühle an den Tisch, trank ein weiteres Mal und schaute Brandner erwartungsvoll an.

»Wir haben Herrn Albrecht in Untersuchungshaft genommen. Sein Daumenabdruck befand sich an der Mordwaffe.«

Meinhart wirkte nicht überrascht.

»Albrecht bestreitet die Tat und seine Frau gibt ihm ein Alibi. Er war die ganze Nacht bei ihr im Zelt, behauptet sie«, erklärte Brandner, während er sich ebenfalls am Tisch niederließ.

Meinhart schmunzelte. »Also, wenn der gute Johann nicht ein Sexgott ist und sie es nicht bis zum Morgengrauen miteinander getrieben haben, dann kann sie sich doch nicht sicher sein. Geredet haben die jedenfalls nicht die ganze Nacht, das hätte nämlich meinen Schlaf gestört, ich hatte das Zelt neben den beiden.« Der Schmied trank noch einen Schluck. »Gestöhnt oder etwas in der Art hat auch niemand«, stellte er fest.

»Das Alibi steht auf wackeligen Beinen, das ist uns allen klar«, erwiderte Brandner. »Was ich aber weit und breit nicht erkennen kann, ist ein Motiv. Warum hätte Albrecht einen guten Bekannten, den Schmiedepapst, ermorden sollen?«

»Gute Frage«, räumte Meinhart ein. Er wiegte seinen Kopf hin und her. »Ich wollte ursprünglich nichts sagen«, ergänzte er zögerlich. »Weil es mir nicht wichtig zu sein schien, aber so wie sich das jetzt entwickelt …« Er machte erneut eine kurze Pause, bevor er fortfuhr: »Also, etwas ist mir schon aufgefallen.« Meinhart hielt inne.

Brandner rückte näher an den Schmied heran. »Jetzt ist nicht mehr die Zeit, Informationen zurückzuhalten. Sagen Sie mir, was Ihnen aufgefallen ist!«

»Nun, ja, der Gottfried war ein Weiberheld, das ist bekannt. Er war zwar verheiratet, aber er hat seine Hände nicht von Frauen lassen können.«

»Wie meinen Sie das?«

»Er hat vergangenes Wochenende heftig mit der Albrecht geflirtet, ist ihr beim Schmieden richtig nahegekommen. Der hat sich hinter sie gestellt, hat ihre Hand mit dem Hammer gehalten und sich von hinten gegen sie gepresst. Sein Schwanz ist dabei nicht schlaff gewesen, das muss sie gespürt haben, selbst durch die Hose! Deutlich war das zu sehen, das sage ich Ihnen! Das muss auch ihrem Mann aufgefallen sein.« Er machte eine kurze Pause, dann fügte er hinzu: »Hätte der Gottfried das bei meiner Frau abgezogen, ich hätte ihm glatt eine verpasst, das sage ich Ihnen!«

31

Lunz am See, Niederösterreich
Montag, 3. Oktober

Seit dem Frühstück hatte Lindner praktisch nichts Nennenswertes mehr zu sich genommen, außer Pfefferminztee, ihr Magen schmerzte, aber immerhin musste sie nicht auf die Toilette. Wann immer das Wageninnere auskühlte, ließ sie den Motor einige Minuten laufen, bis es wieder erträglicher für sie war.

Warum muss die Lugbauer auch mit ihrem Lover am kältesten Ort Österreichs essen?

Anscheinend genoss Maria Lugbauer die Delikatessen des Restaurants und die Gesellschaft ihres Liebhabers. Mittlerweile war es bereits nach 21 Uhr. Lindner schaute bereits zum wiederholten Mal auf ihr Smartphone. Brandner hatte ihr vor wenigen Minuten den neuesten Stand der Ermittlungen und die Informationen weitergeleitet, die er vom LKA über den Fahrer des BMW erhalten hatte. Es handelte sich um einen gewissen Stefan Heinzmann, wohnhaft in Lunz am See. Gemeldet an derselben Adresse war eine gewisse Gabriele Heinzmann, seine Gattin.

Sehr dreist, der gute Herr Heinzmann! Mitten im Ort, wo er wohnt, führt er seine Geliebte zum Essen aus.

Lindner überlegte, was sie tun sollte. Die beiden konnte sie jedenfalls nicht rund um die Uhr observieren. Sie war allein, das ging sich also beim besten Willen und selbst mit größtem Einsatz nicht aus. Irgendwo musste sie schlafen und sich erholen.

Das Wichtigste habe ich ohnehin herausgefunden, wir wissen jetzt, wer der ominöse Mann mit dem BMW ist, der offensichtlich der Liebhaber der Witwe ist.

Lindner hielt noch immer ihr Smartphone in der Hand, schließlich tat sie das Naheliegende: Sie rief den *Eisenstraßenhof* an, wo sie schon die vergangene Nacht verbracht hatte und fragte, ob noch ein Zimmer für sie frei war. »Selbstverständlich!«, lautete die freundliche Antwort. Sie musste nur spätestens um 23 Uhr den Schlüssel an der Rezeption abholen.

Falls es doch später wird, rufe ich einen der Kriminaltechniker an, die noch im Mendlingtal im Einsatz sind.

Einer von ihnen kann meinen Zimmerschlüssel entgegennehmen. So mache ich es! Wer immer von den Kollegen mir hilft, kommt hoffentlich nicht auf dumme Gedanken … Nein, das sind alles Profis! Außerdem kann ich mich sehr gut zur Wehr setzen. Nina! Ich sollte Nina Bescheid geben.

Lindner wählte die Nummer. Nach nur einmaligem Freizeichen nahm ihre Freundin den Anruf entgegen.

»Wie läuft's, Frau Inspektorin? Sag schon! Ich bin so gespannt – du allein beim Observieren!«

»Hört sich spannender an, als es ist. Ich friere mir hier den Hintern ab und habe mir am Nachmittag schon fast ins Höschen gemacht, weil ich zu viel Tee getrunken habe!«

»Du Ärmste!« Nina lachte.

»Ja, jetzt kann ich auch darüber schmunzeln, aber glaub mir, das war alles andere als lustig! Was tut sich bei dir?«

»Stundenlange Vorlesung an der Uni, nichts Besonderes, die nächste Party steigt erst am Donnerstag, du versäumst also nicht viel, außer ein paar Streicheleinheiten von mir.«

»Die fehlen mir natürlich schon!«

Die Restauranttür wurde aufgestoßen. Maria Lugbauer trat ins Freie, Stefan Heinzmann folgte ihr.

»Da rührt sich was! Nina, ich muss Schluss machen. Heute komme ich wieder nicht heim. Liebe dich!«

»Liebe dich auch!«

Lindner legte das Smartphone auf die Ablage an der Mittelkonsole. Die Lichter des BMW leuchteten auf, Heinzmann stieg auf der Fahrerseite ein, Maria Lugbauer nahm wieder am Beifahrersitz Platz.

Gentlemen der alten Schule ist er jedenfalls keiner. Ich hätte schon erwartet, dass er seiner Angebeteten die Tür aufhält, aber was weiß ich schon von den Männern.

Wieder folgte sie dem BMW mit Abstand, aber diesmal gleich mit eingeschaltetem Licht. Alles andere wäre zu gefährlich, da es nun vollständig dunkel war. Heinzmann fuhr nur wenige 100 Meter, mitten in einem Siedlungsgebiet in Lunz nahm er die Garageneinfahrt eines Einfamilienhauses und stellte sein Auto in der Garage ab.

Er nimmt sie mit zu sich nach Hause! Er ist noch unverschämter, als ich gedacht habe! Vermutlich ist seine Frau außer Haus, und seine Nachbarn sind nicht derart neugierig wie die von den Lugbauers.

Hinter dem BMW schloss sich das Garagentor automatisch und versperrte Lindner die Sicht.

Dann viel Vergnügen euch beiden. Immerhin muss ich jetzt die Kriminaltechniker nicht belästigen, da ich vor 23 Uhr im Hotel ankommen werde. Ist vielleicht besser so …

Lindner lenkte ihren Golf zurück zur Bundesstraße. Sie folgte dem Straßenverlauf Richtung Göstling.

32

Ybbsitz, Niederösterreich
Montag, 3. Oktober

Brandner ging im Dunkeln zurück zu seinem Audi. Sein Knie schmerzte noch, aber er hinkte nicht mehr. Was er von Meinhart gehört hatte, gefiel ihm nicht.

Natürlich ist Eifersucht ein starkes Motiv, aber wenn es stimmt, was Meinhart sagt, dann wäre es sofort zu einem Streit gekommen, oder? Andererseits, Lugbauer war ein Bekannter der Albrechts, und vielleicht war die Beziehung zwischen Karin Albrecht und dem Schmiedepapst doch enger, als man vermuten würde. Aber so etwas würde sie doch sicherlich nicht direkt vor den Augen ihres Mannes abziehen!

Brandner stieg in sein Auto. Bevor er Albrecht und dessen Frau mit Meinharts Aussage konfrontieren würde, brauchte er von mindestens einem anderen der Kurseilnehmer die Bestätigung, dass sich Lugbauer tatsächlich derart dreist an Karin Albrecht herangemacht hatte.

Nicole Maier wohnt auch in Ybbsitz. Sie könnte ich anrufen. Aber es ist schon spät, sie muss morgen sicher unterrichten. Außerdem würde es mir leichter fallen, über dieses Thema mit einem Mann zu reden, und es macht eventuell auch mehr Sinn. Wenn es die anderen männlichen Kursteilnehmer ähnlich wie Meinhart empfunden haben, muss es Johann Albrecht ebenfalls mitbekommen haben. Alfred Wimmer oder Jan Müller, wen nehme ich mir als Nächstes vor? Ersterer wohnt weiter entfernt, also Letzterer.

Brandner versuchte sein Glück und rief den jungen Mann an.

»Ja, hallo?«, meldete der sich nach kurzem Läuten.

Im Hintergrund lief laute Musik, *Hotel California*, wenn sich Brandner nicht verhörte, zudem ertönte Gelächter von einem Mann und einer Frau.

»Major Brandner, LKA Niederösterreich, Herr Müller, befinden Sie sich gerade in Waidhofen?«

»Ja«, bestätigte Müller. »In der Hotelbar im Schlosshotel, warum?«

Die Hotelbar, die kenne ich.

Brandner schluckte, sein Hals war mit einem Mal wie ausgetrocknet. »Ich müsste Ihnen noch schnell ein paar Fragen stellen, über Herrn Lugbauer und die anderen Kursteilnehmer«, krächzte Brandner. »In zehn Minuten könnte ich da sein, wird nicht lange dauern, versprochen!«

Mehrere Sekunden reagierte Müller nicht, nur die Musik war zu hören. »Okay, wenn es denn sein muss, kommen Sie vorbei«, erwiderte Müller schließlich.

Glücklich ist er nicht, aber ihm ist wahrscheinlich klar, dass er sonst vielleicht noch einmal ins LKA nach Sankt Pölten zitiert wird.

Die beiden beendeten das Telefonat und Brandner startete den Motor. Er steuerte seinen Audi durch die enge Straße entlang des Prollingbachs und kam rasch zum Ortszentrum. Linker Hand las er an einem Gebäude den Schriftzug »Ferrum«. Es brannte allerdings kein Licht. Vor der Kirche bog Brandner links ab, danach gleich wieder rechts. Er fuhr weiter bis zur Hauptstraße und steuerte dann den Wagen Richtung Waidhofen. Er ignorierte das Schild, als er die Zufahrt zum Schuhhersteller Schuster passierte, doch er spürte, wie der Druck in seinem Bauch zunahm.

In Waidhofen durchfuhr er die beiden Tunnel beim Buchenberg, und schon bald tauchte das beeindruckende Rothschildschloss auf. Er parkte seinen Audi in der Parkgarage und lief über die Brücke zum Eingang des Hotels, das gleich gegenüber dem alten Schloss an der anderen Uferseite lag. Alles sah genauso aus wie vor einigen Jahren, als Brandner hier übernachtet hatte, nachdem eine junge Frau im Fitnessstudio des Hotels erdrosselt worden war.

Müller befindet sich ausgerechnet in dieser Bar. Wenn das kein Zeichen ist, weiß ich auch nicht.

Brandner fragte an der Rezeption, ob noch ein Einzelzimmer frei war. Die Dame bejahte, und er buchte es für eine Nacht. Danach lief er über die Stufen nach unten zur Bar. Er stieß die Tür auf, sofort beschallte ihn die laute Musik. Zuerst fiel sein Blick durch die Glasfront auf die beleuchteten historischen Gemäuer an der gegenüberliegenden Uferseite der Ybbs.

Erst nach einigen Augenblicken sah er sich im Raum um. Ein junges Pärchen schmuste miteinander an einem der Tische. Hinter der Theke kümmerte sich der Barkeeper anscheinend auch um die Musik. Am anderen Ende des Raumes saßen und standen an die acht oder neun Personen um zwei Tische gruppiert. Der blonde Haarschopf von Müller überragte die Köpfe der anderen. Müller zeigte zum Eingang, er redete ein paar Worte mit einer deutlich kleineren Frau, bevor er allein auf Brandner zuging.

»Setzen wir uns zur Glasfront«, schlug der blonde Hüne vor, als er vor ihm stand.

Brandner folgte Müller, der sein Getränk mitgenommen hatte. Anscheinend eine Mischung aus Cola und irgendeinem hochprozentigen Alkohol. Bevor Brandner seine Fragen stellen konnte, war der Barkeeper zur Stelle. Brandner hatte gute Lust, ein Bier oder sogar ein Glas Wein zu konsumieren, da er nicht mehr fahren musste, doch noch war er im Dienst. Daher bestellte er ein stilles Mineralwasser. Danach informierte er Müller über den Fingerabdruck, den die Kriminaltechnik an der Tatwaffe sichergestellt hatte.

»Hat es Spannungen zwischen Johann Albrecht und Gottfried Lugbauer gegeben?«, wollte Brandner schließlich wissen.

Aus den Musikboxen ertönte nun *Ironic* von Alanis Morisette.

Müller verzog sein Gesicht. »Die drei kannten sich schon, die Albrechts sind ja wie Lugbauer in Gaming daheim. Ihr Umgang war entsprechend …«, Müller zögerte, »leger«, fügte er dann hinzu.

»Wie genau meinen Sie das?«

»Mir ist es so vorgekommen, als würde die Albrecht mit unserem Kursleiter flirten. Das habe ich, gelinde gesagt, befremdlich gefunden.« Müller trank von seinem Mixgetränk. »Lugbauer ist darauf eingestiegen, er hat ihr geschmeichelt, hat seine Hände auf ihre Schultern gelegt, ihre Haare berührt, richtig widerlich ist das gewesen.« Er nahm noch einen Schluck. Brandner schwieg, er wollte Müller reden lassen, ihn nicht beeinflussen. »Mich hat das abgestoßen, und ich habe mich gewundert, dass sich das der Lugbauer traut, in Zeiten von ›MeToo‹ und vor allem natürlich, weil ihr Mann da war.« Wieder führte er das

Glas zum Mund. »Albrecht hat aber so getan, als würde er nichts bemerken, keinen Mucks hat der gemacht, nichts gesagt! Er hat sich einfach aufs Schmieden konzentriert. So eine Memme, habe ich mir gedacht, aber da habe ich mich wohl gründlich geirrt.«

Scheint so! Im Groben bestätigt er Meinharts Aussage, auch wenn er in einer weniger derben Sprache und weniger bildreich beschrieb, was die beiden vor den Augen der anderen miteinander angestellt haben.

»Ist Ihnen sonst noch etwas aufgefallen, was zur Klärung des Falles beitragen könnte?«

Müller verneinte, daraufhin stand Brandner auf. »Danke, dass Sie sich die Zeit genommen haben.«

»Ist doch selbstverständlich.«

Brandner verabschiedete sich, er zahlte und ging zum Parkplatz, holte sich seine Tasche und begab sich in sein Hotelzimmer. Auch von hier konnte er den Ausblick auf das alte Schloss genießen.

Endlich außer Dienst.

Er entkorkte die Flasche Rotwein, die am Zimmer bereitstand, und schenkte sich ein. Rasch zog er sich die Schuhe aus, dann legte er sich ins Bett und gönnte sich den ersten Schluck.

33

Lassing bei Göstling, Niederösterreich
Dienstag, 4. Oktober

Annika Lindner hatte einen Brummschädel. Die vergangene Nacht hatte sie zu lange an der Bar verbracht. Sie hatte sich wie ein Hollywoodstar gefühlt. Die Kriminaltechniker hatten sie umschwärmt, und das, obwohl sie kein Cocktailkleid und keine High Heels getragen hatte, schon gar nicht hatte sie ihre Haare hochgesteckt. Wie meist hatte sie dunkle, unscheinbare Kleidung getragen, und ihre Frisur war für die meisten Menschen, gelinde gesagt, gewöhnungsbedürftig. Trotzdem hatten ihr die Männer einen Drink nach dem anderen ausgegeben. Sie waren zwar bei der Kriminalpolizei, aber trotzdem ahnungslos, zumindest was das weibliche Geschlecht anging. Lindner war so überdreht gewesen, als sie schließlich zu Bett gegangen war, dass sie Nina geradezu anrufen musste. Zuerst war ihre Geliebte über die späte Störung verstimmt gewesen, doch schlussendlich hatten sie sich gemeinsam über das Balzverhalten der Männer amüsiert.

Heute am Morgen war Lindner alles andere als zum Lachen zumute. Um 5.30 Uhr hatte sie sich unter die Dusche gestellt, danach beseitigte sie zwar den grauslichen Geschmack im Mund mithilfe der Zahnpasta, da sie um diese Zeit jedoch im *Eisenstraßenhof* kein Frühstück bekam, blieb ihr das flaue Gefühl im Magen treu.

Lindner stellte ihre Tasche auf den Rücksitz und startete den Motor des Golfs. Um Punkt 6 Uhr verließ sie den

Parkplatz und hoffte, rechtzeitig in Gaming anzukommen. Vor allem jedoch stieß sie ein Stoßgebet aus, in ihrem Mietwagen nicht von den Kollegen der Verkehrspolizei angehalten zu werden.

Es wird schon klappen, um diese unchristliche Zeit schlafen die Dorfpolizisten sicherlich noch.

Lindner fuhr von Göstling nach Lunz am See. Sie widerstand dem Impuls, bei dem Einfamilienhaus der Heinzmanns vorbeizufahren, denn sie hatte keinerlei Begründung dafür. Stattdessen lenkte sie den Golf die Bergstraße hinauf Richtung Lackenhof und dann hinunter nach Gaming. Es war noch dunkel, aber auch im hellsten Sonnenschein hätte Lindner heute keinen Augenblick verschwendet, den imposanten Bau der Kartause zu bewundern. An einer Tankstelle hatte sie sich rasch einen Coffee to go, zwei Flaschen stilles Mineralwasser und ein Croissant besorgt. Bisher hatte sie jedoch nichts davon getrunken, geschweige denn gegessen.

Sie überquerte die Brücke, fuhr am Haus der Lugbauers vorbei, wendete ihren Wagen und parkte ihn, wie am Vortag, neben dem Gartenzaun der neugierigen Nachbarin. Jetzt, endlich, nahm sie den ersten Schluck Kaffee zu sich. Sofort spürte sie, wie ihre Lebensgeister geweckt wurden. Sogar die Kopfschmerzen schienen schwächer zu werden. Das konnte natürlich nicht stimmen, doch selbst wenn es nur eine Illusion war, so half ihr diese, den Morgen zu überstehen. Abwechselnd biss sie in ihr Croissant und trank von ihrem Kaffee. Danach folgte die erste Flasche Wasser.

Die Zeit verging, und weit und breit war die Witwe nicht zu sehen.

Ob sie schon vor mir zurückgekommen ist?

Ein weiteres Mal musterte Lindner das Haus der Lugbauers. Nichts rührte sich, aus keinem der Fenster drang nur der kleinste Lichtstrahl. Maria Lugbauer genoss wahrscheinlich ein ausgiebiges Frühstück bei ihrem Liebhaber, oder die beiden hatten am Morgen noch einmal den *Seewirt* in Lunz aufgesucht.

Ich hätte ausschlafen können, aber wer hätte das im Vorfeld schon wissen können …

Erst jetzt fiel ihr auf, dass sie das Autoradio gar nicht eingeschaltet hatte. Es lief eine dumme Werbung eines Möbelhauses, die, auch ohne einen Kater zu haben, genervt hätte. Sie stellte das Radio wieder aus und öffnete die zweite Flasche.

Und täglich grüßt das Murmeltier. Gestern war es der Tee, heute das Wasser.

Lindner blickte zum Haus der Nachbarin. In einem der Räume leuchtete die Lampe hell. Lindner seufzte.

Was soll's, am besten erledige ich es sofort, sonst wird es unangenehm.

Sie stieg aus, öffnete die Gartentür, lief zum Haus und betätigte die Klingel.

»Guten Morgen! Sie sind auch schon wieder wach!«, wurde sie von der älteren Dame begrüßt. Die Frau trug dasselbe dunkelblaue Kopftuch wie am Vortag.

Aus den Augenwinkeln registrierte Lindner, wie sich ein blaues Fahrzeug dem Haus der Lugbauers näherte. Sie sah genauer hin: *der BMW!*

»Entschuldigung! Ich bin gleich wieder da!«

Lindner drehte sich um, sprintete den Weg zurück bis zur Straße und ging raschen Schrittes zum BMW. Maria Lugbauer war gerade ausgestiegen.

»Frau Lugbauer!«

Die Witwe drehte sich um und blickte die Ermittlerin überrascht an.

»Ich hätte noch ein paar Fragen an Sie«, erklärte Lindner.

»Um diese Zeit? Ich komme gerade nach Hause«, entgegnete die Witwe.

Jetzt habe ich sie, gleich muss sie einräumen, dass sie einen Geliebten hat und damit ein eindeutiges Mordmotiv!

»Wo waren Sie denn heute Nacht, und wer ist der Herr im Auto, wenn ich fragen darf?«, wollte Lindner wissen.

Maria Lugbauer schaute sie perplex an, dann klopfte sie gegen die Fensterscheibe auf der Fahrerseite.

Der Mann öffnet die Tür. »Ja, Maria?«

»Stefan, erklärst du bitte der Frau Inspektor, wer du bist und wie dein Verhältnis zu mir ist?«

Der BMW-Fahrer stieg aus. Wie am Vortag trug er ein Sakko, schwarze Jeans und dunkle Halbschuhe. »Stefan Heinzmann«, stellte er sich vor und schüttelte Lindner die Hand. »Maria ist meine Schwester.«

Lindner spürte, wie ihre Knie nachgaben. Sie hielt sich am Dach des Autos fest und lehnte sich dagegen.

»Geht es Ihnen nicht gut?«, erkundigte sich die Witwe.

Lindner atmete rasch einmal tief durch, dann ließ sie das Auto los. »Ich hätte, wie gesagt, noch ein paar Fragen. Darf ich bitte kurz mit hineinkommen?«

Und das Klo benutzen.

»Brauchst du Unterstützung?«, wollte Lugbauers Bruder von seiner Schwester wissen.

Die Witwe schüttelte ihren Kopf. »Nein, danke, fahr nur!«

Heinzmann umarmte seine Schwester zum Abschied und verabschiedete sich von Lindner, bevor er in seinen Wagen stieg.

Der BMW-Fahrer ist ihr Bruder, der Nachbarin werde ich nachher die Leviten lesen! Ich friere mir hier den Hintern ab für nichts!

Lindner folgte Frau Lugbauer zum Haus. Im Gegensatz zur Inspektorin hatte die Frau es nicht eilig hineinzukommen.

34

Waidhofen an der Ybbs, Niederösterreich
Dienstag, 4. Oktober

Brandner genoss das reichhaltige Frühstück im Schlosshotel, sogar gesundes Gemüse wie rote Paprika, Gurken und Tomaten nahm er zu sich. Er war ausgeschlafen und hatte bereits in aller Ruhe mit Eva telefoniert. Seine Frau war so wie er guter Dinge, beide planten, am Abend gemeinsam ihren Lieblingsitaliener aufzusuchen und sich dort vom Koch verwöhnen zu lassen. Das hatte er Eva versprochen, und er würde alles daransetzen, sein Wort zu halten. Kurz hatte er sogar am Telefon »Hallo« zu Isabella und Selina gesagt. Bei ihnen schien sich gerade keines der Dramen abzuspielen, die sonst bei den jungen Damen in regelmäßigen Abständen vorkamen.

Apropos junge Damen, wie ergeht es wohl Lindner? Soll ich sie anrufen?

Brandner erinnerte sich an die Mahnung seiner Kollegin, vorsichtig zu sein. Das war unangenehm für ihn gewesen, und sie würde vermutlich seine Fürsorge ebenso empfinden.

Sie kann schon selbst auf sich aufpassen. Sie wird sich schon melden.

Er ließ kurz die herrliche Aussicht auf das Schloss gegenüber auf sich wirken, bevor er mitsamt seiner Tasche den Restaurantbereich verließ. Er checkte aus, ging zu seinem Auto auf dem Parkplatz. Schon gestern Abend, als er die Flasche Wein im Hotelzimmer geöffnet hatte, hatte er den Plan gefasst, heute am Morgen Nicole Maier in ihrer Schule aufzusuchen, ohne sie vorzuwarnen. Er durchkreuzte mit seinem Audi wieder die beiden Tunnel und folgte der Straße bis nach Ybbsitz. Von hier aus war der Weg zu Maiers Arbeitsstelle mit Hinweisschildern gekennzeichnet.

Er parkte den Audi, sodass er den Haupteingang im Blick hatte. Noch war nicht viel los, nach einer Viertelstunde trafen allerdings die ersten Schulbusse ein. Mit einem Mal wimmelte es nur so von Kindern. Der Lärm, den sie verursachten, war gewaltig und drang bis zu Brandner ins Auto. Dann sah er sie. Nicole Maier fuhr mit dem Rad. Sie trug eine enge Hose und eine Sportjacke. Ihre Unterlagen für den Unterricht hatte sie anscheinend im

Rucksack am Rücken verstaut. Brandner stieg aus, während die Lehrerin ihr Rad abstellte.

»Frau Maier, kann ich Sie kurz sprechen?«

Die Lehrerin schaute ihn erschrocken an. »Was wollen Sie denn hier?«

»Ich habe nur ein paar Fragen.«

»Hier sind überall meine Schüler.«

»Setzen wir uns doch in mein Auto.«

Maier nickte und folgte Brandner zum Audi. Er hielt ihr die Beifahrertür auf, sie setzte sich hinein. Brandner lief um das Auto herum und nahm hinter dem Lenkrad Platz. Sofort stieg ihm der blumige Duft ihres Parfums in die Nase.

»Was wollen Sie wissen?« Maier schaute auf ihre Armbanduhr. »Ich habe wirklich nicht viel Zeit, meine erste Stunde beginnt in Kürze.« Die Lehrerin wirkte nervös und unsicher.

Brandner berichtete von dem Fingerabdruck Albrechts an der Mordwaffe, unterdessen klopfte die Frau mit ihren Fingern in einem undefinierbaren Rhythmus auf ihre Oberschenkel.

»Ist Ihnen etwas aufgefallen, im Speziellen zwischen den Albrechts und Herrn Lugbauer?«, erkundigte sich Brandner.

»Wie meinen Sie das?«

Mir bleibt nichts anderes übrig, ich muss ihr Suggestivfragen stellen.

»Haben die drei sich eventuell gestritten?«

»Nein.«

»Ist Herr Lugbauer vielleicht Frau Albrecht zu nahegekommen?«

»Die drei haben sich gekannt, sie hatten einen freundschaftlichen Umgang. Also ich habe mir nichts dabei gedacht, aber ich habe mich auch nicht auf die beiden Albrechts konzentriert.«

Worauf dann? Unnötige Frage, auf das Schmieden natürlich.

Maier öffnete die Tür. »Also, wenn das alles war, ich muss jetzt wirklich rein!«

»Danke, Sie haben mir sehr geholfen!«

Eigentlich nicht, aber was soll ich sonst sagen?

Die Lehrerin verabschiedete sich und ließ einen ratlosen Brandner zurück.

Zwei Männer sagen eindeutig aus, Lugbauer hätte die Albrecht während des Kurses angemacht, und die einzige Frau, die außer der Betroffenen teilgenommen hat, will nichts davon mitbekommen haben?

Brandner startete den Audi.

Ich werde jetzt die Albrecht konfrontieren. Also auf nach Gaming, dort kann ich auch gleich prüfen, wie es Lindner geht.

35

Gaming, Niederösterreich
Dienstag, 4. Oktober

Lindner betrachtete sich im Spiegel, während sie sich im Badezimmer der Lugbauers die Hände wusch. Ihre Haare waren zerzaust, wirkten fettig und ungepflegt, so als wären sie zu lange nicht mehr gewaschen worden. Ihr Gesicht war blass, beides passte zu ihrem üblichen Look, und fiel daher nicht mehr als sonst auf. Die geröteten Augen allerdings waren ungewöhnlich. Daran konnte zumindest sie selbst deutlich erkennen, dass sie es vergangene Nacht mit dem Alkohol übertrieben hatte.

Ist nicht zu ändern, da muss ich jetzt durch. Morgen schaue ich sicher wieder besser aus, so ich heute Abend auf keine blöden Gedanken komme …

Sie wusch sich das Gesicht mit kaltem Wasser. Die Erfrischung tat ihr gut. Danach trocknete sie sich mit dem weißen Handtuch ab. Währenddessen sah sie sich um: Sogar im Badezimmer war der Schmiedepapst noch allgegenwärtig. Die Beschläge des Spiegelschranks und der Kommode waren geschmiedet. Sogar die Wäschetruhe war aus Stahl und kunstvoll verziert.

Was mache ich jetzt bloß? Eigentlich wollte ich die Witwe mit ihrem Liebhaber ertappen. Das ist gründlich schiefgelaufen. Sie seufzte. *Mir wird schon was einfallen, ich muss einfach improvisieren, darin bin ich normalerweise gut.*

Lindner öffnete die Tür. Draußen im Gang lauerte ihr die Witwe förmlich auf.

Sie ist zwar älter als ich, sieht aber durchaus attraktiv aus, sehr weibliche Rundungen. Die Kriminaltechniker würden ihr vermutlich ebenfalls Drinks spendieren. Da brauche ich mir nichts vorzumachen, die sehen eine Frau mit einem üppigen Busen und einem einigermaßen hübschen Gesicht, und schon versuchen sie ihr Glück. So ticken einige Männer nun einmal, aber nicht alle …

»Danke, dass ich Ihr Badezimmer benutzen durfte!«

Lugbauer lächelte gezwungen. »Das ist doch selbstverständlich. Bitte, kommen Sie mit ins Wohnzimmer.«

Lindner setzte sich auf den angebotenen Platz auf die Couch. »Was kann ich für Sie tun?«, fragte die Witwe nun. Sie blieb stehen und machte keinerlei Anstalten, sich zu Lindner zu gesellen, ebenso wenig bot sie der Inspektorin etwas zu trinken an, wie es die Gastfreundschaft eigentlich verlangt hätte.

Sie will mich so schnell wie möglich wieder loswerden. Kein Wunder, ich habe sie in aller Früh unangemeldet überfallen.

»Frau Lugbauer, ich wollte Sie darüber informieren, dass wir einen ersten Verdächtigen haben, dessen Fingerabdruck sich an der Mordwaffe befindet. Er bestreitet den Mord allerdings, und der Abdruck allein ist noch kein stichhaltiger Beweis.«

»Wer ist es? Kenne ich ihn?«

Die Albrechts sind mit den Lugbauers befreundet. Was tue ich jetzt? Darf ich es ihr mitteilen oder nicht?

»Tut mir leid, aber das kann ich Ihnen zum jetzigen Zeitpunkt noch nicht sagen«, erwiderte Lindner schließlich.

Maria Lugbauer verschränkte ihre Arme vor der Brust. »Sie wollen also von mir Auskünfte und sind nicht bereit, mich über ihren Stand der Ermittlungen zu informieren? Liebe Frau Inspektorin, so funktioniert das nicht!« Die Witwe schüttelte tadelnd ihren Kopf.

Lindners Kopfschmerzen verstärkten sich von einem dumpfen Gefühl zu einem heftigen Pochen. Sie griff sich zuerst an die Stirn, anschließend begann sie ihre Nasenwurzel zu massieren.

Sie hat recht, und sie wird es sowieso erfahren.

Sie ließ die Hand sinken. »Johann Albrecht, sein Fingerabdruck befindet sich auf dem Nagel, mit dem Ihr Mann erstochen wurde.«

Lugbauer lachte auf. »Der Johann, der ist Ihr Verdächtiger?« Sie lachte noch einmal, dann wurde ihr Gesichtsausdruck starr. »Sie meinen es ernst. Sie glauben wirklich, Johann hätte Gottfried ermordet?« Jetzt flüsterte sie nur noch. »Das ist doch absurd.«

Da sich die Lugbauer nicht hinsetzte, stand Lindner wieder auf, denn sie wollte auf Augenhöhe mit der Witwe reden. Sie stellte sich neben den Couchtisch. »Sie finden es also abwegig, dass Herr Albrecht der Mörder ist?«

»Ich kann es mir beim besten Willen nicht vorstellen.«

»Gut, genau deshalb bin ich heute zu Ihnen bekommen. Wenn er unschuldig ist, müssen wir reagieren, bevor jedwede andere Spur kalt ist.«

Nun nickte die Witwe. »Ich habe mir bereits den Kopf zerbrochen, seit sie gestern mit dem Herrn Major hier gewesen sind.« Lugbauer begann, im Wohnzimmer hin und her zu laufen. »Wie ich schon gesagt habe, als Juror beim *Ferraculum* und als jemand, der Großprojekte abwickelt und dementsprechend Aufträge an andere vergab, war Gottfried nicht bei allen beliebt.«

»Wer fällt Ihnen konkret ein?«

Die Witwe blieb stehen. »Sie sollten mit allen reden, die beim *Ferraculum* im Juni beteiligt waren. Der Neid ist doch ein ständiger Begleiter. Gottfried war der Schmiedepapst, und ein jeder dieser Schwarzen Grafen will sich doch gerne die Krone aufsetzen und in Gottfrieds Fußstapfen treten. Das konnte nur keiner, solange Gottfried am Leben war. Ein Papst tritt nur ab, wenn er stirbt.«

»Schwarze Grafen?«

»So heißen seit jeher die Schmiede. Früher wurden so die Hammerherren genannt, denen auch die Sensenwerke gehörten.«

Lindner nickte. »Okay, wir überprüfen jeden einzelnen Schmied, das wird aufwendig, aber wir werden es machen.«

So vergeht viel Zeit, bis wir den Richtigen finden!

»Ich würde gerne priorisieren«, ergänzte die Inspektorin. »Es gibt doch sicher Kollegen, die schon öfter mit Ihrem Mann gestritten oder ihren Unmut anders zum Ausdruck gebracht haben.«

Die Witwe setzte sich wieder in Bewegung und tigerte im Wohnzimmer von einem Ende zum anderen. »Einen Vorfall hat es beim heurigen *Ferraculum* gegeben, davon hat mir Gottfried erzählt.« Sie verharrte.

Lindner hielt bereits ihr kleines Notizbüchlein mit dem schwarzen Einband und einen Kugelschreiber parat.

Gleich bekomme ich meinen neuen Verdächtigen, wenn es schon mit dem Liebhaber nicht geklappt hat!

»Andreas Steiner, er ist Schmied in Ybbsitz, der hat

Gottfried geradezu beschuldigt! Er hat behauptet, dass Gottfried nur seine Freunde und der Form halber noch ein paar von den ausländischen Teilnehmern auszeichnet. Alle einheimischen Schmiede, die Gottfried nicht zum Gesicht stehen, hätten keine Chance, hat Steiner gesagt.« Maria Lugbauer presste kurz ihre Lippen aufeinander, dann schlug sie sich mit der flachen Hand gegen die Stirn. »Dass mir das nicht schon früher eingefallen ist! Andreas Steiner ist sogar einmal bei uns hier in Gaming aufgetaucht! Das war schon Wochen, ja sogar Monate nach dem *Ferraculum.* Irgendwann Ende August oder Anfang September ist er vor unserer Tür gestanden. Gottfried hat draußen mit ihm geredet.«

»Wissen Sie, worüber sie sich unterhalten haben? Wenn das Schmiedefest bereits rund drei Monate vorher stattgefunden hat, wird das ja nicht der Anlass gewesen sein, oder?«

Die Witwe nickte. »Ja, es war nicht mehr wegen der Bewertung, sondern es ist um das Projekt am Prochenberg gegangen.«

»Welches genau?«

»Die Aussichtsplattform über oder in der Felswand, die dort am Hausberg der Ybbsitzer errichtet werden soll.«

Lindner dämmerte es. Es ging um Alfred Wimmers Großauftrag, dessen Zukunft jetzt ungewiss war.

»Es ist *das* Projekt in der Region!«, fuhr die Witwe fort. »Gottfried war zu Beginn zwar skeptisch, aber er und alle, die für ihn mitgearbeitet hätten, wären für mindestens ein Jahr alle Sorgen los gewesen.«

»Nur Andreas Steiner nicht?« Lindner hatte den Namen bereits in ihr Notizbuch geschrieben.

»Gottfried hielt nichts von ihm. Mir gegenüber hat er gesagt, Steiner tauge bestenfalls zum Hufschmied, und da täten ihm noch die Pferde leid!«

»Steiner hat demnach keinen Auftrag von Ihrem Mann bekommen?«

»Genau.«

»Hat er Ihren Mann deswegen konfrontiert, als er hier aufgetaucht war?«

»Das kann ich Ihnen nicht genau sagen. Die beiden haben sich, wie gesagt, draußen unterhalten, und Gottfried hat abgewunken, als ich ihn danach gefragt habe.«

»Fallen Ihnen noch andere Schmiede ein, mit denen Ihr Mann derart im Clinch lag?«

Die Witwe dachte nach, schüttelte dann jedoch ihren Kopf.

»Was ist mit Geschäftspartnern? Der Mörder muss kein Kollege gewesen sein.«

Lugbauer schaute zum Parkettboden, nach einigen Sekunden hob sie ihren Blick. »Zuletzt wurde Gottfried mehrmals laut, wenn er mit Alfred telefoniert hat.«

Sie meint sicher Wimmer, aber sie muss es schon selbst aussprechen.

»Mit wem?«, hakte Lindner nach, noch immer das Notizbuch und den Kugelschreiber in den Händen.

»Alfred Wimmer, der Unternehmer. Er hat Gottfried den Auftrag für die Plattform am Prochenberg erteilt.«

Aha, da haben wir den Namen.

Lindner machte sich Notizen.

Wir kennen uns bereits, allerdings hast du bestritten, mit dem Opfer Probleme gehabt zu haben. Du hast den Schmiedepapst identifiziert … Hast du ihn auch getötet?

36

Gaming, Niederösterreich
Dienstag, 4. Oktober

Die Albrechts wohnten in einem schönen Neubau, der allerdings irgendwie nicht so recht in die malerische Kulisse mit dem engen Tal und den historischen Gebäuden passen wollte. Die Atmosphäre im Inneren war aber angenehm, die große Glasfront sorgte für genügend Licht im Wohnzimmer, und Brandner war sich sicher, dass eine Raumlüftung die abgestandene Luft abtransportierte und frische zuführte. Dafür musste nicht einmal ein Fenster oder die Terrassentür geöffnet werden.

Karin Albrecht hatte ihn gebeten, seine Schuhe auszuziehen. Daher stand er jetzt in Socken im Wohnzimmer und schaute hinaus in den Garten. Der Rasen war kurz gemäht, seitlich entlang des Gartenzauns waren Sträucher gepflanzt. Nichts deutete darauf hin, dass hier vor Kurzem oder überhaupt jemals Kinder gespielt hätten.

Eine weiß-grau gescheckte Katze schmierte sich um Brandners rechtes Hosenbein.

»Minki! Lass den Herrn Inspektor in Ruhe!«, rief die Hausherrin.

Herr Major wäre die richtige Anrede, wenn schon der Titel herhalten muss, aber deshalb werde ich sie nicht zurechtweisen, das ergibt keinen Sinn. Karin Albrecht wird sich auch so schon bald genug über mich aufregen. Die Emotionen werden hochgehen.

»Das macht nichts!« Während Brandner das sagte, ging er in die Hocke. Er streichelte die Katze und betrachtete dabei immer wieder Karin Albrecht.

Natürlich ist sie attraktiv, aber das ist Maria Lugbauer ebenso. Wobei, nur weil jemand eine schöne Frau hat, heißt das nicht, dass er nicht fremdgeht. Es wäre also durchaus möglich. Was ist die Wahrheit?

»Ich hoffe, Sie lassen Johann umgehend frei!«

Lange redet die werte Gattin nicht um den heißen Brei herum.

»So einfach ist das nicht«, entgegnete Brandner. Er erhob sich wieder und streckte seine Beine durch. Minki quittierte es mit einem enttäuschten Maunzen. »Bisher hat uns ein Motiv gefehlt, seit gestern Abend ist mir jedoch eines bekannt.«

»Ein Motiv? Wovon reden Sie?«

»Zwei Zeugen haben unabhängig voneinander unmissverständlich ausgesagt, dass Sie und der Ermordete sich während des Kurses sehr nahegekommen sind, zu nahe, ihrer Meinung nach.«

»Das darf doch nicht wahr sein! Was für ein Schwachsinn! Dass Johanns Abdruck zufällig auf dem Nagel gefunden wurde, kommt denen vermutlich gelegen! Jetzt erfinden Sie noch rasch eine Unwahrheit über mich und den Gottfried, und schon hat Johann auch noch ein Mordmotiv, und die sind endgültig aus dem Schneider!«

Brandner verschränkte die Arme vor seiner Brust. Ohne Schuhe fühlte er sich angreifbarer als sonst. »Sie behaupten also, es stimmt nicht. Herr Lugbauer hat sich nicht eng hinter Sie gestellt, sodass kein Blatt mehr zwischen Ihren und seinen Körper gepasst hätte? Er hat Sie während des Schmiedekurses nicht berührt, an den Haaren zum Beispiel?«

Die Albrecht lachte schrill. Minki zuckte zusammen und suchte das Weite. Der hohe Ton bereitete wohl nicht nur Brandner, sondern auch der Katze Schmerzen.

»Gottfried und ich kannten uns einfach gut!«, entgegnete die Albrecht. »Johann hat sich sicher gar nichts dabei gedacht. Der weiß schon, dass ich ihm treu bin!«

Also stimmt es doch, zumindest bis zu einem bestimmten Grad.

»Das kann ich jetzt glauben oder nicht. Gottfried Lugbauer ist jedenfalls ermordet worden, und Ihr Mann ist bisher der Einzige, der so etwas wie ein Motiv hat!«

»Johann ist nicht eifersüchtig! Das war er noch nie!«

»Ich werde Ihren Mann darauf ansprechen, und ich werde es ihm anmerken, wie es tatsächlich in ihm aussieht.«

»Johann war es nicht!« Die Stimme der Frau wurde immer schriller. »Er war die ganze Nacht bei mir im Zelt. Irgendjemand will ihm etwas anhängen!«

»Es tut mir leid, Frau Albrecht, aber alles spricht gegen Ihren Mann. Er ist der Einzige, der ein begründetes Interesse an Lugbauers Tod hatte.«

»Müller hat doch mindestens ein genauso starkes Motiv!«

»Was soll das heißen?«

»Müller mag ja optisch was hermachen als Mann, das muss ich zugeben, aber beim Schmieden hat er sich ungeschickt angestellt. Er hat den Hammer nicht richtig angefasst, und seine Schlagtechnik war schlecht. Jedenfalls hat er nach einiger Zeit gejammert, dass ihm das Handgelenk schmerzt.«

»Ich sehe noch immer weit und breit kein Motiv.«

»Gottfried hat zu ihm gesagt, er sei ein Schlappschwanz, vor uns allen hat er ihn gedemütigt. Müller ist da vollkommen ausgerastet. Er hat zuerst den Hammer geschwungen, es hat so ausgesehen, als würde er auf Gottfried damit einschlagen wollen, dann hat er ihn aber gegen die Wand geknallt und wollte mit den Fäusten auf ihn losgehen. Wenn ihn Meinhart und Wimmer nicht zurückgehalten hätten, wäre er ihm an den Kragen gegangen.«

Wenn das wahr ist, frage ich mich wirklich, warum mir davon bisher keiner der Kursteilnehmer etwas erzählt hat. Das hätte sogar Nicole Maier mitbekommen müssen, wenn sie schon nicht den Flirt zwischen dem Schmiedepapst und der Albrecht bemerkt hat.

»Die anderen haben von dem Vorfall nichts erwähnt und Sie bisher auch nicht. Warum nicht?«

»Johann und ich, wir schwärzen einfach niemanden an. Wir wissen ja nicht, ob es Müller getan hat, aber da uns jetzt die anderen etwas andichten, muss ich sagen, was passiert ist!«

Warum führen wir die Erstbefragungen überhaupt durch, wenn uns niemand von den wirklich wichtigen Ereignissen erzählt?

»Ich werde dem nachgehen, genauso wie ich den anderen Aussagen auf den Grund gehe.«

»Herr Inspektor?«

»Ja?«

»Versprechen Sie mir, dass Sie weiterhin in alle Richtungen ermitteln!«

»Das tue ich. Wir sind verpflichtet, alle Hinweise zu prüfen.«

»Gut, ich fürchte sonst, dass Johann für etwas büßen muss, das er nicht getan hat!« Kurz hielt sie sich die Hand vor den Mund, als wäre ihr erst soeben etwas klar geworden. »Ich wäre daran mit schuld, wegen meines dummen Geplänkels mit Gottfried! Das könnte ich mir nicht verzeihen!«

Etwas theatralisch ihr Auftritt, aber sie scheint ernsthaft in Sorge zu sein.

Zeit, nach Lindner zu sehen.

37

Gaming, Niederösterreich
Dienstag, 4. Oktober

Ich muss Brandner Bescheid geben, dass der vermeintliche Liebhaber in Wahrheit der Bruder der Witwe ist. Außerdem müssen wir diesem Andreas Steiner auf den Zahn fühlen. Und Wimmer. Vorher werde ich mir aber noch die Nachbarin vorknöpfen.

Lindner schritt an ihrem Mietauto vorbei, ging zum Haus der Nachbarin und betätigte wieder einmal die Klingel. Sie erwartete, dass wie bisher innerhalb kürzester Zeit die Tür geöffnet werden würde. Doch diesmal rührte sich nichts. Nachdem sie lange genug gewartet hatte, versuchte es Lindner erneut. Diesmal läutete sie richtiggehend Sturm, doch im Inneren regte sich nichts.

Nochmals schlafen gelegt hat sie sich jedenfalls nicht, spätestens jetzt wäre sie wieder aufgestanden, um zu prüfen, wer derart penetrant wäre. Ihr wird doch nichts zugestoßen sein? Ein Mörder hat ihren Nachbarn umgebracht, vielleicht war sie ihm zu neugierig und musste daher aus dem Weg geräumt werden!

Unruhe erfasste sie. Lindner lief entlang der Hausmauer und spähte durch das nächstgelegene Fenster. In der Küche war niemand. Sie ging weiter. Auch in den anderen Räumen im Erdgeschoss konnte sie nichts Auffälliges entdecken. Zumindest war nirgends eine Blutlache zu sehen.

Soll ich die Polizei rufen? Ist Gefahr in Verzug?

Vorhin war sie noch putzmunter; ich bin zum BMW gelaufen, habe mit der Witwe geredet, zur Nachbarin habe ich zuvor gesagt, dass ich bald zurückkomme. Sie hatte aber keine Zeit, etwas zu erwidern, da ich rechtzeitig beim BMW sein wollte, um den Liebhaber zu stellen. Sie hatte gar keine Chance, etwas zu erwidern.

Lindner schüttelte über sich selbst den Kopf und kehrte zurück zu ihrem Golf.

Zu viel Restalkohol und zu wenig Schlaf benebeln noch immer mein Gehirn. Die alte Dame wird einfach etwas im Ort zu erledigen haben, oder sie sitzt in einem Kaffeehaus … Vielleicht sollte ich auf Nummer sicher gehen. Hier warten und Brandner anrufen, oder die Nachbarin im Ort suchen?

Lindner entschied sich für Letzteres. Außerdem brauchte sie Bewegung, daher ließ sie das Auto stehen. Sie überquerte die Brücke, ging an der Kartause und dem Parkplatz vorbei und folgte dem Straßenverlauf. Beim ersten Kaffeehaus kehrte sie ein. Von der Nachbarin war nichts zu sehen, also setzte sie die Suche fort. Nachdem sie die unmittelbare Umgebung erfolglos durchforstet hatte, beschloss sie, in das Kaffeehaus zurückzukehren und sich erst einmal zu stärken. Mit einem klaren Kopf war es einfacher, sich die nächsten Schritte zu überlegen.

Sie setzte sich an einen der Ecktische und wartete auf die Kellnerin, die sich allerdings nicht hinter der Vitrine mit dem Plundergebäck und anderen Leckereien hervorzutrauen schien. Nachdem es sich Lindner richtig gemütlich gemacht hatte und der Frau winkte, kam sie dann doch zu ihrem Tisch. Die Mittvierzigerin, so alt schätzte Lindner sie, schien richtiggehend angewidert von ihrem Anblick zu sein.

Daraufhin drehte die Inspektorin ihren Kopf und schob einen Teil ihres Haarschopfs zur Seite, sodass die kahl geschorene Haut klar hervorstechen musste. »Gefällt Ihnen meine Tätowierung nicht?«, fragte sie provokant.

»Geht mich nichts an, was ihr jungen Menschen mit eurem Körper anstellt, solange meine Tochter keinen solchen Blödsinn macht«, erwiderte die Kellnerin und hielt Lindner die Karte entgegen.

So als hätte sie alle Zeit der Welt, studierte Lindner die Auswahl.

»Ich komme wieder, wenn Sie so weit sind«, sagte die Servicekraft.

»Einen Espresso, ein stilles Mineralwasser und das Mönchsfrühstück«, bestellte die Inspektorin rasch.

Die Kellnerin machte sich Notizen und verschwand schließlich hinter dem Vorhang, der seitlich von der Vitrine an der Decke angebracht war.

Jetzt könnte ich Brandner anrufen. Nein, ich versuche es vorher bei Nina.

Ihre Freundin nahm das Gespräch allerdings nicht an, doch sie schickte ihr eine SMS zurück: *»Bin in vorlesung. Wie geht es dir? Liebe dich! Nina«*

»War hölle heute morgen, habe noch einen brummschädel, leider kein erfolg bei mörderjagd. Liebe dich! Annika«

»Du schaffst das! Ganz sicher!!«

Annika Lindner war weniger optimistisch als ihre Lebensgefährtin, aber immerhin hatte sie mit dem Hinweis der Witwe zwei neue Ansatzpunkte für die Ermittlungen.

Bevor Lindner Brandner anrufen konnte, servierte die Kellnerin das Mönchsfrühstück. Vor allem die Spiegeleier schmeckten Lindner, und der Espresso samt dem Wasser vertrieben ihre Kopfschmerzen endgültig.

Hoffentlich ist das jetzt zumindest ausgestanden!

Obwohl die Servicekraft mit Lindners Äußerem eindeutig nicht umgehen konnte und, gelinde gesagt, nicht gerade freundlich zu ihr gewesen war, gab ihr Lindner ein üppiges Trinkgeld. Das brachte ihr einen verwunderten Blick, ein »Dankeschön« und doch noch ein schiefes Lächeln ein.

Ein Wunder bei diesem Miesepeter-Gesicht. Wenn die zu den Einheimischen auch so unfreundlich ist, dann finden sich wahrscheinlich mehr Menschen im Garten von Lugbauers Nachbarin ein als hier im Kaffeehaus. Mal sehen, ob die Witwe mittlerweile wieder retour ist.

38

Gaming, Niederösterreich
Dienstag, 4. Oktober

Vor dem Haus der neugierigen Nachbarin parkte ein silberner Golf. Lindner hatte Brandner am Vortag überglücklich darüber informiert, dass sie ein derart unauffälliges Modell als Mietauto ergattert hatte, das für ihre Aufgabe geradezu ideal war.

Ist das Lindners Wagen? Wenn ja, wo ist sie?

»Suchen Sie Ihre junge Kollegin?«, rief die Nachbarin der Lugbauers. Sie trug ihr dunkelblaues Kopftuch vom Vortag und einen grauen Wollmantel. Ihre prall gefüllte Einkaufstasche stellte sie neben die Eingangstür und kam auf Brandner zu. »Ich hatte gestern meine Bedenken, was Ihre Kollegin betrifft, so eigenartig wie die aussieht. Die Frisur, Tätowierung, Kleidung, Sie wissen schon, was ich meine!«

Brandner ging zur Gartentür, an der die Frau ihn schon erwartete.

»Aber das ist eine ganz Tüchtige, die Frau Inspektor, das sage ich Ihnen! Keinen Augenblick hat sie die Maria und ihr Häuschen aus den Augen gelassen, nur als sie einmal kurz Pipi musste, hat sie bei mir angeläutet.«

»Wo ist sie jetzt? Wissen Sie das vielleicht?«

»Wahrscheinlich ist sie drüben. Heute am Morgen hat Ihre Kollegin bei mir angeläutet. Ich glaube, sie musste wieder aufs Klo, gerade da wurde aber Maria von ihrem

Bruder heimgebracht. Die Frau Inspektor hat sich schnell, aber freundlich bei mir entschuldigt und ist dann mit Maria in deren Haus hinein. Ich bin danach ins Geschäft einkaufen gegangen und bin gerade zurückgekommen.«

»Sie wissen also nicht sicher, ob meine Kollegin noch bei Ihrer Nachbarin ist?«

»Nein, aber ihr Wagen steht noch da.« Die Frau zeigte zum Golf.

»Danke schön! Sie haben mir sehr geholfen.« Brandner verabschiedete sich und kehrte zurück zum Audi. Er setzte sich hinein und wählte Lindners Namen am Smartphone aus.

»Wo bist du?«

»In Gaming, wo sonst?«

»Schon klar, aber wo genau?«

»Ich gehe gerade über die Brücke zur Straße, die am Haus der Lugbauers vorbeiführt.«

»Okay, ich parke hinter deinem Golf, steige bei mir ein, wir haben einiges zu bereden.«

Brandner beendete das Gespräch, schon bald sah er seine Kollegin auf ihn zukommen.

»Ich war kurz frühstücken«, sagte sie statt einer Begrüßung, nachdem sie auf dem Beifahrersitz Platz genommen hatte. »Es gibt keinen Grund mehr, die Witwe im Auge zu behalten. Der BMW-Fahrer ist ihr Bruder! Ich wollte der Nachbarin noch die Leviten lesen, bevor ich verschwinde! «

Bitte nicht, das bringt nur Probleme! Die alte Dame beschwert sich glatt noch bei mir oder gar bei Böck.

»Sie hat soeben sehr freundlich über dich gesprochen«, versuchte Brandner seine Kollegin zu beschwichtigen.

»Ach, wirklich? Du hast sie soeben getroffen?«, entgegnete Lindner etwas sanfter. »Gut, ich war auf der Suche nach ihr. Na ja, bringt ja nichts, sie noch zu belehren ... Stattdessen sollten wir uns einen Schmied genauer ansehen.«

Das ging gerade noch mal gut!

Lindner berichtete Brandner, was ihr Maria Lugbauer erzählt hatte. Im Anschluss informierte Brandner sie darüber, was er von Karin Albrecht über Jan Müllers Ausraster beim Schmiedekurs erfahren hatte.

»Alles sehr dubios«, stellte Lindner fest. »Was machen wir jetzt?«

»Du fährst hinter mir her. Wir fahren nach Ybbsitz. Ich rufe diesen Steiner an. Der muss einfach für uns Zeit haben. Danach geht's zurück nach Sankt Pölten, mal sehen, ob wir Albrecht noch befragen können.

»Und was ist mit Wimmer? Auch wenn er nicht direkt gelogen hat – alles erzählt hat er offensichtlich auch nicht«, hakte Lindner nach.

»Den nehmen wir uns später vor. Am Abend bin ich mit meiner Frau verabredet, kannst dir auch was Privates vornehmen.«

»Jawohl, mache ich!« Lindner stieg aus.

Im Internet fand Brandner rasch Steiners Nummer heraus. Er rief ihn an, stellte sich vor und bat um ein Treffen. Steiner stimmte sofort zu, mit den beiden Ermittlern in Ybbsitz zu reden. Brandner steuerte seinen Audi von Gaming nach Gresten und von dort den Berg hinauf. Er konnte die gut ausgebaute Straße ohne Risiko mit 100 Stundenkilometern hochfahren. Im Rückspiegel prüfte er regelmäßig, ob Lindner mit ihrem Golf mithielt. Seine

Kollegin war immer in Sichtweite, klebte aber nicht an Brandners Stoßstange.

Autofahren kann sie, keine Frage.

Bergab bremste sich Brandner etwas ein. Sie erreichten die Ortstafel, folgten der Bundesstraße und bogen anschließend links Richtung Ortszentrum Ybbsitz ab. Die weibliche Stimme seines Navigationssystems lotste Brandner entlang einer schmalen Straße, die parallel zum Prollingbach verlief. Er passierte Meinharts alte Schmiede und dessen Einfamilienhaus. Schließlich überquerte er eine Brücke, dann sah er vor sich das Haus, in dem Steiner arbeiten musste. »Sie sind am Ziel angekommen«, ließ ihn das Navi wissen. Die Werkstatt hatte überhaupt keine Ähnlichkeit mit dem jahrhundertealten Gebäude, in dem Meinhart seinem Gewerbe nachging.

Er muss seine Schmiede vor nicht allzu langer Zeit erbaut haben. Was für eine Investition!

Daneben stand ein Haus, das, soweit Brandner das erkennen konnte, sicher sechs bis acht Wohneinheiten beheimatete.

Für die Bewohner hoffe ich, dass die Schmiede keinen allzu großen Lärm macht und mit dem Rauch nicht die Luft verpestet.

Er stieg aus, Lindner hatte ihren Golf bereits neben Brandners Audi abgestellt und schlenderte zu ihm herüber. »Wirkt anders als die Schmiede im Mendlingtal.«

Brandner nickte. »Alles neu, bin schon neugierig, wie es innen aussieht.«

Neben dem großen metallenen Tor befand sich eine Brandschutztür. Brandner drückte die Klinke hinunter, schob die Tür auf und trat ein. Lindner folgte ihm. Innen war die Halle hell ausgeleuchtet, der Boden bestand aus glattem Beton, kaum ein Staubkörnchen war zu sehen, so blitzblank war alles geputzt. Entlang der Wände standen robuste blau lackierte Regale, die mit Eisenteilen in verschiedensten Größen bestückt waren. Vom Blech bis hin zum Rundling war alles vorhanden. Mehrere Maschinen waren gut strukturiert im Raum angeordnet, darunter eine automatische Säge und eine Schere, auch einen Handhubwagen erkannte Brandner und natürlich das Hammerwerk.

Ein Mann stand vis-à-vis am Amboss und hieb mit einem Hammer auf sein Werkstück ein. Brandner und Lindner traten näher, sofort spürten sie die angenehme Wärme, die von den glühenden Kohlen ausging. Es roch nach Eisen und Rauch. Brandner trat ins Blickfeld des Schmieds, der nickte, hämmerte noch mehrmals auf das Eisen ein, bis es nicht mehr glühte, dann legte er es in eine metallene Schale, in der sich schon mehrere ähnliche Teile befanden.

Länglich, verdreht und an den Enden platt gehämmert. Vermutlich Streben für ein Geländer.

Am Oberkörper trug der Mann nur eine dicke Lederschürze. Er zog seine Handschuhe und die Schürze aus, bevor er sich zuerst Lindner und danach Brandner vorstellte. Der Händedruck von Steiner war derart fest, dass der Major das Gefühl hatte, seine Finger steckten in einem Schraubstock. Er biss die Zähne zusammen, um nicht aufzuschreien.

»Entschuldigen Sie meinen Aufzug«, erklärte Steiner. Er schaute dabei Lindner an und zeigte auf seinen nackten, muskulösen Oberkörper, »aber beim Schmieden schwitze ich sonst nur unnötig, wenn ich mehr anhabe.«

»Ist schon in Ordnung«, erwiderte Lindner.

»Wenn Sie sich belästigt fühlen, ziehe ich mir ein T-Shirt über.«

»Ist nicht nötig«, erwiderte Lindner.

Schaden würde es nicht, aber jetzt hat Annika ihm schon zugestanden, so zu bleiben. Möchte wohl seine Kraft demonstrieren, aber uns schüchtert das schon nicht ein. Mal sehen, wie er sich bei der Befragung verhält.

39

Ybbsitz, Niederösterreich
Dienstag, 4. Oktober

Der halb nackte Schmied ließ vor Lindner seine Muskeln spielen.

Was für eine Antwort hat er sich denn bitte von mir als Frau erwartet? Sage ich, das passt für mich nicht, er soll sich bitte anziehen, wirke ich wie eine prüde Tante. Sage ich, es stört mich nicht, denkt er sich, ich stehe auf so was. In Wahrheit ist es mir so was von egal. Ich will wissen, ob er der Mörder ist, etwas anderes interessiert mich nicht.

»Setzen wir uns nach hinten«, schlug Steiner vor und ging voraus.

Erst jetzt sah Lindner den Holztisch mit zwei Bänken an der Rückwand des Raumes.

Gemeinsam mit Brandner folgte sie dem Mann und setzte sich neben ihren Vorgesetzten auf die Bank, die an der Wand platziert war.

»Darf ich was anbieten, Bier, Wein, Schnaps?« Steiner schmunzelte über seine Frage. Als er keine Antwort bekam, fügte er hinzu: »Ich habe auch Mineralwasser, Cola und Frucade.«

Brandner entschied sich für Frucade. Lindners Energielevel befand sich gerade auf Talfahrt, daher bat sie um eine Cola. Steiner öffnete die Tür des Kühlschranks, der gleich neben der Sitzgarnitur an der Wand stand. Er reichte Lindner eine Dose und öffnete Brandners Flasche mit einem Feuerzeug, bevor er das Getränk vor dem Major auf den Tisch stellte.

»Gläser habe ich keine«, erklärte Steiner, während er eine Flasche Wieselburger Bier mit dem Feuerzeug öffnete. »Zum Wohl!« Er prostete Lindner und Brandner zu, dann trank er noch im Stehen einen großen Schluck.

Lindner zog den Verschluss der Aluminiumdose auf, es zischte und kurz danach prickelte das Getränk angenehm in ihrem Mund. Gierig schluckte sie mehrmals und hoffte, dass die Wirkung ebenso rasch einsetzen würde, wie es beim Kaffee am Morgen der Fall gewesen war.

Steiner setzte sich gegenüber von Lindner an den Tisch. »Der Lugbauer ist tot, das habe ich schon gehört. Wie ist es passiert?« Seine Augen funkelten sensationsgeil, und sein Gesicht zeigte keine Spur von Bestürzung oder Trauer, stattdessen wirkte der Mann geradezu fröhlich.

»Sie scheinen nicht traurig darüber zu sein, dass er tot ist«, erwiderte Lindner.

Der Schmied ließ seine Brustmuskeln spielen, dabei grinste er. »Ich konnte dieses Arschloch noch nie leiden. Entschuldigung, normalerweise verwende ich solche Kraftausdrücke nicht, wenn eine Dame oder eine junge Frau anwesend ist.«

In meinem Fall meint er wohl die junge Frau, als Dame sieht er mich sicher nicht.

»Aber über den Lugbauer kann ich einfach nichts anderes sagen, da finde ich nur vulgäre Worte.«

»Sie mochten ihn also nicht.«

»Ich habe ihn gehasst.«

Nicht gerade schlau, das zuzugeben.

»Das ist kein Geheimnis, Sie finden es sowieso heraus«, erklärte Steiner.

»Weswegen konnten Sie Lugbauer nicht leiden?«, fragte Lindner. Sie schaute kurz zu Brandner, der nickte nur leicht und trank von seiner Frucade.

Mach ruhig so weiter, soll das wohl bedeuten.

»Der Arsch hat mich geschnitten, wo es nur ging! Ich hätte mir schon mehrfach Auszeichnungen beim *Ferraculum* verdient gehabt. Außerdem hat er mir nie auch nur den kleinsten Auftrag zukommen lassen.« Steiner trank von seinem Bier und rülpste. »Entschuldigung.« Er klopfte sich mit der Faust gegen seinen Brustkorb.

Deine Entschuldigungen nimmt dir niemand ab.

»Das wäre aber alles gar nicht so schlimm gewesen«, fuhr ihr Gegenüber unbeirrt fort. »Lugbauer konnte natürlich frei entscheiden, wen er auszeichnet und an wen er Aufträge vergibt, aber er hatte zudem versucht, meinen Ruf zu ruinieren!« Er trank sein Bier leer und stieß noch einmal auf. Diesmal entschuldigte er sich nicht. »Ich tauge nicht einmal als Hufschmied, hat dieses Arschloch gesagt! Das hat er überall herumerzählt! Rufschädigung war das! Und so jemanden haben wir alle respektvoll Schmiedepapst genannt!«

Lindner wischte sich mit dem Ärmel ihrer Jacke über das Gesicht. Das Wort »respektvoll« hatte Steiner nämlich förmlich ausgespuckt, und mehrere Tröpfchen waren auf ihrer Haut gelandet. Sie kämpfte damit, nicht aufzuspringen, zur Toilette zu laufen und sich gründlich zu waschen, so sehr ekelte sie sich.

»Entschuldigung, das wollte ich nicht.« Steiner schleckte sich mit der Zunge über die Lippen, und er spannte erneut seine Brustmuskeln mehrmals hintereinander an, sodass seine Brustwarzen auf und ab hüpften.

Lindner beugte sich nach vorne. »Jetzt reicht es mit Ihren Entschuldigungen! Sie ziehen hier eine Show vor uns ab und sind so knapp davor, dass wir Sie in Handschellen abführen!«

Steiner schaute erschrocken zu Brandner. »Stimmt das?«

Fall mir jetzt ja nicht in den Rücken!

Brandner nickte. »Sie ziehen sich jetzt ein T-Shirt an«, sagte er ruhig. »Dann sehen wir weiter.«

»Aber ich habe nichts getan!«

»Das T-Shirt!«

40

Ybbsitz, Niederösterreich
Dienstag, 4. Oktober

Brandner beobachtete, wie Steiner mit einem Lächeln im Gesicht auf sie zukam. Der Schmied trug jetzt ein Rundhalsshirt mit der Aufschrift: »BIER FORMTE DIESEN KÖRPER«.

Der Schriftzug passt zwar zu seiner ungehobelten Art, aber seine Muskeln stammen nicht vom Biertrinken. Auch nicht allein vom Hammerschwingen. Der Mann betreibt sicher jede Menge Sport und ernährt sich dementsprechend gesund und fettarm.

»Das sieht doch gleich viel besser aus«, sagte Lindner.

»Und ich dachte, Sie finden meine Bauchmuskeln geil.«

Soll ich mich einmischen? Nein, erst mal abwarten, wie sie das löst.

»Geil finde ich etwas ganz anderes, glauben Sie mir«, erwiderte Lindner.

»Ich hätte da etwas, das haben Sie noch nicht gesehen, und das finden Sie garantiert geil.«

Brandner sah besorgt zu seiner Kollegin.

»Kann ich mir nicht vorstellen, wenn, dann ist es derart klein, dass es mir bisher nicht aufgefallen ist.«

»Aber es wächst, wenn …«

»Schluss damit!«, unterbrach Brandner. »Wenn Sie sich keine Klage wegen sexueller Belästigung aufhalsen wollen, hören Sie auf mit derartigen obszönen Anspielungen.«

»Schon gut, schon gut!« Steiner setzte sich, diesmal gegenüber von Brandner. »Was wollen Sie von mir wissen?«

»Sie haben ein Motiv, Gottfried Lugbauer zu ermorden, das haben Sie uns vorhin selbst zu verstehen gegeben«, übernahm Brandner das Gespräch.

»Das leugne ich nicht, aber ich bin es schlicht und einfach nicht gewesen. Wann immer Sie den Täter haben, lassen Sie es mich wissen! Ich bringe ihm dann eigenhändig einen Kasten Bier ins Gefängnis und spendiere ihm an jedem Geburtstag, den er hinter Gittern verbringen muss, eine Nutte!«

»So weit sind wir noch nicht«, erwiderte Brandner. »Vorerst sind genau Sie unser Verdächtiger, und es wäre gut für Sie, wenn Sie mit einem Alibi aufwarten könnten.«

»Sonst müssen Sie die Prostituierte zu sich selbst ins Gefängnis bestellen«, ergänzte Lindner trocken.

Das darf doch nicht wahr sein!

»Oder ich rufe einfach Sie in dem Fall an«, konterte Steiner.

»Ich warne Sie«, rief Brandner dazwischen. »Noch ein Wort, Herr Steiner, und ich nehme Sie mit aufs Revier.« Er schaute zu Lindner. Ihr normalerweise blasses Gesicht war leicht gerötet. »Und du antwortest nichts mehr darauf, verstanden?«

»Ja.«

Brandner wandte sich wieder Steiner zu. »Sie entschuldigen sich sofort bei meiner Kollegin, oder es setzt eine Anzeige.«

»Entschuldigung!«, sagte Steiner mit leiser, aber hörbarer Stimme.

»In Ordnung«, presste Lindner hervor.

Brandner atmete aus, er wollte einfach den Fall lösen, aber er konnte keine sexuelle Belästigung gegenüber seiner Kollegin durchgehen lassen.

»Haben Sie nun ein Alibi oder nicht? Wo waren Sie in der Nacht von Samstag auf Sonntag?«

»Ich habe geschmiedet.«

»Hier?«

»Ja, ich habe bis in die frühen Morgenstunden gearbeitet.«

»Gibt es dafür Zeugen?«

»Nein, außer jemand von den Mietern der Wohnanlage gleich nebenan hat den Hammer gehört. Da können Sie mal nachfragen, aber es ist unwahrscheinlich, sonst hätte ich Besuch von der Polizei bekommen. War schon öfter so, aber nicht am vergangenen Wochenende.«

»Wir werden dem nachgehen«, bemerkte Lindner.

»Mein Transportbus hat die ganze Nacht draußen vor dem Tor gestanden, den habe ich nicht wegbewegt. Vielleicht ist das jemandem aufgefallen. Außer dem Bus habe ich kein anderes Fahrzeug.«

Egal, was die Nachbarn mitbekommen haben, ihre Aussagen werden uns kaum endgültig Gewissheit geben, außer es hat ihn jemand wegfahren oder zurückkommen sehen. Wir müssen überprüfen, ob er an dem Abend oder am Morgen irgendwo getankt hat, ob er in der Nacht eine Geschwindigkeitsübertretung begangen hat, und vor allem, wo sein Handy in ein Netz eingewählt war. Wenn er einen Fehler begangen hat, erwischen wir ihn, sonst wird es schwierig bis unmöglich … falls er es gewesen ist.

Brandner trank seine Frucade-Flasche leer. »Sie verlassen bitte nicht das Land und stehen uns auf Abruf zur Verfügung«, sagte er und stand auf.

»Ihre Kollegin darf mich jederzeit anrufen, auch mitten in der Nacht.«

Steiner fordert uns heraus. Ruhig bleiben.

Brandner atmete tief ein und wieder aus.

Lindner kam ihm mit einer Erwiderung zuvor: »Ich habe da so ein Gefühl, dass bei unserem nächsten Treffen meine beiden Lieblinge hier eine wichtige Rolle spielen werden.« Sie schepperte einige Sekunden vor Steiners Gesicht mit ihren Handschellen.

Lindner!

Brandner musterte Steiner, dessen Mund stand offen, mit einer derartigen Reaktion hatte er offenbar nicht gerechnet. Schließlich entspannte sich seine Miene.

»Gut pariert, Frau Inspektor, das muss ich Ihnen lassen.« Steiner schmunzelte und erhob sich ebenfalls.

Brandner und Lindner folgten ihm zur Brandschutztür. Der Schmied stieß sie auf und ließ die beiden Ermittler ins Freie treten. Vor der Wohnanlage parkte gerade eine junge Frau ihr Fahrrad.

»Ist das nicht Nicole Maier, die Lehrerin?«, wunderte sich Lindner.

Steiner schaute zu der Frau. »Ja, die gute Nicole, die steht noch mehr auf starke Schmiedegesellen als Sie, Frau Inspektor!«

»Wie meinen Sie das?«, wollte Brandner wissen und ignorierte absichtlich Steiners verbale Attacke Lindner gegenüber.

Unterdessen verschwand die Lehrerin im Innern des Wohngebäudes.

»Na ja, man sieht und hört so einiges. Beim letzten *Ferraculum* habe ich die Nicole gesehen mit dem guten Schmiedepapst. Die haben sich blendend unterhalten, der Lugbauer hatte kaum Zeit, sich um seine Aufgaben zu kümmern. Dann soll Nicole es an dem Wochenende noch mit einem der Tschechen getrieben haben.«

»Nicole Maier war mit Gottfried Lugbauer intim?«, bohrte Lindner nach.

Steiner zuckte mit seinen Achseln. »Also, beim Schnackseln habe ich sie nicht beobachtet, aber sie sind am Freitagabend vom *Ferraculum* sehr vertraut miteinander umgegangen, wenn Sie verstehen.«

»Was war das für ein Mann aus Tschechien?«, erkundigte sich Brandner.

»Jiri, Jiri Sevcu, Schmied aus Budweis, der hat am *Ferraculum* teilgenommen. Nicole ist gesehen worden, wie sie ihn am Samstag mit in ihre Wohnung genommen hat. Sie können sich vorstellen, was dort abgegangen ist. Jedenfalls haben die Tratschweiber noch Wochen später darüber gesprochen. Der Jiri ist allerdings schon lange wieder weg. Ich habe der Nicole angeboten, es ihr stattdessen zu besorgen.« Steiner griff sich zwischen die Beine. »Noch ziert sie sich, die Nicole, die will erst ihren Ruf wiederherstellen, sonst hätte sie schon längst mit mir gebumst, da bin ich mir sicher.«

»Das bezweifle ich, aber träumen Sie ruhig weiter!«, entgegnete Lindner.

Sie kann es nicht lassen.

»Komm, wir fahren«, forderte Brandner seine Kollegin auf.

Sie verabschiedeten sich knapp von Steiner und gingen zu ihren Autos.

»Was ist mit Nicole Maier?«, fragte Lindner.

»Die heben wir uns für morgen auf. Außerdem müssen wir über vorhin reden«, antwortete Brandner.

Lindner hatte die Autotür ihres Golfs bereits geöffnet, jetzt schloss seine Kollegin sie wieder und trat näher heran. Sie schaute ihn mit einem Blick an, den er von seinen Töchtern kannte. »Es tut mir leid, das kommt nicht wieder vor!«

41

Zwischen Amstetten und Sankt Pölten, Niederösterreich
Dienstag, 4. Oktober

Lindner fuhr auf der Autobahn hinter Brandners Audi. Nervös klopfte sie mit den Fingern auf das Lenkrad.

Was habe ich mir nur dabei gedacht? Der blöde Typ hat mich provoziert und ich dumme Ziege bin darauf eingestiegen. Vollkommen unprofessionell. Da zählen auch die lange Nacht und der Alkohol nicht als Ausrede. Das darf einfach nicht passieren! Was Brandner wohl von mir denkt? Schwamm drüber, vergessen wir es, hat er nach meiner Entschuldigung gesagt, aber kann er das wirklich?

Lindner konnte ihren Vorgesetzten noch nicht vollkommen einschätzen, dafür kannte sie ihn einfach nicht lange genug. Am liebsten würde sie Nina anrufen, sich mit ihr austauschen und sich von ihr gut zureden lassen. Nach wie vor hatte sie ihr Smartphone jedoch nicht mit der Freisprechanlage des Golfs verbunden, außerdem hatte Nina wahrscheinlich gerade ohnehin eine Vorlesung. Sie sehnte sich nach ihrer Freundin.

Die Blinklichter von Brandners Wagen leuchteten auf. Hinter dem Audi verließ Lindner die Autobahn bei Sankt Pölten.

Heute Nacht bin ich bei ihr. Brandner verbringt den Abend mit seiner Frau und ich habe Zeit mit Nina. Morgen gehe ich mit frischem Elan an den Fall heran. Aber vorher reden wir mit Albrecht, und wir müssen klären, ob Steiner doch in der Mordnacht in der Nähe des Mendlingtals war.

Brandner manövrierte seinen Audi durch den Stadtverkehr, Lindner klebte an seiner Stoßstange, sodass sich kein anderes Fahrzeug dazwischendrängen konnte. Obwohl sie den Weg zum LKA kannte, wollte sie nicht zurückfallen und später als ihr Vorgesetzter ankommen. Schließlich parkte der Major sich auf seinem zugewiesenen Platz vor dem Eingang ein, Lindner stellte ihren Golf weiter entfernt ab. Sie griff sich ihre Tasche und lief zu Brandner, der vor dem Gebäude auf sie wartete.

»Es gibt Neuigkeiten«, stellte er fest. »Mit etwas Glück ist das der Durchbruch.«

Durchbruch? Was ist passiert?

Lindner hatte die Frage gerade in Gedanken formuliert, als prompt Brandners Erklärung folgte: »Elfriede Auer hat angerufen. Die Kriminaltechniker haben die Handschuhe gefunden, bachabwärts, nicht weit vom Schmiedegesellenhaus entfernt.«

»Blut?«

»Ja, die Techniker gehen davon aus.«

»Wenn das Blut von Lugbauer stammt und wir innen die DNA einer zweiten Person sicherstellen …«

»Dann haben wir sehr starke Indizien, vor allem wenn es Spuren von Albrecht sind oder von einem der anderen Kursteilnehmer, könnte es für eine Anklage reichen«, führte Brandner Lindners Überlegung zu Ende. »Die Techniker sind schon auf dem Weg ins LKA.«

Welcher von ihnen wohl die Handschuhe gefunden hat? Vage kann ich mich daran erinnern, an der Bar zugesagt zu haben, mit ihnen in Sankt Pölten um die Häuser zu ziehen, wenn sie noch etwas Brauchbares für uns im Mendlingtal finden. Soll ich dann Nina mitnehmen? Die würden jedenfalls Augen machen!

Brandner hielt Lindner die Tür auf, danach schritt sie neben ihm durch die Gänge des LKA.

»Sollen wir dann überhaupt heute noch mit Albrecht reden?«, erkundigte sie sich.

»Ja, ich will sehen, wie er reagiert, wenn er davon hört, was die anderen Teilnehmer über seine Frau und Lugbauer sagen.«

Lindner nickte. »Soll ich dabei sein oder bekomme ich eine andere Aufgabe?«

»Du kümmerst dich um Steiner. Handydaten, Bankomatkarten, Verkehrsstrafen und so weiter. Ich habe schon alles während der Autofahrt eingeleitet. Die Informationen sollten nacheinander bei uns eintreffen. Wir machen aber heute früh Feierabend. Morgen am Vormittag sollten wir wissen, ob uns die Handschuhe weiterhelfen.« Brandner bog in Richtung der Verhörräume ab.

»Passt, bis morgen!«, rief ihm Lindner hinterher.

Eigentlich könnte ich gleich Schluss machen, aber ich sehe mal nach, ob schon eine E-Mail eingetrudelt ist, die von Interesse ist.

Sie lief weiter zum Großraumbüro und setzte sich an einen der Arbeitsplätze, die niemandem fix zugeordnet waren. Sie verband ihren Computer mit dem Netzwerk und gab ihr Passwort ein, dann wartete sie mehrere Sekunden. Bereits vier Nachrichten von den Kriminaltechnikern warteten in ihrem Postfach. Zum einen informierten sie Lindner voller Stolz über ihren Fund, zum anderen erkundigten sie sich, ob es ihr gut ging, denn am Vorabend sei es doch recht spät geworden. Lindner lächelte, es tat einfach gut, im Kreis der Kollegen aufgenommen worden zu sein, und es war auch keine E-Mail dabei, die zu aufdringlich war. Keiner der Techniker erinnerte sie daran, dass sie versprochen hatte, mit ihnen die Nachtszene unsicher zu machen.

Dafür sind sie zu professionell! Beruhigend. Wenn wir uns persönlich begegnen, wird die Sache womöglich anders aussehen, damit kann ich aber leben.

Lindner prüfte die restlichen Nachrichten, keine war jedoch von Belang für den Fall. Von den Informationen über Steiner, die Brandner angefordert hatte, war noch keine einzige eingetroffen.

Schade irgendwie, aber dann mache ich eben wirklich für heute Feierabend.

Lindner meldete sich vom System ab, nahm ihre Tasche und verließ das LKA mit großer Vorfreude auf Nina.

42

Sankt Pölten, Niederösterreich
Dienstag, 4. Oktober

Johann Albrecht war unrasiert, es stand zwar kein typischer Dreitagebart in seinem Gesicht, aber bald schon würden die Bartstoppeln lang genug sein, um als solcher durchzugehen. Die Nacht und der heutige Tag dürften nicht so verlaufen sein, wie er sich das vorgestellt hatte. Entsprechend müde sah er aus.

Neben Albrecht saß ein Anwalt im Verhörraum, der Brandner bereits von anderen Fällen bekannt war. Siegfried Maurer trug wie immer Nadelstreif, und seine Haare waren fein säuberlich mit Gel zum Seitenscheitel frisiert.

»Wenn Sie nicht mehr haben als einen Fingerabdruck meines Mandanten auf einem Nagel, verlange ich die sofortige Freilassung!«, forderte der Anwalt frei heraus.

Brandner hatte von Maurer nichts anderes erwartet. Am

liebsten würde er den Anwalt in die Wüste schicken und allein mit Albrecht reden. Der hatte jedoch von seinem Recht Gebrauch gemacht, und da saß nun Maurer und störte Brandners Ermittlungen.

Eigentlich hätte ich mir das Theater heute ersparen können. Morgen wissen wir mehr, was die Handschuhe betrifft, das hat mir Elfriede Auer versprochen.

»Darf ich nach Hause?«, erkundigte sich Albrecht. Er meinte seine Frage offensichtlich ernst.

»Natürlich nicht!«, erwiderte Brandner energisch. »Sie sind unser Hauptverdächtiger.«

Maurer schüttelte missbilligend seinen Kopf. »Herr Major Brandner, wenn mein Mandant Ihre einzige Spur ist, dann fürchte ich, dass Sie diesen Fall nie lösen werden.« Der Anwalt beugte sich nach vorne. »Ich weiß, Sie haben den Fingerabdruck. Den Nagel hatte mein Mandant aber schon Stunden vor dem Mord in seinen Händen. Zum Tatzeitpunkt war er bei seiner Frau im Zelt. Er hat ein Alibi, und er hat vor allem kein Motiv!«

Jetzt war es Brandner, der sich aufrichtete. »Apropos Ihre Frau und Motiv!«, warf Brandner ein. Der Anwalt wollte ihn unterbrechen, doch Brandner sprach laut weiter: »Ihre Frau und Herr Lugbauer sind sich beim Schmiedekurs sehr nahegekommen, zu nahe, sagt man sich!«

»Wer behauptet das?«, wollte Albrecht wissen. Seine Stimme überschlug sich fast.

»Ruhig bleiben.« Maurer legte eine Hand auf die Schulter seines Mandanten. »Er will Sie nur provozieren, da ist nichts dahinter.«

Albrechts Körper spannte sich an, das konnte Brandner deutlich erkennen.

»Ich habe mehrere Zeugen, die unabhängig voneinander ausgesagt haben, es ist also sehr wohl etwas dahinter!«, entgegnete er.

»Sie sagen jetzt nichts, gar nichts!«, beharrte Maurer.

Brandner bemerkte, wie es in Albrecht rumorte. Er wollte reden. Was auch immer er mitzuteilen hatte, er wollte es hören, doch der Anwalt ließ es nicht zu.

»Sie schweigen!«, beschwor Maurer seinen Klienten noch einmal. »Und Sie, Herr Major, verraten mir jetzt, wer so einen Schwachsinn über die Frau meines Mandanten und den Ermordeten behauptet!« Er schaute zu Albrecht. »Dann verklagen wir diese Verleumder! So etwas darf niemand ungestraft behaupten und schon gar nicht im Rahmen von Mordermittlungen.« Maurer blickte wieder zu Brandner, während er einen Kugelschreiber und ein schmales Notizbüchlein aus seiner Sakkotasche zückte. »Also, wer behauptet das?«

Was mache ich jetzt?

»Sie erfahren es zu gegebener Zeit«, erwiderte Brandner schließlich.

»Sagen Sie es schon, oder ich tätige einen Anruf und spaziere in einer Stunde mit meinem Mandanten aus dem Gebäude raus. Das schwöre ich Ihnen!«

So einfach wird es auch wieder nicht, sonst wäre Albrecht schon frei, aber bitte – sonst macht Albrecht komplett dicht, und das wäre für den Fall verheerend.

»Sowohl Herr Müller als auch Herr Meinhart haben detailliert und bildhaft ihre Eindrücke geschildert«, lenkte Brandner ein. »Die waren sehr eindeutig und decken sich.«

Albrecht winkte sofort ab. »Der Großteil ist sicher erfunden.« Er wandte sich an seinen Anwalt. »Meinhart ist der Letzte, der mit Lugbauer am Lagerfeuer sitzen geblieben ist, wir anderen sind allesamt schlafen gegangen. Und Müller wurde vom Lugbauer vor uns allen Schlappschwanz geschimpft! Die sind im Gegensatz zu mir wirklich verdächtig, deshalb erfinden sie anscheinend einen Grund, warum ich Lugbauer ermordet haben soll!«

»Vollkommen richtig!«, bestätigte Maurer. »Damit sie selbst nicht in den Fokus der Ermittlungen rücken, dichten diese beiden Herren einfach meinem Mandanten ein Mordmotiv an. Das ist wirklich unerhört und wird ein Nachspiel haben!« Der Anwalt kniff die Augen zusammen. »Sie sind so was von auf der falschen Spur, Herr Major!«

Bin ich das? Wir werden sehen …

»Bis morgen bleibt Herr Albrecht jedenfalls in Untersuchungshaft«, sagte Brandner. »Ich werde aber Ihren Behauptungen betreffend Herrn Müller nachgehen. Bezüglich Herrn Meinhart ist kein Motiv ersichtlich, eher das Gegenteil, Meinhart hatte Lugbauer viel zu verdanken.«

»Aber er war der Letzte, der Lugbauer lebend gesehen hat!«, rief Albrecht.

»Das ist eine Tatsache. Die dürfen Sie nicht einfach ignorieren«, fügte Maurer hinzu.

»Das tun wir nicht, glauben Sie mir!« Brandner stand auf. »Wir reden morgen am Nachmittag wieder miteinander, dann habe ich sicher neue Erkenntnisse.«

»Schon etwas Konkretes in Aussicht?«, fragte Maurer, der ebenfalls aufstand.

Das werde ich dir sicher nicht auf die Nase binden.

»Nichts Spruchreifes«, antwortete Brandner. Er verließ den Verhörraum.

Lindner hatte anscheinend seinen Rat befolgt, denn er traf sie nicht mehr an. Kurz prüfte er in seinem Büro seinen Posteingang, aber er hatte nichts Relevantes zum Mordfall erhalten. Keine einzige Auswertung zu Steiner war eingelangt. Er schaltete seinen Computer aus und verließ das LKA.

Schon auf dem Weg nach Wien kündigte er sich telefonisch bei Eva an. Sie freute sich hörbar auf den Abend mit ihm, und auch seine Vorfreude steigerte sich mit jedem Kilometer. Als er daheim ankam, war Eva bereits ausgehfertig. Sie sah umwerfend aus: dunkelrotes Kleid, Perlenhalskette und glitzernde Ohrringe von Swarovski, die er ihr zum letzten Hochzeitstag geschenkt hatte. Ihre Lippen leuchteten in dem gleichen Farbton wie ihr Kleid, sie formte einen Kussmund und er nahm ihre Einladung an. Danach wischte sie ihm mit einem Taschentuch seinen Mund ab.

Brandner sprang unter die Dusche, er wählte eine zu Evas Kleid passende Krawatte, und eilte kurz danach zu seiner wartenden Frau. Wie immer liefen sie zu Fuß zum Italiener, wobei sich Eva bei ihm unterhängte. Er liebte den blumigen Duft, der von ihr ausging. *Balotelli* war seit Jahren ihr Stammlokal. Entsprechend freundlich wurden sie begrüßt und zu ihrem Ecktisch begleitet. Beide bestellten sich einen Vorspeisensalat. Eva wählte im Anschluss ›Spaghetti aglio e olio‹ und Brandner Lasagne. Dazu orderten sie einen Shiraz.

Gerade als sie anstoßen wollten, vibrierte sein Telefon in seiner Innentasche. Er ignorierte es beflissentlich.

»Auf meine schöne Frau!«

»Auf meinen Major!«

Mit einem Schmunzeln stießen sie an. Das intensive Aroma nach Beeren war ganz nach Brandners Geschmack.

Er nahm noch einen großen Schluck, bevor er sein Smartphone hervorholte und es entsperrte. »Entschuldige bitte!«

Unbekannte Nummer.

Der oder die Anruferin hatte ihm eine Sprachnachricht auf der Mobilbox hinterlassen.

»Wer war es denn?«, wollte Eva wissen.

Brandner bemerkte den unsicheren Blick seiner Frau. Sie und er hatten sich auf den heutigen Abend zu zweit gefreut. Er zögerte einen Augenblick, dann traf er eine Entscheidung.

»Unwichtig«, sagte er zu seiner Frau und steckte sein Telefon wieder in die Innentasche seines Sakkos.

43

Sankt Pölten, Niederösterreich
Dienstag, 4. Oktober

Die Mietwagenfirma hatte sich sehr kooperativ gezeigt. Lindner hatte sich – nicht ganz ohne Hintergedanken – als Inspektorin des LKA Niederösterreichs vorgestellt, und so wurde der Golf nun tatsächlich von einer Mitarbeiterin an der Autobahnraststation abgeholt, und Lindner konnte mit ihrem Renault Clio zu Nina fahren.

Die Müdigkeit, gegen die sie den ganzen Tag angekämpft hatte, war plötzlich wie weggeblasen. Natürlich kannte sie dieses Phänomen bereits: Sie war bereit, ein weiteres Mal die Nacht zum Tag zu machen, wenn die sich vielversprechend entwickelte. Und das würde sie, denn Nina erwartete sie bereits. Übertreiben würden sie es aber nicht, Nina hatte morgen wieder Vorlesung und Lindner musste einsatzfähig sein. Vor allem lag ihr viel daran, einen guten Eindruck bei ihrem Vorgesetzten zu hinterlassen.

Lindner parkte vor dem Altbau. Sie nahm die vertrauten Stufen nach oben. Aus dem Inneren der Wohnung drang die Stimme von Adele, die Nina so liebte, obwohl die melancholischen Lieder so gar nicht zu ihrem meist aufgeweckten und unternehmungslustigen Gemüt passten. Lindner drückte die Türklinke hinunter. Zufrieden stellte sie fest, dass Nina ihren Rat befolgt hatte und die Tür abgesperrt war. Sie holte ihren Schlüssel hervor und steckte ihn ins Schloss. Nina hatte ihren abgezogen, sodass Lindner die Tür von außen aufschließen konnte.

Als sie die Wohnung betrat, stieg ihr der Geruch von gebratenem Fisch in die Nase. Nina begrüßte sie mit zwei Gläsern Weißwein in ihren Händen. Sie trug schwarze Leggins, ein weißes Shirt und war barfuß.

Eigentlich wollte ich heute keinen Alkohol trinken, habe ich mir zumindest noch am Vormittag geschworen, aber was soll's?

Lindner nahm Nina ein Glas ab und küsste sie. Ihre Freundin hatte eindeutig bereits einen Schluck getrunken, Lindner tippte auf Sauvignon Blanc. Der Geschmack ihrer

Lieblingsweißweinsorte auf den Lippen ihrer Liebsten war ein perfekter Start in den Abend. Nachdem sie sich voneinander gelöst hatten, führte sie das Glas an den Mund.

Richtig getippt, eindeutig Sauvignon Blanc!

»Ich dusche noch schnell, der Fisch hält das doch noch aus?«, fragte Lindner.

Ihre Freundin nickte und nahm ihr das Glas ab. Sie stellte es auf den Tisch. »Das wird er müssen, Frau Inspektor!« Nina nahm ihre Hand und zog sie Richtung Badezimmer.

Das Telefon begann, in ihrer Tasche zu läuten.

Jetzt nicht.

Ninas Griff wurde fester, sie duldete keinen Widerstand, und Lindner hatte auch nicht vor, diesen zu leisten. Sie folgte ihrer Freundin ins Bad.

Nachdem sie später den Fisch und im Anschluss einen Schokokuchen verspeist hatten, fiel Lindner der Anruf wieder ein. Sie holte ihre Tasche, nahm das Telefon heraus und entriegelte es.

Unbekannte Nummer.

Eine Nachricht war auf der Mobilbox hinterlassen worden. Sie hörte sie ab, bevor sie ins Wohnzimmer zurückkehrte, wo sie Nina lange und intensiv küsste.

»Du musst noch einmal weg?«

»Nicht gleich, aber ich muss früh raus, sehr früh.«

»Okay, leg dich schlafen.«

»Danke, bist ein Schatz!« Lindner küsste Nina noch einmal.

Lindner ging ins Bad, wusch sich und putzte sich ihre Zähne. Nach diesem Tag konnte sie es nicht erwarten, zu Bett zu gehen. Sie seufzte.

Und der morgige würde ebenfalls nicht einfach werden.

Im Schlafzimmer wartete Nina auf sie. »Ich hab's mir anders überlegt.«

So schnell werde ich doch nicht einschlafen …

44

Wien
Mittwoch, 5. Oktober

Der Geruch von Filterkaffee drang bis ins Schlafzimmer. Brandner rekelte sich zufrieden im Bett. Schon lange hatte er sich nicht mehr derart entspannt gefühlt. Er wusste, er sollte aufstehen, und normalerweise zögerte er diesen Augenblick nicht hinaus, vor allem wenn er, so wie jetzt, allein in den Laken lag. Doch Evas Duft umhüllte ihn noch, daher genoss er noch mehrere Sekunden im Bett, bevor er sich erhob.

Aus der Küche hörte er die hellen Stimmen seiner drei Damen. Es kam äußerst selten vor, dass alle vor ihm wach waren.

Ich bin spät dran.

Brandner rasierte sich und putzte seine Zähne, danach stieg er unter die Dusche. Erst nachdem er sich für den Dienst angezogen hatte, ging er in die Küche.

»Guten Morgen, Papa, wir müssen los!« Isabella stürmte an ihm vorbei in den Vorraum des Hauses.

»Hallo, Papa!« Von Selina bekam er einen Kuss auf die Wange, dann verschwand sie ebenfalls aus Brandners Blickfeld.

Eva schmunzelte. »Keine Angst, die kommen wieder!« Sie küsste ihn auf den Mund. Seine Frau schmeckte angenehm nach Kaffee und Erdbeermarmelade. »Leo, ich muss auch los! Es ist noch Kaffee da!« Noch einmal drückte sie ihm einen Schmatzer auf die Lippen.

Brandner ging in die Küche, um sich ein Brot mit Nutella zu schmieren. Als er hörte, wie die Haustür hinter seiner Frau ins Schloss fiel, goss er den restlichen Kaffee in den Abfluss und betätigte den Schalter der Espressomaschine. Er mochte zwar Filterkaffee, aber nur wenn er ganz frisch und heiß war. Brandner trank seinen Espresso schwarz und ohne Zucker. So ließ sich der Tag beginnen!

Mit der Tasse in einer Hand, ergriff er mit der anderen sein Notizbuch, um seine Gedanken zu ordnen. Mit flinker Hand hielt er den Stand der Ermittlungen fest:

Johann Albrecht, Fingerabdruck auf Mordwaffe, Frau gibt Alibi

Karin Albrecht, Flirt mit Lugbauer, gegenseitiges Alibi mit ihrem Mann

Andreas Steiner, hasst Lugbauer, Beweise, dass er in der Nähe des Tatorts war?

Jan Müller, Streit wegen Beschimpfung »Schlappschwanz«, Motiv, allein im Zelt

Martin Meinhart, der Letzte mit Lugbauer am Lagerfeuer, Motiv?

Alfred Wimmer, Auftraggeber für Aussichtsplattform, Streit darüber?

Maria Lugbauer, Geschichte vom Liebhaber hat sich nicht bewahrheitet

Nicole Maier, hat sie Lugbauer doch besser gekannt? Sagt zumindest Steiner

Unbekannter – hatten wir überhaupt schon Kontakt mit dem Mörder?

Er schob das Notizbuch von sich und betrachtete, was er geschrieben hatte.

Ich muss mich darauf konzentrieren, was ich habe! Über Steiner sollten wir heute mehr erfahren und auch, ob sich brauchbare Spuren an den Handschuhen befinden … Nur abzuwarten macht mich mürbe. Ich fahre nach Waidhofen und rede mit Müller. So wie der ausgerastet sein soll, hat er ein handfestes Motiv, und im Gegensatz zu Albrecht hat er kein Alibi.

Brandner trank von seinem Espresso. Danach schluckte er den letzten Bissen Brot hinunter. Er ging zum Tischchen, auf dem sein Smartphone zum Laden lag.

Richtig, der Anruf gestern Abend!

Brandner hörte die Sprachnachricht ab, die ihm der unbekannte Anrufer auf der Mailbox hinterlassen hatte.

Besser gesagt, der Anruferin.

»Guten Abend, Herr Major«, hörte er bald die weibliche Stimme durch den Lautsprecher. »Hier spricht Margarete Leiner, die Nachbarin von den Lugbauers. Sie waren bei mir im Garten. Ich wollte Ihnen nur Bescheid geben, dass Maria Lugbauer gerade von ihrem Liebhaber abgeholt worden ist, dem 5er-BMW-Fahrer. Ihre junge Kollegin sehe ich gerade nirgends.« Der letzte Satz klang in Brandners Ohren vorwurfsvoll.

Wieso sollte Lindner denn auch da sein? Es besteht kein Anlass zur Observierung, nachdem sich der BMW-Fahrer als Bruder der Witwe entpuppt hat! Hat nicht sogar die Nachbarin selbst gestern gesagt, der Bruder hätte Frau Lugbauer heimgebracht? ... Moment mal, wie konnte mir das nicht auffallen! Die Leiner kennt den Bruder, hat ihn gestern identifiziert, und redet trotzdem noch von einem Liebhaber! Lindner muss sich getäuscht haben! Es gibt zwei BMW-Fahrer: Stefan Heinzmann, den Bruder – und den Liebhaber. Den wir immer noch nicht kennen. Die Theorie ist noch lange nicht vom Tisch!

Brandner griff zum Telefon, um seine Kollegin anzurufen. Da bemerkte er, dass sie ihm mitten in der Nacht noch eine Nachricht geschrieben hatte. Er tippte sie an.

Ah, die Nachbarin hat gestern Abend nach mir noch Lindner angerufen. Die ist nach ihrem Missverständnis offensichtlich hoch motiviert und möchte heute Morgen gleich wieder nach Gaming fahren. So was kann jedem mal passieren, aber sie zeigt Einsatz, gut so!

Brander warf einen Blick auf die Uhr. Sie musste um diese Zeit schon vor Ort sein.

Andererseits, hoffentlich macht sie keinen Blödsinn!

Er wählte Lindners Namen in der Adressenliste aus und drückte auf Anrufen.

45

Gaming, Niederösterreich
Mittwoch, 5. Oktober

Ich bin so schwach!

Noch vorgestern hatte sich Lindner geschworen, keinen Tee mehr zu trinken, wenn sie eine Observierung durchführte. Gestern hatte sie dann zwar keinen Tee getrunken, aber jede Menge Wasser war in ihrer Blase gelandet. Und heute ging das Spiel von vorne los …

Sie saß in ihrem eigenen Auto vor Margarete Leiners Haus. Die Nachbarin hatte vor wenigen Minuten ans Seitenfenster geklopft und ihr eine Tasse Pfefferminztee vor die Nase gehalten. Lindner hatte höflichkeitshalber nicht ablehnen können. Nur wegen der aufmerksamen Dame war Lindner wieder in Gaming und konnte ihren Fehler von gestern wiedergutmachen. Getrunken hatte sie noch nicht von dem heißen Getränk, aber der Geruch stieg Lindner verführerisch in die Nase. Sie würde nicht mehr lange widerstehen können, doch sie versuchte sich auf ihre Aufgabe zu konzentrieren. Immerhin verfolgte sie eine vielversprechende Spur.

Wenn die Frau fremdgegangen ist, müssen wir das wissen. Die meisten Kapitalverbrechen werden im engsten Familienkreis verübt!

Lindner wärmte sich beide Hände an der Tasse mit grünen Verzierungen.

Gmundner Keramik? Schon möglich.

Der Duft war zu betörend, und da sie die Tasse schon einmal in ihren Händen hielt, führte sie diese zu ihrem Mund und nippte daran.

Autsch!

Der Klingelton ihres Smartphones hatte sie derart erschreckt, dass sie eine Ladung des heißen Tees auf ihre Hose verschüttete und ihre Oberschenkel verbrühte.

Scheibenkleister! Das hast du nun davon!

Sie schaute auf das Display.

Brandner! Hat ziemlich lange gedauert, bis er sich meldet, muss eine schöne Nacht gewesen sein.

Sie platzierte die Tasse auf die Mittelkonsole, wischte sich mit einem Taschentuch über die nasse Hose und tippte auf das Display. »Lindner!«, meldete sie sich.

»Annika! Guten Morgen, wo bist du?«, hörte sie Brandner durch den Lautsprecher.

»Bereits in Gaming, hast du meine Nachricht nicht bekommen?«, fragte sie. »Ich dachte, ich fahre in aller Früh los, dann erwische ich die Witwe diesmal wirklich, wenn sie von ihrem Liebhaber heimgebracht wird! Tut mir leid übrigens, da ist was schiefgelaufen …«

»Musst dich nicht entschuldigen! Es ist kein Schaden entstanden, und gut, dass du jetzt vor Ort bist. Aber bitte keine Alleingänge!«

»Ich bin allein hier, also wie meinst du das genau?«

»Ich will, dass du dir das Kennzeichen notierst und sonst nichts unternimmst.«

Das ist doch nicht dein Ernst!

Lindner griff nach der Tasse und nippte vorsichtig daran.

»Annika, hörst du mich?«

»Ja, ich bin noch da.«

»Nur das Kennzeichen notieren, sonst nichts, verstanden?«

Sie stellte ihre Tasse wieder ab. »Ja, verstanden.«

Verstanden bedeutet nicht, dass ich mich daran halte.

Brandner berichtete ihr von seinem Gespräch mit Johann Albrecht und dessen Anwalt Maurer. »Ohne Spuren an den Handschuhen werden wir ihn also nicht länger festhalten können«, resümierte er abschließend.

»Was machen wir dann?« Lindner sah, wie sich ein Auto näherte. Es handelte sich um einen blauen BMW, der Farbton war dunkler als der des Wagens gestern, und er schien zudem neueren Jahrgangs zu sein.

Ich hab offensichtlich Nachholbedarf, was Automodelle anbelangt. Aber wen interessieren auch schon solche Protzkarren!

Der Wagen blieb vor dem Haus der Lugbauers stehen. Lindner machte sich hinter dem Steuer so klein wie möglich. Stift und Notizbuch hielt sie bereits bereit.

»Du wartest auf den Liebhaber, und ich rede mit Jan Müller. Hoffen wir darauf, dass die Kriminaltechnik brauchbare Spuren an oder in den Handschuhen sicherstellt«, ertönte Brandners Stimme aus dem Lautsprecher.

»Das wäre wirklich hilfreich«, bestätigte Lindner, während sie das Fahrzeug fest im Blick behielt.

»Ich fahre jetzt los, du meldest dich, wenn du das Kennzeichen weißt.«

»Mache ich.«

Brandner beendete das Gespräch, als Maria Lugbauer gerade aus dem BMW stieg. Sie schlug die Autotür hinter sich zu und lief zu ihrem Haus. Lindner legte ihr Notizbuch, in das sie das Kennzeichen notiert hatte, auf den Beifahrersitz und startete den Motor ihres Clios.

Abwarten und nichts unternehmen, dafür bin ich nicht zum LKA gegangen.

Der BMW wendete und fuhr Richtung Kartause. Lindner legte den ersten Gang ein und folgte ihm. Das Fahrzeug bog links auf die Hauptstraße ab.

Nein, der wird doch nicht den Berg hinauffahren!

Lindners Befürchtung bewahrheitete sich allerdings. Die ersten Kilometer fuhr Maria Lugbauers Liebhaber dieselbe Strecke wie ihr Bruder zwei Tage zuvor. Diesmal hatte Lindner aber nicht die Pferdestärken des Golfs zur Verfügung, doch sie wusste, wie sie mit ihrem Clio möglichst schnell eine Steigung hochkam. Sie hielt die Drehzahl des Motors konstant hoch und schaltete auch nicht in den nächsten Gang, wenn sich die Nadel dem roten Bereich näherte. Dadurch schaffte sie es, den BMW meist im Blick zu behalten, und so übersah sie nicht, dass er nach links in eine schmale Straße einbog. Der Wagen fuhr durch einen Mischwald weiter den Berg hinauf. Lindner ließ sich zurückfallen, damit sie der BMW-Fahrer nicht bemerkte.

Schließlich erreichte sie eine Lichtung, die die Sicht auf ein Bauernhaus mit einem imposanten hölzernen Balkon am Hang freigab. Davor parkte der dunkelblaue BMW. Daneben stand ein noch größeres Wirtschaftsgebäude, das den Stall, Heustadl und die Garage für die Nutzfahrzeuge beinhalten musste. Auf der grünen Weide davor grasten gescheckte Kälber, sogar durch das geschlossene Fenster hörte sie das Gebimmel der Kuhglocken. Lindner stellte ihren Clio in circa 200 Meter Entfernung an den Wegrand und zog die Handbremse an, dann stieg sie aus.

Die Lugbauer treibt es tatsächlich mit einem Bergbauern, wer hätte das gedacht? Kohle muss er dennoch haben, bei dem Wagen.

Lindner schirmte ihre Augen mit der Hand ab, da sie von Sonnenstrahlen geblendet wurde. Der Bauer verschwand gerade im Innern des Hauses. Lindner vermutete, dass er sich Arbeitskleidung anziehen und sich anschließend an die Arbeit machen würde.

Sollte jetzt nicht der Mist oder die Jauche aufs Feld gebracht werden, bevor der erste Schnee fällt?

Lindner genoss kurz den herrlichen Ausblick, der sich ihr auf die umliegenden Berge bot, dann winkte sie den Kälbern zum Abschied zu. Sie setzte sich in den Clio, wendete und fuhr die schmale Straße den Berg hinunter. Dabei achtete sie darauf, die Motorbremse zu benutzen und nur vereinzelt auf das Bremspedal zu treten.

46

Waidhofen an der Ybbs, Niederösterreich
Mittwoch, 5. Oktober

Brandner war am beschilderten Parkplatz samt Garage unterhalb des alten Rothschildschlosses vorbeigefahren. Das Navigationssystem lotste ihn weiter ins Stadtzentrum. Am Brunnen bog er links ab und fuhr über den kurzen Anstieg hinauf zum oberen Stadtplatz. Dieser wurde von einem eindrucksvollen Stadtturm begrenzt, der, soweit sich Brandner von früheren Besuchen erinnerte, ungefähr 500 Jahre alt war. Linker Hand lag das Schloss.

Die Waidhofner schaffen es, den Stadtkern zu beleben, noch immer gibt es anscheinend kein größeres Einkaufszentrum in der direkten Umgebung.

Die Stimme des Navis verkündete die Ankunft am Ziel, er konnte jedoch nirgends eine Parklücke erkennen, in die sein Audi hineinpasste, und schon gar nicht eine, die genügend Platz bot, um die Fahrertür öffnen zu können. Kurz entschlossen wendete Brandner und fuhr zurück zur Parkgarage. Nachdem er den Audi abgestellt hatte, lief er statt der Straße einen Durchgang hinauf, der ihn auf deutlich kürzerem Wege wieder zum oberen Stadtplatz führte. Er entdeckte zwei Kaffeehäuser, eine Bank, Bekleidungsgeschäfte und einen Bioladen. Gleich neben einer Blumenhandlung war in einem Altbau das Büro des Unternehmens untergebracht, für das Jan Müller tätig war.

Brandner schob die schwere Eingangstür auf. Über Stufen mit grauen Fliesen stieg er nach oben in den ersten Stock. Dort prangte ein Schild aus Messing an der Wand neben der Tür: »Mostviertler Marketing«.

Für eine Werbefirma ein recht traditioneller Ansatz, aber vielleicht passt das ja zur Region.

Brandner drückte die Klinke hinunter und trat ein. Der Eingangsbereich wurde von einer Garderobe dominiert, an der mehrere Mäntel hingen. Durch eine verglaste Tür konnte er in ein Büro mit vier Arbeitsplätzen blicken. An einem saß Jan Müller. Brandner hängte seine Jacke zu den anderen und wollte gerade eintreten, als ihm Müller mit energischen Schritten entgegenkam und die Tür öffnete. Der Hüne duckte sich leicht, trat in den Vorraum und schloss die Tür hinter sich wieder.

»Guten Tag, Herr Brandner!«, grüßte er. »Wir gehen am besten nach draußen.«

»Haben Sie kein Besprechungszimmer, in dem wir ungestört reden können?«

»Doch, aber unser Gespräch hat nichts mit meiner Arbeit zu tun. Ich will meine Kollegen nicht mit hineinziehen.« Müller wirkte nervös, schon am Telefon hatte er versucht, Brandner abzuwimmeln.

Hat er etwas zu verbergen, oder liegt es wirklich nur daran, dass er nicht vor den anderen von der Kriminalpolizei befragt werden will?

»Draußen am Gehsteig oder in einem der Kaffeehäuser hören uns garantiert noch mehr Menschen zu. Es ist ziemlich viel los in der Stadt.«

Müller kratzte sich am Hinterkopf. »Okay, wenn es denn sein muss, dann kommen Sie kurz herein.«

Er öffnete die verglaste Tür zum Büro und räusperte sich. Ein junger Mann und zwei Frauen schauten den Neuankömmlingen entgegen.

»Herr Brandner ist von der Kriminalpolizei, er ermittelt im Mordfall Schmiedepapst.«

»Guten Tag, es wird nicht lange dauern«, sagte Brandner und hob die rechte Hand.

Keiner der drei erwiderte den Gruß.

Müller zeigte nach rechts. »Hier geht's zum Besprechungszimmer.«

Er ging voraus, Brandner folgte ihm, und Müllers Kollegen wandten sich wieder ihren Bildschirmen zu.

War doch halb so wild, komplett unnötig, um meine Anwesenheit so einen Wirbel zu machen.

Das Besprechungszimmer bot bis zu acht Personen Platz und vom Fenster aus konnte man einen Blick auf das Schloss werfen.

»Kaffee, Tee, Wasser?«, fragte Müller.

Eigentlich will er mir nichts anbieten, aber die Höflichkeit gebietet es ihm.

»Einen Kaffee und ein Glas Wasser bitte!«

»Kommt sofort.«

Brandner genoss noch einige Sekunden die Aussicht, unterdessen bediente Müller die Espressomaschine und holte ein stilles Mineralwasser aus dem kleinen Kühlschrank im Raum. Die Maschine ratterte, und der Duft von frischem Kaffee breitete sich aus.

»Milch? Zucker?« Müller nahm sich selbst kein Getränk.

Brandner verneinte, setzte sich an den Tisch und nippte in aller Ruhe am Espresso. Er war von hervorragender

Qualität. »Sie haben mir bei unserem Gespräch in der Hotelbar vom Flirt zwischen Karin Albrecht und Gottfried Lugbauer erzählt«, begann er.

»Flirt ist ziemlich untertrieben, die beiden hatten was am Laufen, das war offensichtlich!«

Brandner nickte. »Sie haben mir jedoch etwas Wichtiges verschwiegen«, stellte er dann fest.

»Verschwiegen, ich? Worauf wollen Sie hinaus?«

»Sie hatten selbst einen handfesten Streit mit Herrn Lugbauer.«

Müller lehnte sich zurück und verschränkte die Arme vor der Brust. »Darauf läuft das also hinaus! Sie wollen mir den Mord in die Schuhe schieben.«

»Ich will den Täter finden! Dafür ist es notwendig zu wissen, was kurz vor dem Mord vorgefallen ist!«

»Das war doch nur eine kleine Auseinandersetzung, nichts Schlimmes.«

»Warum haben Sie diese Meinungsverschiedenheit bisher nie erwähnt?«

Müller stand auf und schaute auf Brandner hinab. »Weil es für mich nicht von Bedeutung war! Schließlich habe ich Lugbauer nicht erstochen!«

»Er hat Sie einen Schlappschwanz genannt. Er hat ihre Männlichkeit infrage gestellt, vor allen anderen! Es sind schon Morde aus nichtigeren Gründen passiert.«

Müller zeigte zur Tür. »Ich will, dass Sie verschwinden! Ich habe Ihnen nichts mehr zu sagen«, rief er wütend.

Brandner blieb sitzen, erwiderte ruhig: »Wenn Sie mir meine Fragen nicht beantworten, lasse ich Sie vorladen, und wir sehen uns bald wieder, und zwar in Sankt Pölten im Landeskriminalamt.«

»Ich werde ganz sicher nichts mehr sagen! Und jetzt gehen Sie!« Der Mann hatte einen hochroten Schädel, sein Körper bebte regelrecht vor Aufregung.

Brandner nahm einen weiteren Schluck von seinem Kaffee, bevor er sich erhob. Das Wasser war noch unberührt. Müller hielt ihm die Tür auf, die vom Besprechungszimmer ins Großraumbüro führte. Die Kollegen starrten sie an.

Er hatte doch recht, es wäre für ihn besser gewesen, mich nicht hereinzubitten, aber wer konnte ahnen, dass er gleich so extrem reagiert? Sehr verdächtig … Bislang habe ich dem Streit zwischen ihm und dem Opfer nicht viel Bedeutung beigemessen, aber so …

»Einen schönen Tag noch!«, wünschte Brandner den drei andern, zu Müller sagte er nichts mehr. Er öffnete die verglaste Tür, zog seine Jacke an und verließ die Werbefirma.

47

Zwischen Lunz und Gaming, Niederösterreich
Mittwoch, 5. Oktober

Lindner tuckerte mit ihrem Clio auf der Bergstraße hinter einem Sattelschlepper her. Sie konnte ihn nicht überholen, da die eingeschränkte Sicht kein Manöver zuließ. Sie hatte ohnehin keine Eile, und so wurde sie immerhin daran gehindert, den Berg hinunterzurasen.

Ich sollte Brandner anrufen, ihm das Kennzeichen durchgeben und ins LKA fahren. Keine Alleingänge hat er gesagt.

Lindner klopfte mit ihren Fingern auf das Lenkrad. Der Laster vor ihr wurde noch langsamer, sie lenkte ihren Clio leicht über den Mittelstreifen. Ein entgegenkommender LKW mühte sich die Straße hoch. Lindner gab auf, sie würde wohl so lange hinter dem Sattelschlepper bleiben, bis sich ihre Wege von selbst trennten. Nach einigen Minuten erreichten sie endlich die Ortstafel Gaming.

Keine Alleingänge … Ach, was soll's, hier komme ich nicht weiter.

Sie betätigte den Blinker, bog rechts ab, fuhr über die Brücke und am Haus und an der Schmiede der Lugbauers vorbei. Dann wendete sie ihren Clio und parkte wieder am Gartenzaun von Margarete Leiner. Lindner stieg aus, betrat das Grundstück der Nachbarin und ging entschlossen zur Haustür. Sie drückte auf den Klingelknopf, in der anderen Hand hielt sie die leer getrunkene Teetasse, die, wie sie fand, einen guten Vorwand bot.

Ich muss wissen, wie glaubhaft ihre Aussage ist, oder ob sie nur so daherredet.

Die Tür wurde geöffnet. Auch dieses Mal wurden Margarete Leiners Haare von einem dunkelblauen Kopftuch gebändigt.

»Vielen Dank, der Tee war ausgezeichnet!« Lindner hielt der älteren Dame die Tasse entgegen.

»Freut mich, wenn er Ihnen gemundet hat. Wollen Sie wieder die Toilette benutzen?«

Sie glaubt sicher, ich habe ein Blasenproblem, trotzdem sehr freundlich von ihr.

»Nein, diesmal nicht, aber ich hätte noch eine Frage, dürfte ich kurz hereinkommen?«

Margarete Leiner ließ sie in den Vorraum, wo die Inspektorin ihre Schuhe auszog. Die Hausherrin führte sie in eine gemütliche Stube. Tisch und Eckbank waren aus dunklem Holz, Letztere war mit einem rot-beigefarbenen Stoff überzogen. Den Tisch schmückte ein weißes gehäkeltes Deckchen. Die hellgelben Tapeten brachten Farbe in den Raum.

»Setzen Sie sich ruhig neben Minki.«

Die grau getigerte Katze schlief an einem Ende der gepolsterten Bank. Lindner rutschte an ihr vorbei und nahm neben ihr Platz. Nur kurz öffnete das Tier seine Augen und musterte den Störenfried, dann schloss es sie wieder.

Ich wirke wohl vertrauenswürdig auf Minki. Manche Menschen sind da durchaus anderer Meinung.

Lindner streichelte sanft den Kopf der Katze und fuhr mit ihrer Hand weiter über das glatte Fell am Rücken. Leises Schnurren war zu hören

»Minki mag Sie«, stellte Margarete Leiner fest. »Darf ich Ihnen wieder einen Pfefferminztee anbieten?«

»Nur, wenn es nicht zu große Umstände macht.«

»Tut es nicht, ich habe gerade eine Teekanne aufgegossen. Einen Moment bitte!«

Die ältere Dame verließ die Stube, Lindner kraulte die Katze am Rücken, das Schnurren wurde lauter. Nach einer Minute kam Margarete Leiner zurück in die Stube. Sie trug ein Tablett mit einer Kanne, zwei Tassen, einer Zuckerdose und zwei Tellern mit jeweils einem Stück Marmorkuchen samt Dessertgabel. Selbst an Servietten hatte die Hausherrin gedacht.

»Ich habe heute Morgen gebacken, Sie mögen doch sicher ein Stück?«

Nein sagen verboten, sonst ist die Stimmung verdorben.

»Gerne!« Unbewusst streichelte Lindner über ihren Bauch.

»Sie sind so schlank!«, bemerkte Margarete Leiner daraufhin. »Sie sollten auch mein Stück essen!«

»Nein, nein!« Lindner bemühte sich zu lächeln. »Eines reicht! Sie können es sich doch leisten, eines zu essen, das sehe ich!«

»Danke!« Die ältere Dame errötete leicht, gleichzeitig strahlte sie übers ganze Gesicht und setzte sich auf die kurze Seite der Eckbank.

Eindeutig die richtigen Worte gefunden; ist doch gar nicht so schwer.

Erleichtert schob sich Lindner ein Stück Marmorkuchen in den Mund, und auch Margarete Leiner griff zur Gabel.

»Schmeckt herrlich und vor allem saftig«, lobte Lindner.

»Freut mich, wenn er Ihnen schmeckt!«

Gut gemacht, jetzt ist die Dame bereit für den Themenwechsel.

»Ich bin heute früh dem BMW gefolgt, von dem Maria Lugbauer heimgebracht worden ist. Wissen Sie, wer der Fahrer ist?«

Die Hausherrin schüttelte ihren Kopf. »Sonst hätte ich es Ihnen natürlich gesagt und Sie hätten nicht extra auf ihn warten müssen. Auch das Kennzeichen kann ich leider von hier aus nicht lesen, die Augen.«

»Schon gut, jetzt habe ich es ja, und ich weiß sogar, wo der Fahrer wohnt.«

»Ist es ein Gaminger?«, erkundigte sich die ältere Dame.

Klar, dass sie das jetzt wissen will, würde mich an ihrer Stelle ebenso interessieren. Ich muss ihr aber nicht gleich alles auf die Nase binden.

»Nicht direkt aus dem Ort, aber er ist nicht allzu weit entfernt daheim«, erwiderte Lindner. »Ich wollte Sie zu ihm aber noch etwas fragen.«

»Machen Sie ruhig, wenn ich helfen kann, tue ich das gerne.«

»Am Samstagabend, in der Nacht als Gottfried Lugbauer ermordet wurde – sind Sie sich absolut sicher, dass Maria Lugbauer da von ihrem Liebhaber um 19 Uhr abgeholt worden ist?«

»Ja, das habe ich doch schon gesagt.«

Lindner nickte. »Das stimmt natürlich, ich frage nur, weil Maria Lugbauers Bruder auch einen blauen BMW fährt. Sie sagten selbst, Ihre Augen seien nicht mehr die besten.«

»Junge Frau, ich garantiere Ihnen, Maria ist von ihrem Liebhaber abgeholt worden! Ihr Bruder fährt einen 3er-

BMW, ihr Liebhaber, wie mein Schwiegersohn, ein 5er-Modell! Den Unterschied erkenne ich sehr wohl!«

Selbst diese alte Dame hat mehr Ahnung von Autos als ich, wie peinlich …

Lindner hob beschwichtigend ihre Arme. »Ich wollte Ihre Expertise nicht anzweifeln, ich muss nur sichergehen. Immerhin kann es sein, dass Sie sie vor Gericht unter Eid aussagen müssen.«

Die Gabel von Margarete Leiner landete mit einem Scheppern auf dem Kuchenteller. »Vor Gericht? Junge Frau, davon war nie die Rede!« Die Frau stand energisch auf. »Natürlich will ich, dass der Mörder von Gottfried, Gott hab ihn selig, gefasst wird, aber ich sage doch nicht gegen die Maria vor Gericht aus!« Sie lief in der kleinen Stube hin und her. Schließlich blieb sie gegenüber von Lindner stehen. »Ich lebe hoffentlich noch einige Jahre und die wohne ich neben der Maria. Was glauben Sie, wie angenehm die sein werden, wenn ich gegen meine Nachbarin aussage und die am Ende nichts mit dem Mord zu tun hat?«

»Schon gut, schon gut, Frau Leiner, beruhigen Sie sich bitte wieder! Ich möchte nur eine Verwechslung hundertprozentig ausschließen, nicht mehr und nicht weniger. Das haben Sie mir bestätigt, alles ist gut!«

Minki sprang von der Bank und lief aus der Stube.

Der war es offensichtlich zu laut hier.

»Setzen Sie sich bitte wieder, wir genießen in aller Ruhe unseren Tee und den leckeren Kuchen«, schlug Lindner vor.

Vielleicht kommt dann auch Minki wieder zurück.

In Margarete Leiner rumorte es offensichtlich nach wie vor, das erkannte Lindner.

Schließlich seufzte die ältere Dame einmal hörbar, bevor sie sich wieder auf die Bank setzte. »Sie haben mir einen Schrecken eingejagt! Machen Sie so etwas nie wieder!« Schmunzelnd tadelte sie die Inspektorin mit erhobenem Zeigefinger.

Ich werde mich hüten. Wenn es wirklich notwendig wird, schicke ich Brandner … Oh Mann, der Chef. Keine Alleingänge hat er gesagt …

48

Amstetten, Niederösterreich
Mittwoch, 5. Oktober

Böcks Assistentin hatte Brandner während seines Gesprächs mit Jan Müller eine Nachricht auf seiner Mobilbox hinterlassen. Brandner sollte um 13 Uhr im Büro des Direktors antanzen. Böck wollte mit ihm über die Entwicklungen des Falls reden. Noch während er mit seinem Audi von Waidhofen nach Sankt Pölten unterwegs war, versuchte er, Elfriede Auer zu erreichen. Genau als Brandner den Kreisverkehr mit den Birnenskulpturen in der

Mitte vor der Autobahnauffahrt Amstetten-West durchfuhr, meldete sie sich zurück.

»Gibt es Neuigkeiten zu den Handschuhen?«, wollte er von der Kriminaltechnikerin wissen.

»Schon, aber keine guten.«

»Das heißt?«

»Nirgends brauchbare Spuren. Außer dem Blut von Gottfried Lugbauer konnten wir nichts Verwertbares nachweisen.«

Brandner seufzte. »Weiß Böck davon?«

»Ja, er wollte sofort informiert werden, sobald wir fertig sind.«

Das erklärt den Termin heute. »Kann man eben nichts machen. Trotzdem danke für eure Bemühungen.«

»Immer wieder gerne, beim nächsten Mal hoffentlich mit besserem Ergebnis.«

Brandner beendete das Gespräch, dann beschleunigte er auf der Autobahn, setzte den Blinker und lenkte seinen Audi auf die dritte Spur. Er fixierte den Tempomat bei 145 Stundenkilometern, danach rief er Annika Lindner an.

»Bei dir wollte ich mich auch gerade melden!«, hörte er ihre Stimme aus der Freisprechanlage.

»Hast du wenigstens eine Erfolgsmeldung für mich?«, fragte er.

»Kann man so sagen. Maria Lugbauer ist tatsächlich von ihrem Liebhaber heimgebracht worden. Ich habe das Kennzeichen schon rausgeschickt, um den Halter des Fahrzeugs zu eruieren.«

»Es handelt sich dabei hoffentlich nicht um den zweiten Bruder der Witwe.«

»Nein, die Nachbarin hat mir bestätigt, dass es das Auto des Geliebten war.«

Lindner hat nochmals mit der alten Dame gesprochen, hatte ich nicht klar gesagt, dass sie keine Alleingänge wagen soll? Nun gut, die Frau stellt sicher keine Gefahr dar, außerdem ist Lindner erwachsen, dennoch …

»Sicherlich hast du das Risiko abgewogen, bevor du meine Anweisungen missachtet hast …« Nervöses Hüsteln war zu hören. »Immerhin warst du erfolgreich«, lenkte Brandner ein. »Bist du noch in Gaming?«

»Ja«, erwiderte Lindner zögerlich. »Ich überlege, ob ich Maria Lugbauer mit unseren neuen Erkenntnissen konfrontieren soll.«

»Keine Alleingänge mehr! Aber du kannst deinen Posteingang prüfen, wenn du gerade nicht mit dem Auto fährst. Gibt es schon Daten zu Steiners Handy von der Mordnacht?«

»Die sind gerade von der Telekom reingekommen. Steiners Telefon war die ganze Nacht in Ybbsitz eingewählt. Auch an den Tankstellen und bei Verkehrsübertretungen scheint Steiner nicht auf.«

Schade. Das entlastet Lugbauers Rivalen zwar nicht vollständig, spricht aber gegen ihn als Hauptverdächtigen. Die Kursteilnehmer, die Witwe und ihr Liebhaber bleiben im Fokus.

»Steiner den Mord anzuhängen, wird schwierig werden«, hörte Brandner Lindner sagen.

»Anhängen wollen wir grundsätzlich niemandem etwas, wir überführen die wahren Täter. Das macht einen riesengroßen Unterschied, vergiss das nicht«, belehrte er Lindner.

»Schon klar.«

Brandner vereinbarte mit seiner Kollegin, dass sie sich in Gaming in ein Kaffeehaus setzen, dort ihre Nachrichten bearbeiten und auf Informationen über den Geliebten der Witwe warten sollte. »Es hat keinen Sinn, wenn du jetzt nach Sankt Pölten fährst, und wir uns dann bald den Liebhaber irgendwo bei Gaming vorknöpfen müssen«, erklärte er, und Lindner pflichtete ihm bei. Im Anschluss erzählte er ihr von seinem bevorstehenden Gespräch mit Direktor Böck und dem enttäuschenden Ergebnis der Untersuchung der Handschuhe.

»Schade, auch für die Jungs von der Spurensicherung«, merkte Lindner an.

»Wie meinst du das?«

Brandners Kollegin zögerte kurz. »Nicht so wichtig«, sagte sie schließlich. »Ich habe sie nur beim *Eisenstraßenhof* besser kennengelernt, nett und engagiert haben sie alle auf mich gewirkt, da hätte ich ihnen den Erfolg gegönnt.«

»Vor allem hätte es uns weitergebracht«, stellte Brandner fest.

»Wir werden den Mord auch so aufklären. Mein erster Fall wird sicher kein Cold Case.«

Dein Wort in Gottes Ohr.

Die beiden verabschiedeten sich. Als Brandner auf den Parkplatz zum LKA einbog, zeigte die Uhr zehn Minuten vor 13 Uhr an. Der Stadtverkehr hatte ihn viel Zeit gekostet. Rasch prüfte er noch einmal seine Nachrichten auf dem Smartphone, es war aber nichts von Belang dabei. Danach ging er zu seinem Termin mit Böck.

»Der Direktor erwartet Sie bereits«, ließ ihn die Assistentin wissen, nachdem er das Vorzimmer betreten und sie begrüßt hatte.

Er klopfte einmal an der Tür und öffnete sie, ohne auf eine Antwort zu warten. Der herbe Geruch des Parfums, das Böck im Übermaß benutzte, reizte Brandners Nase.

Daran gewöhne ich mich wohl nie.

»Herr Direktor!«

»Herr Major! Bitte nehmen Sie doch Platz!«

Brandner setzte sich auf den angebotenen Stuhl vor den Schreibtisch. Der Direktor hingegen stand von seinem Drehsessel auf, trotzdem überragte er sein Gegenüber nicht einmal um einen Kopf. Böcks Daumen steckten beide hinter seinen rot-blauen Hosenträgern, die sich über seinen voluminösen Bauch spannten.

»Was machen wir mit Albrecht?« Böck kam gleich auf den bisherigen Hauptverdächtigen zu sprechen. »Siegfried Maurer macht uns die Hölle heiß«, fügte er hinzu.

»Die Untersuchung der Handschuhe hat leider nichts ergeben, keine weiteren Beweise«, erwiderte Brandner.

»Und Albrechts Fingerabdruck kann schon vor dem Mord auf dem Nagel gewesen sein, und er hat vor allem ein Alibi.«

»Von seiner Frau«, entgegnete Brandner.

»Ich weiß, aber so wie es derzeit aussieht, reicht die Beweislage bei Weitem nicht. Wir müssen ihn noch heute laufen lassen.«

Das hatte Brandner schon erwartet. »Vielleicht ist Albrecht wirklich unschuldig«, gab er zu bedenken.

»Wir brauchen einen neuen Verdächtigen, und zwar rasch!« Böck ließ seine Hosenträger gegen Brust und Bauch schnalzen.

»Ich habe sogar mehrere Kandidaten.« Brandner berichtete von Müllers Auseinandersetzung mit dem Toten und von Steiners unverhohlenem Hass auf Lugbauer. Zum Schluss informierte er den Direktor über die wahrscheinliche Affäre der Witwe.

Böck wiegte seinen Kopf. »Ein Verdächtiger, gegen den wir erdrückende Beweise haben, wäre mir eindeutig lieber.« Er setzte sich auf seinen Drehsessel, Brandner blieb stumm. »Die Sache mit diesem Müller scheint mir am vielversprechendsten, er war ja im Mendlingtal, als der Mord verübt wurde. Sie reden aber jetzt einmal mit dem Liebhaber der Witwe. Wenn das Gespräch keinen eindeutigen Verdacht ergibt, knöpfen Sie sich Müller hier im LKA vor. Im Verhörraum, mit allem, was dazu gehört.«

Damit kann ich leben.

»So werden wir vorgehen«, bestätigte Brandner. Er stand auf und öffnete die Tür.

»Wie macht sich übrigens die neue Kollegin?«, fragte Böck.

Hoffentlich hat sich niemand über sie beschwert.

Brandner wandte sich noch einmal Böck zu. »Lindner ist sehr engagiert, die Spur zum Liebhaber verdanken wir ihrer Hartnäckigkeit und ihrem Einsatz.«

»Gut, dachte ich mir, dass sie uns nicht enttäuschen wird.«

Der Major wunderte sich einmal mehr, dass Lindner ausgerechnet von dem ansonsten doch recht konservativen Böck eingestellt worden war, aber die Hintergründe konnten ihm egal sein, solange sie ihre Arbeit zufriedenstellend erledigte.

Und das scheint der Fall zu sein.

49

Ybbsitz, Niederösterreich
Mittwoch, 5. Oktober

Was soll ich heute essen?

Nicole Maier manövrierte ihr Rad in den Fahrradständer und holte sich einen Einkaufswagen. Mit einem lauten »Guten Tag!« betrat sie das Geschäft des Nahversorgers. Mittlerweile erwiderten wieder alle Verkäuferinnen und Kundinnen ihren Gruß. Verbittert dachte sie an die Zeit kurz nach dem *Ferraculum,* als das nicht so gewesen war.

Da habt ihr euch hinter meinem Rücken das Maul zerrissen, ihr hinterfotzigen Weiber!

Sie lächelte betont freundlich in Richtung Kassa und ging zum Bereich mit dem Obst. Sie legte Bananen, Birnen, Äpfel und eine Flasche Bio-Ahornsirup in den Einkaufswagen. Bei der Erinnerung an die Missachtung der anderen hatte sie Lust bekommen, etwas Süßes zum Dessert zu naschen. Ein Obstsalat war süß, aber doch gesund.

»Wie geht's mit den Schulkindern? Sind alle brav?«, wurde sie an der Kassa gefragt.

»Die reinsten Engel, ganz wie ihre Mütter und Väter!«, erwiderte Nicole.

Von der Schwammschlacht der 3a braucht die nichts zu wissen. Vor allem die Rotzlöffel in dieser Klasse kommen nach ihren Eltern!

Sie räumte ihren Einkauf für das Mittagessen in den Rucksack und verließ das Geschäft. Sie setzte sich auf ihr

Rad und schlug den Weg zum Prollingbach ein. Nicole Maier liebte es, in der frischen Herbstluft entlang des Gewässers zu radeln. Viel zu schnell kam sie bei ihrer Wohnung an. Das gute Gefühl verflog jedoch sofort beim Anblick, der sich ihr vor Ort bot.

Polizei, gleich zwei Autos? Oh nein, da ist ja auch Steiner! Hoffentlich sieht er mich nicht.

Sie stellte ihr Fahrrad ab und wollte schon im Haus verschwinden, doch da rief ihr aufdringlicher Nachbar nach ihr. Der Polizist, der neben Steiner stand, schaute ebenfalls zu ihr herüber.

Mist, da kann ich mich jetzt schwer davonstehlen!

Zögerlich ging sie zu den beiden Männern. »Was ist denn passiert?«, fragte sie aus drei Metern Entfernung.

»Die Tür zu meiner Schmiede ist aufgebrochen worden. Das Schloss muss ich erneuern. Schöner Schlamassel!«

»Wohnen Sie nebenan? Haben Sie vielleicht etwas gesehen?«, erkundigte sich der Polizist.

Nicole schüttelte ihren Kopf und trat drei Schritte näher. »Nein, ich meine, ich wohne schon hier, gleich da vorne, aber ich habe nichts mitbekommen. Wann ist es denn passiert?«

»Das muss in den frühen Morgenstunden gewesen sein. Bis Mitternacht habe ich gearbeitet. Daher bin ich erst gegen Mittag wieder hergekommen, und dann hab ich das aufgebrochene Schloss bemerkt.«

»Sehr dubios«, bemerkte der Polizist. »Es scheint nämlich nichts entwendet worden zu sein. Eventuell handelt es sich um Vandalismus.«

Der Steiner ist ein Ekel, aber das hat auch er nicht verdient, dass ihm jemand mutwillig schadet.

»Tut mir leid«, wandte sie sich an ihren Nachbarn.

Hoffentlich hört man den Lärm aus der Schmiede nicht noch lauter, jetzt, wo die Tür nicht mehr ganz geschlossen werden kann.

»Das kann ich so nicht lassen«, sagte Steiner. »Ich darf doch schon mit der Reparatur beginnen, oder?«

»Ja, meine Kollegen sind innen gleich fertig«, erwiderte der Polizist. »Nachdem nichts gestohlen wurde, werden wir niemanden von der Kriminaltechnik anfordern. Die haben genug zu tun.«

Ob der Mord an Lugbauer schon aufgeklärt ist? Gehört habe ich nichts mehr.

Nicoles Magen knurrte. »Ich verabschiede mich, ich muss jetzt kochen!«

»Was gibt es Gutes? Ich könnte etwas Trost gebrauchen!«, rief ihr Steiner hinterher.

Hättest du gerne! Sicher nicht!

Ohne ein weiteres Wort zog sie die Eingangstür des Wohngebäudes auf, und erst als die hinter ihr ins Schloss fiel, atmete sie erleichtert aus.

Solange ich hier wohne, wird mich Steiner anmachen! Ich muss lernen, damit umzugehen, auch wenn ich ihn am liebsten kastrieren würde!

50

Gaming, Niederösterreich
Mittwoch, 5. Oktober

Annika Lindner hatte dasselbe Kaffeehaus ausgewählt, das sie gestern besucht hatte. Die unfreundliche Kellnerin war diesmal deutlich höflicher. Das großzügige Trinkgeld vom letzten Mal zeigte offensichtlich Wirkung.

Zwar verbrachte sie nicht ungern ihre Zeit in einem Kaffeehaus – immerhin war es zum Beispiel einem Golf oder einem Clio nachts bei klirrender Kälte vorzuziehen –, aber sie war trotzdem froh, als das Warten ein Ende hatte und sie von Brandner benachrichtigt wurde, dass er in Gaming angekommen war. Lindner verstaute ihren Laptop in ihrer Tasche und gab auch diesmal reichlich Trinkgeld, womit sie ein Lächeln in das Gesicht der Kellnerin zauberte.

Man kann ja nie wissen, vielleicht sitze ich morgen schon wieder hier.

Lindner trat nach draußen, dort wartete Brandner schon mit laufendem Motor. Sie stieg auf der Beifahrerseite ein. Brandner tippte die Adresse des BMW-Fahrers in sein Navigationssystem. Lindner presste ihre Lippen aufeinander, um nicht damit zu prahlen, bereits zu wissen, wo sie hinmussten.

Während Brandner den Anweisungen des Navis folgte und Richtung Lackenhof und Lunz fuhr, erzählte er Lindner von seinem Gespräch mit Böck.

»Der Druck wird also größer«, stellte Lindner fest.

»Sogar die großen Tageszeitungen berichten mittlerweile über den Mord am Schmiedepapst«, bestätigte Brandner. »›Schmiedepapst‹, allein von dem Wort auf der Titelseite versprechen sich die Redakteure scheinbar immense Verkäufe. Je öfter der Mord an prominenter Stelle erwähnt wird, desto mehr Druck bekommt Böck.«

»Und desto ungemütlicher wird es für uns. Hier musst du …«

»Abbiegen, ich weiß.«

Brandner blinkte, er bremste und lenkte seinen Audi dieselbe schmale Straße durch den Wald nach oben, auf der Lindner am Vormittag dem BMW gefolgt war.

Wahrscheinlich hat der Lenker keinen Verdacht geschöpft, aber es ist in jedem Fall besser, dass ich meinen Clio in Gaming stehen gelassen habe.

Sie erreichten die Lichtung. Noch immer grasten die Kälber auf der Weide. Brandners Augen blieben nach vorne gerichtet, er beschleunigte, da er nun eine bessere Sicht hatte. Schon bald erreichten sie den Bauernhof, den Lindner aus der Ferne betrachtet hatte.

Brandner parkte den Audi vor dem Haus, beide stiegen aus. Lindner hörte den Motor eines Traktors. Sie folgten dem Geräusch und liefen um das Wirtschaftsgebäude herum. Der Geruch nach Kuhmist wurde intensiver. Als sie um die Ecke bogen, setzte sich der Bauer gerade hinter das Lenkrad eines rot lackierten Traktors mit der Aufschrift »Lindner«.

Ist ja lustig, ich wusste gar nicht, dass meine Familie Fahrzeuge herstellt.

An der Zugmaschine war ein mit Kuhmist beladener Anhänger befestigt, der Vorrichtungen zum Streuen und

Verteilen des Dungs auf den Wiesen montiert hatte. Brandner machte den Bauern durch Winken auf sich aufmerksam, der schaltete den Motor ab, öffnete die verglaste Tür und sprang in grünen Gummistiefeln auf den betonierten Boden. Der dunkelblonde Mann hatte eine stattliche Figur und durchaus attraktive Gesichtszüge.

Brandner zeigte seinen Ausweis und stellte Lindner und sich selbst vor. »Wir suchen Herrn Anton Hirsch«, sagte er.

»Den haben Sie gerade gefunden«, bestätigte der Bauer. »Ich habe mir schon gedacht, dass früher oder später jemand von der Kripo auftaucht, nach dem was mit Gottfried passiert ist. Am besten setzen wir uns vorne auf die Hausbank.« Er zeigte auf sein Shirt. »Ich würde Sie ja gerne ins Haus hineinbitten, aber da müsste ich mich umziehen und duschen, den Gestank nach Mist und Gülle wird man sonst nicht los.«

»Schon gut«, entgegnete Brandner. »Setzen wir uns auf die Bank im Freien.«

»Es scheint die Sonne, die wird uns schon warm halten«, fügte Lindner hinzu.

Hirsch musterte sie daraufhin. »Sie müssen die Beamtin sein, die Maria gefolgt ist, als sie ihren Bruder besucht hat.«

So viel zu meinem Versuch, nicht aufzufallen. Leugnen hat keinen Sinn.

»Stimmt, das war ich«, bestätigte sie.

Hoffentlich erwähnt er nicht, dass ich auch ihm heute Vormittag hinterhergefahren bin.

Der Mann erwiderte nichts mehr, stumm schritten sie zum Wohnhaus und setzten sich auf die Bank an der Mauer. Lindner schirmte ihre Augen mit der Hand ab, bis sie sich einigermaßen an das helle Sonnenlicht gewöhnt hatte.

»Schön haben Sie es hier«, bemerkte sie.

»Fehlt nur noch die richtige Bäuerin, die es mit mir aushält«, erwiderte Hirsch.

»Ihrer Verbindung mit Maria Lugbauer steht nichts mehr im Weg, jetzt da ihr Mann tot ist«, ergriff Brandner das Wort.

Hirsch lachte auf. »Die Maria, eine Bäuerin!« Er konnte einige Sekunden nicht weiterreden, so sehr amüsierte ihn die Aussage. »Ich mag die Maria als Frau, und wie sie sich denken können, finde ich sie sehr attraktiv, aber eine Bäuerin wird sie nie werden. Das passt einfach nicht zu ihrer Natur.«

»Sie haben also nicht vor, mit ihr eine ernsthafte Beziehung zu führen?«, fragte Lindner.

»Nein, daran habe ich wirklich noch keinen Gedanken verschwendet, Maria sicher ebenso wenig. Sie weiß, dass ich meinen Hof nie aufgeben werde. Auch jetzt, da Gottfried tot ist, haben wir keine gemeinsame Zukunft.«

»Und doch haben Sie ein Motiv, Gottfried Lugbauer ermordet zu haben«, provozierte der Major.

Wieder ertönte Hirschs Lachen, diesmal klang es für Lindner gekünstelt.

»Das habe ich nicht. Auch Maria hat damit nichts zu tun«, erwiderte der Liebhaber der Witwe nach einigen Sekunden. »Der Gottfried hat unser Verhältnis gebilligt, wir hatten keinen Grund, ihm etwas anzutun. Er hat im Gegenzug von Maria sämtliche Freiheiten bekommen und konnte seinerseits treiben, was und mit wem er es wollte. Soweit ich es weiß, waren es nicht gerade wenige, die sich vom Herrn Schmiedepapst haben nageln lassen.«

Vielleicht kommen jetzt noch jede Menge gehörnte Ehemänner als Verdächtige dazu.

»In der Mordnacht …«, begann Brandner.

»War ich mit Maria die ganze Zeit hier am Bauernhof. Nachdem ich am frühen Abend im Stall fertig war, habe ich schnell geduscht, mich umgezogen und sie abgeholt. Irgendwann zwischen sieben Uhr und halb acht am Abend werden wir zurück gewesen sein. Am Morgen habe ich sie heimgebracht. Gottfried hat unbedingt im Zelt im Mendlingtal übernachten wollen, daher konnte Maria die ganze Nacht mit mir verbringen.«

Immerhin tischt er uns nicht die gleiche Lüge auf wie Maria Lugbauer. Der wird wahrscheinlich mittlerweile auch dämmern, dass uns ihre aufmerksame Nachbarin über ihren Ausflug in der Mordnacht informiert hat.

»War sonst noch jemand am Hof, der bestätigen kann, dass Sie zu zweit waren und das Gelände nicht verlassen haben?«, erkundigte sich Brandner.

»Nur meine Kühe und Kälber.«

Es gibt niemanden, der ihre Geschichte bestätigen wird. Wie die Albrechts werden sie sich gegenseitig ein Alibi geben. Aber dass die beiden den Mord ausgerechnet im Mendlingtal planen, wo sie im Dunkeln durch Waldwege laufen müssen und von den anderen Kursteilnehmern hätten überrascht werden können, scheint mir ohnehin unwahrscheinlich. Dann noch der Nagel als Mordwaffe, das passt so gar nicht! Also doch einer der Kursteilnehmer …?

51

Zwischen Sankt Pölten und Wien
Mittwoch, 5. Oktober

Brandner passierte die Autobahnabfahrt Sankt Pölten. Fast empfand er ein schlechtes Gewissen, aber es war schon nach 19 Uhr und alles, was er heute noch erledigen konnte, hatte er während der Fahrt arrangiert.

Für Müller wird es kein angenehmer Abend, den Bescheid hat er bestimmt schon erhalten, dass er morgen in aller Früh im LKA antanzen muss. Wenn er nicht erscheint, holt ihn eine Streife ab. Sicherlich wünscht er sich jetzt, er wäre kooperativer gewesen. Wenn die Spur auch in eine Sackgasse führt, müssen wir uns Wimmer vorknöpfen. Immerhin hat er uns wie Müller und die Witwe etwas nicht Unbedeutendes verheimlicht.

Wie immer fuhr Brandner auf der linken Spur. Den Weg von Sankt Pölten nach Wien hatte er in den vergangenen Jahren sicher tausendmal zurückgelegt. Als ein LKW vor ihm plötzlich ausscherte, stieg er hart auf die Bremse.

Trotz allem muss ich konzentriert bleiben. Einmal unaufmerksam, und schon passiert ein Unfall … Hin und wieder sollte ich vielleicht doch mit dem Zug fahren. Zumindest diese Strecke ginge, behauptet Selina, aber in Wahrheit kurve ich kreuz und quer durch Niederösterreich. Trotz Klimawandel – mit den Öffis tut man sich als Ermittler im LKA schwer, da steige ich schon eher auf ein E-Mobil um.

Mehrere Fenster waren hell erleuchtet, als er daheim ankam und seinen Audi vor dem Einfamilienhaus abstellte. Ein paar schwarze Lederhalbschuhe standen im Eingangsbereich, die eindeutig nicht ihm, sondern einem anderen Mann gehörten, also hatte Isabella Besuch von ihrem Freund. Aus Selinas Zimmer tönte Musik, deren Interpreten Brandner nicht kannte. Eva lag auf der Couch im Wohnzimmer. Neben ihr standen ein Glas Rotwein und eine Schale mit Erdnüssen. In der Hand hielt sie ein dünnes Buch.

»Hast du Hunger?«, fragte sie und richtete sich auf.

»Bleib liegen! Ich hole mir nur Käse aus dem Kühlschrank«, erwiderte Brandner.

Er nahm sich Parmesan, Camembert und ein Stück Bergkäse, von jedem schnitt er mehrere kleine Stücke auf das runde Holzbrett. Dazu legte er eine Scheibe Roggenbrot. Danach holte er ein Rotweinglas aus dem Küchenschrank und schenkte sich den Cabernet Sauvignon ein, den auch Eva trank. Mit dem Glas und dem Holzbrett in den Händen setzte er sich neben seine Frau auf den Couchsessel.

»Der Fall ist noch nicht gelöst?«

Brandner platzierte das Jausenbrett auf seinen Oberschenkeln. »Nein, aber es ist schon der zweite Abend hintereinander, den wir trotzdem gemeinsam verbringen können. Prost!«

»Auf unsere gemeinsamen Abende! Prost!«

52

Sankt Pölten, Niederösterreich
Mittwoch, 5. Oktober 2022

Unbekannte Nummer.

Lindner gab Nina einen Kuss und löste sie sich von ihr.

»Geh schon ran! Vielleicht löst der Anruf ja endlich deinen ersten Mordfall!«, forderte ihre Freundin sie auf.

Das glaube ich eher nicht, aber der Anruf von der neugierigen Nachbarin Margarete Leiner hat neue Erkenntnisse gebracht. Man kann also nie wissen …

»Inspektorin Lindner, Landeskriminalamt«, meldete sie sich.

»Immer im Einsatz, Frau Inspektor.«

»Wer spricht bitte?«

»Klaus, von der SpuSi, du erinnerst dich hoffentlich noch an mich.«

Vage, hoffentlich will er kein Gspusi mit mir.

»Ja, natürlich! Habt ihr noch etwas Brauchbares entdeckt?«, erwiderte sie.

Vielleicht ist das wirklich der erhoffte Durchbruch und Klaus ruft mich zuerst an, noch vor Brandner!

»Haben die Handschuhe nicht gereicht?«

»Leider nicht, außer Blut vom Opfer war nichts zu finden, was wir verwerten konnten.«

Klaus blieb stumm.

»Bist du noch dran?«, fragte Lindner nach einigen Sekunden.

»Ja, schon, aber ich wollte dich eigentlich an dein Versprechen erinnern.«

Lindner lachte. »Dass ich mit euch ausgehe, wenn ihr etwas sicherstellt, das uns bei der Aufklärung des Falls hilft?«

Klaus seufzte hörbar ins Telefon. »Genau, Gregor, Josef und ich sind gerade im Pub neben dem LKA, und da haben wir an dich gedacht, aber daraus wird jetzt wohl nichts, nachdem die Handschuhe ein Reinfall waren.«

»Klaus, bleib kurz dran, okay?«

»Ja, ich warte.«

Obwohl Lindner die letzten Nächte nicht viel geschlafen hatte, fühlte sie sich nicht müde. »Nina, was hältst du davon, mit mir und ein paar Kriminalisten heute einen trinken zu gehen?«

»Etwa mit denen vom Mendlingtal?«

»Ja!«

Ninas strahlend weiße Zähne kamen zum Vorschein. »Nichts lieber als das!«

Lindner hob wieder ihr Handy vor ihren Mund. »Ich nehme noch eine Freundin mit, das ist doch okay für euch?«

»Natürlich! Wann könnt ihr hier sein?«

»Ein bis zwei Bier werdet ihr schon noch ohne uns trinken müssen! Bis später«, antwortete Lindner und beendete das Gespräch.

Nina freute sich sichtlich über die Aussicht, auszugehen. »Wir werfen uns richtig in Schale! Du trägst ein Outfit von mir!« Sie drehte sich um und lief ins Schlafzimmer. Lindner folgte ihr deutlich weniger enthusiastisch. Nina öffnete die Flügeltür des Kleiderschranks und griff nach einem Teil. »Wenn die Jungs schon mit deinen Graue-Maus-Klamotten auf dich abgefahren sind, flippen sie vollkommen aus, wenn sie dich darin sehen!«

Darin? Soll ich wirklich?

»Komm schon, sei keine Spaßbremse!«

Spaßbremse! Sie weiß, wie ich es hasse, so bezeichnet zu werden.

Lindner zog sich ihren Pulli über den Kopf und schlüpfte aus ihren Hosen. Dann nahm sie das Kleid entgegen, das Nina für sie ausgewählt hatte. Der glatte rote Stoff glitzerte, wenn Licht darauf fiel. Der Rock war kurz und eng anliegend geschnitten. Lindner schlüpfte hinein, mit dem Reißverschluss am Rücken half ihr Nina.

Ihre Freundin trat mehrere Schritte zurück. »Sitzt wie angegossen!«, stellte sie fest. »Am liebsten würde ich es dir gleich wieder ausziehen.«

Lindner schmunzelte. »Vorher aber gehen wir aus! So sicher haben wir noch nie gefeiert, das verspreche ich dir, es schützen uns mindestens drei Kriminaltechniker.«

Nina wandte sich wieder ihrem Kleiderschrank zu. »Ich suche mir auch was Passendes, komplett abstinken gegen dich will ich nicht.«

Lindner streichelte Ninas Hinterkopf, dann küsste sie ihre Freundin seitlich am Hals. »Das tust du nie, egal was du trägst.«

53

Ybbsitz, Niederösterreich
Donnerstag, 6. Oktober

Ihr Wecker am Nachtkästchen zeigte kurz nach Mitternacht. Es war dunkel, Nicole Maier lag in ihrem Bett, und trotzdem fühlte sie sich alles andere als geborgen. Sie drehte sich zur Seite, setzte sich auf und stellte ihre nackten Füße auf den kalten Parkettboden. Rasch rutschte sie nach links, bis sie mit ihren Zehen das flauschige Schaffell spürte, das seit einigen Monaten neben ihrem Bett auf dem Boden lag. Sie hatte es im Sommer gekauft, es war einer von vielen Frustkäufen gewesen. Mittlerweile war es das einzige Stück, das außer den negativen Erinnerungen aus dieser Zeit übrig geblieben war. Natürlich war da auch noch das ein oder andere Kilo zu viel, wobei ihr durchaus klar war, dass Männer in der Hinsicht oft gänzlich anderer Meinung waren.

Nicole dachte an den Polizisten vor Steiners Schmiede und an den Einbruch.

Kein Wunder, dass ich nicht schlafen kann!

Entschlossen stand sie auf und schaltete das Licht an. Zuerst blendete sie die Helligkeit, doch dann wirkte alles gleich viel freundlicher als noch Sekunden zuvor. Sie verließ das Schlafzimmer und vergewisserte sich, dass die Wohnungstür abgesperrt war. Aus dem Wohnzimmer schob sie anschließend den schweren Couchsessel bis an die Eingangstür. Die Beine des Möbelstücks scharrten über die Fliesen. Sollte jemand das Schloss aufbrechen und versuchen einzudringen, würde sie dieses laute Geräusch alarmieren.

Es ist zwar schwachsinnig, warum sollte bei mir jemand einbrechen, aber so fühle ich mich sicherer.

Sie prüfte in jedem Raum, ob die Fenster geschlossen waren.

Natürlich sind alle zu! Vor dem Zubettgehen, habe ich schon einmal denselben Rundgang zurückgelegt. Aber was war das Geräusch, vorhin, als ich noch im Bett gelegen bin? … Das Handy!

Nicole lief zur Kommode im Vorraum, auf der ihr Smartphone lag. Tatsächlich, sie hatte eine neue Nachricht auf ihrer Mobilbox.

Jan hat angerufen.

Unschlüssig starrte sie ihr Smartphone an. Sollte sie die Nachricht jetzt abhören oder später?

Morgen ist Schule, ich muss endlich schlafen, sonst bin ich den Kindern morgen nicht gewachsen.

Sie steckte ihr Smartphone zurück ans Ladekabel, dann ging sie in die Küche, füllte den Wasserkocher auf und durchstöberte ihr Teesortiment.

Gute-Nacht-Tee, der sollte passen. Ein Mord und ein Einbruch, es sollte mich nicht wundern, dass ich heute nicht einschlafen kann … Ich hoffe, der hilft, auf Pillen will ich nicht zurückgreifen.

Nicole ließ den Tee einige Minuten ziehen. Während sie wartete, war sie versucht, Jans Nachricht doch abzuhören, sie entschied sich aber ein weiteres Mal dagegen. Stattdessen holte sie ihr Smartphone und öffnete die *Calm-App*, die sie seit Jahren nutzte. Schon bald erfüllten beruhigende Töne die Wohnung. Sie fischte den Teebeutel mit einem Löffel aus der Tasse, umschlang ihn mehrmals mit der Schnur und drückte ihn über der Tasse aus. Nicole nippte am Tee, doch er war zu heiß, um große Schlucke zu trinken. Schließlich öffnete sie den Gefrierschrank, holte eine Packung Eiswürfel heraus und ließ zwei Stück davon in die Tasse fallen. Ein Spritzer landete in Brusthöhe auf ihrem Nachthemd, sie zuckte wegen der Hitze zusammen, doch der Schmerz blieb aus, und die Feuchtigkeit störte sie nicht.

Nachdem die Eiswürfel geschmolzen waren, trank sie die Tasse in wenigen Zügen leer. Auf dem Weg zum Bett griff sie nach ihrem Smartphone, das noch immer beruhigende Musik und Geräusche abspielte, und legte es auf das Nachtkästchen. Danach schlüpfte sie wieder unter die Bettdecke und versuchte, endlich einzuschlafen. Doch die Unruhe ergriff sie erneut und sie wälzte sich hin und her. Schließlich nahm sie ihr Handy und rief ihre Mailbox an.

Schon bald hörte sie Jans Stimme: »Hallo, Nicole, ich bin morgen zur Einvernahme ins LKA Sankt Pölten bestellt worden. Die verdächtigen mich! Du musst ihnen sagen, was du weißt. Bitte!«

Nicole löschte die Nachricht sofort. Mit pochendem Herzen ließ sie sich zurück ins Bett fallen.

54

Sankt Pölten, Niederösterreich
Donnerstag, 6. Oktober

»Um was soll ich mich heute kümmern?«

Lindner stand in Brandners Büro. Sie hielt einen Coffee-to-go-Becher in ihrer Hand, gekleidet war sie wie immer in dunklen Tönen. Allerdings hatte sie den Kopf seitlich frisch rasiert, sodass ihre Tätowierung auf der kahlen Haut wieder deutlicher zu sehen war. Brandner war kein ausgesprochener Fan von Tattoos, solchen an Kopf, Hals oder den Händen stand er sogar skeptisch gegenüber, langsam gefiel ihm jedoch die kunstvoll gestochene Blume von Lindner.

Sie ist nicht meine Tochter, es wäre etwas vollkommen anderes, wenn Isabella oder gar Selina so vor mir stehen würden.

»Du kannst bei Jan Müllers Verhör den Job des zweiten Cops übernehmen.«

»Bin ich der Good Cop oder der Bad Cop?«

»Bei deinem Outfit eindeutig Letzteres.«

Lindner schmunzelte. »Ich fasse das mal als Kompliment auf.«

Brandners Festnetztelefon klingelte. Er nahm den Hörer ab und erhielt die Bestätigung, dass sich Müller im Verhörraum befand.

Vor der Eingangstür in den Raum erwartete sie bereits Böck. »Seien Sie auf der Hut, dieser Müller ist mit einem Anwalt gekommen!«

Das hat mir gerade noch gefehlt.

»Um welchen Rechtsverdreher handelt es sich?«, fragte Brandner.

»Ludwig Maurer«, lautete die Antwort.

Ist ja kurios, Albrecht beauftragt Siegfried Maurer, und der zweite Verdächtige, den wir festsetzen, nimmt sich ausgerechnet dessen Bruder als Anwalt! Allerdings haben die beiden jeweils eine eigene Kanzlei, es gibt also offiziell keinen Interessenkonflikt.

Brandners Smartphone vibrierte. Er schaltete es auf stumm, ohne zu prüfen, wer versuchte, ihn zu erreichen.

»Der Anwalt stört natürlich«, bemerkte Brandner, »aber das können wir nicht ändern.«

Böck stellte sich auf die Zehenballen, seine Daumen waren hinter den blau-gelben Hosenträgern eingehakt. »Freigelassen wird Müller jedenfalls heute nicht, dafür sorgen Sie!« Der Direktor untermauerte seine Forderung, indem er die Hosenträger schnalzen ließ.

»Geht klar«, entgegnete Brandner. »Kommst du, Annika?«

Lindner nickte, er öffnete die Tür und sie betraten den Verhörraum. Böck würde sicher alles durch die verspiegelte Wand im Nebenzimmer verfolgen. Beide Männer, die im Raum auf sie warteten, trugen dunkle Anzüge. Müller hatte im Gegensatz zum Anwalt den obersten Knopf seines weißen Hemds nicht zugeknöpft. Ludwig Maurer hingegen trug eine blau-graue Krawatte um den Hals. Der Anwalt wirkte wie eine jüngere Kopie seines Bruders, sogar die Haare hatte er wie Siegfried Maurer zum Seitenscheitel frisiert.

Der Blick des Juristen ruhte auf Lindner, für Brandners Geschmack eindeutig zu lange. Er befürchtete prompt irgendeine unangebrachte oder gar geschmacklose Äußerung des Schlipsträgers über das Aussehen der jungen Kollegin.

»Ludwig Maurer, freut mich sehr, Sie kennenzulernen!«, war jedoch alles, was der Anwalt sagte, als er ihr die Hand schüttelte.

Erleichtert nahm Brandner mit den anderen am Tisch Platz.

»Warum haben Sie Lugbauer nicht mit dem Hammer erschlagen, sondern mit dem Nagel erstochen?«, begann Lindner.

Eindeutig ist sie der Bad Cop.

Jan Müller fiel fast vom Stuhl, so sehr überraschte ihn der direkte Angriff. Der Hüne spannte sämtliche Muskeln seines Oberkörpers an. Maurer legte seine Hand zur Beruhigung auf den Arm seines Mandanten.

Kommt mir alles sehr bekannt vor.

»Nicht aufregen, die wollen Sie nur provozieren.«

Müller atmete aus. »Fürs Protokoll, ich habe Gottfried Lugbauer weder erstochen noch erschlagen.«

Lindner beugte sich neben Brandner nach vorne über den Tisch, dabei hielt sie mit den Händen die Tischkante fest. »Aber Sie hätten ihn beinahe erschlagen, in der Schmiede im Mendlingtal, dafür gibt es jede Menge Zeugen.« Sie lächelte, dann befeuchtete sie langsam mit ihrer Zunge die Lippen. »›Schlappschwanz‹, hat er sie genannt, vor allen anderen! Hat er einen wunden Punkt getroffen? Können Sie es wirklich keiner Frau besorgen, weder von vorne noch von hinten?«

Begleitet von einem Schrei schlug Müller mit der Faust auf den Tisch.

Maurer sprang auf. »Pfeifen Sie Ihre junge Kollegin zurück, sonst setzt es eine Beschwerde!«

»Hat meine Kollegin vielleicht recht?«, hakte Brandner nach. »Haben Sie Lugbauer deshalb getötet, weil er Salz in die Wunde gestreut hat?«

Nun stand auch Müller und blickte auf die beiden Beamten hinab. »Das ist so was von daneben, da können Sie jede Frau fragen, mit der ich zusammen war.«

Lindner schob ihren Stuhl zurück und positionierte sich vor den beiden Männern. »Ja«, sagte sie. »Das würde mich wirklich interessieren, nennen Sie mir doch zwei oder drei Namen!«

Der Verdächtige wurde bleich. »Das, das kann ich nicht, ich will sie doch hier nicht mit hineinziehen.«

»Große Klappe und nichts dahinter! Vielleicht lag Lugbauer gar nicht so falsch.«

Brandner erhob sich langsam, Müller ballte seine Hände zu Fäusten, es schien, als würde er gleich auf Lindner einprügeln.

»Atmen Sie ruhig ein und wieder aus!« Maurers Hand lag auf der Schulter seines Mandanten.

Nach einigen Augenblicken folgte der schließlich der Anweisung seines Anwalts.

»So, jetzt nehmen wir alle wieder Platz«, sagte Maurer bestimmt und setzte sich neben Müller.

Jähzornig ist der in jedem Fall, das wissen wir jetzt mit Bestimmtheit. Wenn ihn Lugbauer aus der Reserve gelockt hat, als sie allein waren … Dann wäre es durchaus möglich, dass der Täter vor uns sitzt.

55

Ybbsitz, Niederösterreich
Donnerstag, 6. Oktober

Ich sehe sicher schrecklich aus. Zumindest fühle ich mich so.

Michael blätterte gerade die Seite im Übungsbuch um, aus dem Nicole ihre Schüler der Reihe nach vorlesen ließ. Dadurch rettete sie sich durch den Tag, und gleichzeitig war es doch eine gute Übung für die Kinder. Mit diesen und ähnlichen Gedanken entlastete sie ihr schlechtes Gewissen, weil sie heute weit davon entfernt war, ihren eigenen Ansprüchen als Lehrerin zu genügen.

Selbst an so einem schwachen Tag bin ich immer noch besser als Franz.

Der Vergleich mit ihrem Lehrerkollegen, der die wenige Zeit bis zum Ruhestand nur noch absaß, half ihr für den Moment. Gleichzeitig stimmte er sie aber auch traurig, denn nicht einmal vor ihrer Pensionierung, die noch in weiter Ferne lag, wollte sie derart unmotiviert in einem Klassenzimmer sitzen, wie sie es jetzt tat.

Ein verkackter Sommer, ein Mord, ein Einbruch und eine Nachricht auf der Mobilbox … nichts als Ausreden! Das alles hat in der Schule nichts verloren. Die Kinder können nichts für mein persönliches Dilemma.

Gerade wollte sie das Zepter wieder aktiv in die Hand nehmen, da beendete der schrille Ton der Glocke ihre letzte Unterrichtseinheit des Tages. Nicole verabschiedete sich von den Schülern und ging zu ihrem Platz im

Lehrerzimmer. Bisher hatte Brandner nicht zurückgerufen. Sie hatte versucht, ihn während ihrer freien Stunde zu erreichen.

In der Zwischenzeit hatte sie allerdings eine SMS von Jan erhalten: *»Die grillen mich!«*

Ein eindeutiger Hilferuf. Sollte sie die Inspektorin anrufen? Nicole entschied sich dafür.

»Einen Moment bitte!« Nicole hörte, wie Frau Lindner etwas flüsterte, das sie nicht verstehen konnte. Bald darauf wurde eine Tür geschlossen. »So, jetzt können wir sprechen. Was kann ich für Sie tun?«, fragte die Inspektorin.

»Ich muss mit Ihnen reden, in Ruhe, über den Tag und die Nacht, als Lugbauer starb.«

»Wir können gerne einen Termin im LKA in Sankt Pölten vereinbaren.«

»Können Sie nicht nach Ybbsitz kommen? Das würde mir sehr helfen.«

Nicole hörte, wie Lindner ins Telefon atmete.

Ich will nicht mit dem Bus nach Waidhofen fahren und mit dem Zug von dort weiter, in Amstetten umsteigen, zu Fuß durch Sankt Pölten hetzen und dann vielleicht keine guten Anschlüsse bei der Rückfahrt haben. Außerdem muss ich morgen wieder unterrichten.

»Ich koche uns auch was Gutes! Sie werden es nicht bereuen.«

Das versteht sie jetzt hoffentlich nicht als Bestechung. Nein, das kann Sie nicht glauben.

Zwei oder sogar drei Sekunden vergingen, ohne eine Antwort. »Okay«, sagte die Lindner schließlich. »Ich rede mit meinem Vorgesetzten.«

56

**Zwischen St. Pölten und Ybbs, Niederösterreich
Donnerstag, 6. Oktober**

Diesmal war Lindner in einem schwarzen VW Passat unterwegs. Das Auto aus dem Fuhrpark der Kriminalpolizei hatte mindestens 140 Pferdestärken unter der Motorhaube und duftete nach Neuwagen.

Das kann er aber nicht sein, schwer vorstellbar, dass wir in Zeiten des Klimawandels und verschärfter Abgasnormen ein neues Dieselfahrzeug kaufen.

Ein Blick auf den Kilometerstand bestätigte ihr, dass das Innere vor Kurzem einer Grundreinigung unterzogen worden sein musste.

Über 100.000 Kilometer, er fährt sich aber deutlich angenehmer als mein Clio. Annika, gewöhn dich nicht zu sehr daran, ein Fahrzeug dieser Preisklasse kannst du dir noch nicht leisten und einen eigenen Dienstwagen wirst du so schnell nicht bekommen.

Lindner nahm die Ausfahrt Amstetten-West, ein Schild am Straßenrand hieß sie im Mostviertel herzlich willkommen. Auch die Birnenskulpturen im ersten Kreisverkehr, den sie durchfuhr, führten ihr vor Augen, in welchem Teil Niederösterreichs sie sich befand. Sie nahm die Bundesstraße Richtung Waidhofen an der Ybbs. Zuerst war die Fahrbahn in beide Richtungen zweispurig, doch als das Tal und die Straße schmaler wurden, musste sie sich, den vielen PS zum Trotz, langsam hinter mehrere Lastwagen einordnen.

Dieses Mal hatte sie vor der Abfahrt ihr Smartphone mit der Freisprechanlage des Wagens gekoppelt und versuchte jetzt, Nina zu erreichen.

»Gibt es was Neues im Fall?«, fragte ihre Freundin nach einer kurzen Begrüßung.

»Noch nicht, Brandner verhört gerade einen Verdächtigen, und ich bin auf dem Weg nach Ybbsitz.«

»Alleine?«

»Ja, ich treffe mich nur mit einer Zeugin, kein Grund zur Panik.«

»Ist sie hübsch?«

»Sieht nicht übel aus.«

»Muss ich mir doch Sorgen machen?«

Lindner lachte. »Dir kann sie natürlich nicht das Wasser reichen.«

»Gut, das wollte ich hören!«

Lindner konnte sich gut das Strahlen im Gesicht ihrer Freundin vorstellen. Nina liebte es, wenn sie ihr Komplimente machte.

»Hast du unsere Freunde von heute Nacht schon gesehen?«, erkundigte sich Nina.

»Nein, die müssen sich wahrscheinlich noch erholen!«

»Von unserem Anblick oder vom Alkohol?«

Wieder musste Lindner schmunzeln. »Ich würde mal sagen von beidem.«

»Die haben nichts geschnallt, nicht einmal, als wir eng miteinander getanzt haben!«

»Ja, Gott sei Dank sind sie bei der Spurensicherung. Wenn sie Ermittler wären, würde die Aufklärungsrate gegen null gehen!«

»Du bist gemein!«

»War nur Spaß, die drei sind ganz lustig, nett und kompetent in dem, was sie tun. Ich hatte jedenfalls einen schönen Abend gestern.«

»Ich auch!«

»Heute werde ich wahrscheinlich spät nach Hause kommen, die Zeugin hat mich mit dem Versprechen, ein Abendessen zu kochen, nach Ybbsitz gelockt.«

»Vielleicht muss ich mir doch Sorgen machen.«

»Ich glaube nicht, dass sie auf Frauen steht, die wollte sich wahrscheinlich die Fahrt nach Sankt Pölten ersparen. Warte jedenfalls nicht auf mich.«

Als sich Lindner von Nina verabschiedete, tauchte bereits vor ihr links oben am Hang die eindrucksvolle Basilika Sonntagberg auf. Sie fuhr weiter und geriet prompt in einen Stau bei der Stadteinfahrt Waidhofens, wodurch sich aber zumindest die Gelegenheit bot, das Rothschildschloss genauer zu betrachten. Erst als sie den zweiten, längeren Tunnel durchquerte und Waidhofen hinter sich ließ, kam sie wieder schneller voran. Die letzten knapp zehn Kilometer bis Ybbsitz legte sie in wenigen Minuten zurück.

Die Parkplätze vor dem Gebäude, in dem Nicole Maier wohnte, waren allesamt den Mietern zugeteilt, daher stellte Lindner ihren Passat vor Steiners Schmiede ab. Sie ging zur Eingangstür des Hauses und drückte auf die Klingel. Kurz danach ertönte ein Summen, sie schob die Tür auf und stieg die Stufen nach oben. Nicole Maier erwartete sie bereits vor ihrer Wohnungstür. Sie trug einen lila Rock, der noch über den Knien endete, dazu dicke dunkle Strümpfe und einen dünnen, eng anliegenden Pulli, der ihre Brüste zur Geltung brachte. Ihre Augen lagen tief.

Da hilft auch die Schminke nicht, sie sieht ziemlich erledigt aus.

Lindner folgte der Gastgeberin in die Wohnung. Zwei große schillernde Feenskulpturen thronten auf der Kommode im Eingangsbereich. Lindner zog sich ihre Schuhe aus und stellte sie neben die der Hausherrin.

»Wollen Sie Hausschuhe?«, fragte Maier. Lindner lehnte dankend ab. »Der Boden im Wohnzimmer ist normalerweise nicht kalt«, erklärte Maier und führte sie in den angrenzenden Raum, der von einer Couch, einem Sessel und einem großen Flachbildschirm an der Wand dominiert wurde. »Nehmen Sie bitte Platz. Was darf ich Ihnen anbieten? Sekt oder Weißwein würden zum Hauptgang passen.«

Lindner setzte sich auf die weiche Couch. »Was gibt es denn Gutes?«

»Thunfischauflauf, ich hoffe, Sie essen Thunfisch.«

»Ich liebe Fisch!«

»Sehr gut.«

»Trinken darf ich aber nur Wasser, keinen Alkohol, ich muss noch Auto fahren.«

»Ich verstehe. Danke, dass Sie den Weg auf sich genommen haben. Ich muss sagen, ich fühle mich sicherer, jetzt, da Sie hier sind.«

»Sicherer fühlen? Haben Sie vor jemandem Angst?«

Maier zuckte mit ihren Achseln. »Nicht direkt vor einer Person«, antwortete sie. »In Steiners Schmiede ist gestern eingebrochen worden, natürlich der Mord an Lugbauer am Wochenende – irgendwie ist das anscheinend zu viel für meine Nerven. Vergangene Nacht habe ich kein Auge zugetan. Sie kennen das ja bestimmt als Frau: Wir machen uns einfach zu viel Gedanken.«

Daher die tief liegenden Schatten. Der Frau ging es wirklich nicht gut.

»Das ist nur zu verständlich«, sagte Lindner sanft. »Kann ich irgendetwas für Sie tun?«

Maier zögerte einen Moment, bevor sie erwiderte: »Würde es Ihnen etwas ausmachen, eine Weile hierzubleiben? Vielleicht nur bis ich müde genug bin, um zu schlafen. Ich weiß, es klingt verrückt, aber ich höre nachts diese seltsamen Geräusche.«

Nicole Maier scheint wirklich einsam zu sein. Würde sie sonst eine im Grunde fremde Person bitten, bei ihr zu bleiben? Sie scheint verzweifelt. Die Frau tut mir leid. Sollte ich wirklich hierbleiben? Andererseits, vielleicht erfahre ich auf diese Weise mehr über den Fall …

Lindner fasste einen Entschluss. »Würde es Ihnen helfen, wenn ich über Nacht hierbleibe?«

»Würden Sie das tun?« Maier atmete erleichtert auf. »Das weiß ich sehr zu schätzen.«

Was wird Nina dazu sagen? Sie wird es verstehen. Brandner? Er muss nichts davon erfahren. Allerdings bin ich noch im Dienst! Ich kann jedoch frei entscheiden, wann ich Feierabend mache. Und zwar jetzt!

»Wissen Sie was, wenn Sie wollen, trinke ich gerne ein Glas Sekt mit Ihnen und bleibe heute Nacht hier auf der Couch, damit Sie in Ruhe schlafen können.«

»Vielen Dank, das würde mir wirklich sehr helfen!« Maier strahlte Lindner an. »Ich hole uns das Essen und den Sekt.«

Nachdem sie den Thunfischauflauf und ein paar Gläser Sekt genossen hatte, wirkte Nicole Maier gelöster als bei Lindners Ankunft. Sie hatten über ein paar belanglose

Dinge gesprochen und sich über ihre Erfahrungen im niederösterreichischen Nachtleben ausgetauscht, als Maier ihr bei einem weiteren Glas Sekt das Du anbot.

»Annika, wie kommt man als junge Frau dazu, zur Kriminalpolizei zu gehen?«, wollte Nicole schließlich wissen.

Darüber rede ich sonst nie! Nicole stellt die richtigen Fragen, das muss ich ihr zugestehen.

»Als ich noch ein Kind war, gab es einen Mordfall in meiner Familie«, antwortete Lindner.

Nicoles Augen weiteten sich, ihre Hand bedeckte ihren Mund. »Das, das tut mir leid«, brachte sie schließlich heraus.

Immerhin erkundigt sie sich nicht nach Details. Sie spürt, dass ich nicht darüber reden will, oder sie hat nur Angst und fürchtet, die Informationen über einen weiteren Mordfall würden sie in ihren Albträumen heimsuchen.

Nicole füllte die beiden Sektflöten nochmals voll. »Auf eine bessere Zukunft!«

»Darauf trinken wir!«, erwiderte Lindner.

Die Gläser klirrten. Lindner fühlte, wie der Alkohol mehr und mehr seine Wirkung entfaltete.

Ich muss mich bremsen, immerhin brauche ich einen klaren Kopf. Nicole muss es ähnlich ergehen wie mir. Wir haben gleich viel getrunken, und bekanntlich löst Alkohol die Zunge.

»Du wolltest mir etwas Wichtiges über den Mord an Lugbauer erzählen«, sagte Lindner.

Nicole nickte und nahm einen weiteren Schluck. »Du hast recht«, erwiderte sie. »Am besten bringe ich es hinter mich und erzähle dir, was ich weiß.«

57

Mendlingtal, Niederösterreich
Samstag, 1. Oktober

Die Wärme fühlte sich angenehm an. Nicole Maier hatte ihr Gesicht der Sonne zugewandt, sie hielt ihre Augen geschlossen, damit sie nicht geblendet wurde. Noch lag ihr der Geschmack von Grillwürstel und Ketchup auf der Zunge, daher griff sie in ihre Hosentasche und holte eines der zuckerfreien Kräuterlutschbonbons hervor. Ohne hinzusehen, befreite sie es von dem Papier und steckte es sich in den Mund.

Mit einem Mal wurde es kalt. Sie öffnete ihre Augen, wie vermutet, hatte sich eine Wolke vor die Sonne geschoben. Nicole stand von der Holzbank auf und sah sich um. Die Albrechts hockten auf einer Decke am Ufer. Jan hatte ihr erklärt, er wolle die freie Zeit nutzen und dem Flussbett aufwärts folgen, um das berühmte Tal zu erkunden, bis der Kurs fortgesetzt wurde. Er hatte sie eingeladen, mitzukommen. Das war zwar verlockend gewesen, doch war sie vom Hämmern zu erschöpft gewesen. Meinhart bereitete unterdessen in der Schmiede bereits wieder alles für den Nachmittag vor, und Lugbauer hatte Wimmer ins Gesellenhaus begleitet, wo sich der Industrielle die Ausstellung ansehen wollte.

Wenn ich hier sitzen bleibe, friere ich.

Bereits jetzt in die Schmiede gehen, wo sie ohnehin den Nachmittag verbringen würde, wollte sie nicht, daher entschied sie sich, Lugbauer und Wimmer Gesellschaft zu leisten. Sie blieb auf der Türschwelle des alten Gebäudes stehen. Aus dem Inneren drang eine Stimme aus einem Lautsprecher zu ihr, die erklärte, wie die Holzfäller früher gelebt hatten.

Nicole betrat den Eingangsbereich, als sie eine wütende Stimme innehalten ließ: »Du wirst die Plattform exakt dorthin bauen, wo wir sie ursprünglich vorgesehen hatten!«

Wimmer.

»Direkt in der Felswand ist es aber zu gefährlich! Zehn Meter oberhalb ist es genauso eindrucksvoll für die Besucher und der Bau ist sicherer.«

»Nein, nein! Es bleibt dabei, in der Felswand und sonst nirgends!«

»Ich sage, es ist zu gefährlich!«

»Dann beauftrage ich einen anderen, der sich das zutraut!«

»Das kannst du nicht, wir haben einen Vertrag.«

»Du erfüllst ihn aber nicht, also ist er hinfällig!«

»Ich erfülle ihn sehr wohl, nirgends steht geschrieben, wo genau die Plattform gebaut werden soll.«

»Du weißt genau, was wir ausgemacht hatten!«

»Es geht in der Praxis nun einmal nicht so einfach, wie du dir das vorstellst.«

»Das sehe ich anders …!«

Die Stimmen entfernten sich. Anscheinend gingen der Schmied und der Industrielle in den nächsten Raum der Ausstellung.

Die lasse ich lieber alleine streiten. Damit will ich nichts zu tun haben!

Nicole drehte um und verließ das Schmiedegesellenhaus. Die Albrechts saßen noch immer auf ihrer Decke am Ufer. Nicole schlenderte zur Schmiede und schaute kurz hinein. Meinhart hämmerte gerade eifrig auf ein Werkstück ein.

Ich gehe Jan entgegen, der hatte sowieso die beste Idee, ein paar Schritte zu laufen. Wird mir nicht schaden, auch wenn ich müde bin.

58

Ybbsitz, Niederösterreich
Donnerstag, 6. Oktober

Zwischen Lugbauer und Wimmer gab es also unmittelbar vor dem Mord ebenfalls Streit, und zwar um Wimmers Lieblingsprojekt. Eben der lukrative Auftrag, wegen dem die beiden Männer schon zuvor aneinandergeraten sind, wie wir von der Witwe des Opfers wissen. Und der Herr Großindustrielle hat uns vorgespielt, dass der Tod des Schmiedepapstes ihn und sein Projekt so hart getroffen hätte.

»Ich habe gelauscht, unabsichtlich, eigentlich hätte ich von dem Gespräch nichts mitbekommen sollen, daher habe ich bisher geschwiegen.«

Nicole Maier wirkte mitgenommen, die Schilderung, die Erinnerung an das Mendlingtal und die Ereignisse, die sich dort zugetragen hatten, setzten ihr sichtlich zu.

»Hauptsache, du hast es mir jetzt erzählt«, beschwichtigte Lindner. »Deine Schilderung hilft uns weiter und bestätigt uns, einer Spur nachzugehen, die sich schon abgezeichnet hat.«

Mit einem Mal formt sich der Anfangsverdacht zu einem Motiv. Wenn Wimmer und Lugbauer sich überworfen hatten, käme dessen Ableben dem Unternehmer nicht ungelegen.

Nicole schaute Lindner hoffnungsvoll an. »Meine Aussage entlastet doch Jan, nicht wahr?«

Lindner schüttelte ihren Kopf. »Müller ist dadurch nicht aus dem Schneider, immerhin hatte er einen handfesten Streit mit Lugbauer. Er ist geradezu ausgerastet.« Sie stand auf und lief im Zimmer auf und ab. »Er könnte es gewesen sein. Lugbauer scheint mit seiner Beschimpfung einen wunden Punkt getroffen zu haben.«

»Also, ein Schlappschwanz ist Jan sicher keiner.«

Lindner hielt erstaunt in der Bewegung inne. »Wie meinst du das?«

Nicole blickte kurz verlegen zu Boden, dann richtete sie ihre Augen wieder auf die Inspektorin. »Ich hatte Sex mit ihm, da ist nichts schlapp bei Jan, ganz im Gegenteil.« Sie nahm einen Schluck aus ihrer Sektflöte, bevor sie fortfuhr: »Auch das hätte ich schon viel früher erzählen sollen, aber ich konnte einfach nicht. Den ganzen Sommer war ich in Ybbsitz schon die Aussätzige, nach dem, was beim *Ferraculum* passiert ist.«

Das Großereignis der Handwerksszene, zu dem Schmiede aus der Region und aller Herren Länder zusammenkamen … und bei dem Nicole von Steiner beobachtet wurde.

»Da hattest du Sex mit Lugbauer, oder?«, riet Lindner.

Nicole hielt sich erschrocken die Hand vor den Mund. »Nein, nein, wer behauptete denn so etwas?« Ihre Stimme klang schrill. »An dem Wochenende habe ich einen tschechischen Schmied mit in meine Wohnung genommen, und dabei bin ich gesehen worden!« Sie trank ihre Sektflöte leer und füllte sie gleich wieder auf. »Die Tratschweiber haben sich wochenlang ihre Mäuler darüber zerrissen. Wäre ich ein Mann, wäre das alles kein Problem, aber ich bin eine Frau und sogar Lehrerin. In meiner Position verzeiht man mir so was noch viel weniger als ohnehin schon!« Nicole wischte sich eine Träne von der Wange.

Das erklärt ihre Einsamkeit. Sie wird geschnitten. Kein Wunder, dass die Frau ein einziges Nervenbündel ist.

»Du hast nichts falsch gemacht«, sagte Lindner sanft.

59

Wien
Freitag, 7. Oktober

Eva verströmte eine angenehme Wärme. Brandner wollte sich an sie schmiegen, doch es war Zeit, aufzustehen. So leise wie möglich schlich er aus dem Schlafzimmer in die Küche und schaltete die Kaffeemaschine ein. Er ging ins Badezimmer, rasierte, duschte und putzte sich seine Zähne. Als er sich anzog, roch es bereits herrlich nach frischem Kaffee.

»Guten Morgen!« Eva gab ihm einen schnellen Kuss auf die Lippen.

Heute war die normale Ordnung wiederhergestellt, Brandner war vor seinen Töchtern und vor seiner Frau aufgestanden. Während sich Eva für ihren Arbeitstag zurechtmachte, deckte er den Frühstückstisch. Danach goss sich Brandner Kaffee ein. Er schnitt sich eine Scheibe Brot ab, strich Butter und Nutella darauf. Herrlich! So konnte der Tag starten.

Nach ein paar Bissen nahm er sein Smartphone und prüfte, ob in der Nacht Nachrichten eingegangen waren.

Eine von Lindner heute um ein Uhr in der Nacht.

Brandner war gespannt, was Nicole Maier seiner Kollegin erzählt hatte, daher rief er die Textnachricht sofort auf, obwohl sich Eva gerade zu ihm an den Frühstückstisch setzte.

»Nicole Maier hat die Mordnacht mit Jan Müller verbracht. Die ganze! Er hat ein Alibi, aber sie hat einen erns-

ten Streit zwischen Wimmer und Lugbauer mitbekommen – unmittelbar vor dem Mord. LG, Annika«

Brandner legte sein Smartphone neben seinen Teller.

Also scheidet Müller als Täter aus. Böck wird nicht erfreut sein.

»Schlechte Nachrichten?«

Ich bin ein offenes Buch für sie.

»Unser Hauptverdächtiger hat mit einem Mal ein Alibi bekommen.«

»Das tut mir leid.«

»Stattdessen tut sich gerade ein neuer Verdächtiger hervor. Zumindest hat er jetzt eindeutig ein Motiv, da hatten wir bislang nur einen vagen Ansatz.«

»Das ist doch gut, so kannst du Böck zufriedenstellen.«

Eva kennt die Situation bei uns im LKA schon fast zu gut …

»Stimmt«, sagte Brandner. Er biss nochmals in sein Brot und schluckte hinunter, ohne zu kauen. »Entschuldige mich bitte, ich muss mehr darüber herausfinden.«

»Geh ruhig!«, rief ihm seine Frau hinterher.

Er lief durch den Flur ins Schlafzimmer, schloss die Tür hinter sich und rief Lindner an.

Wahrscheinlich schläft sie noch, aber Mord geht vor.

60

Ybbsitz, Niederösterreich
Freitag, 7. Oktober

Das nervende Geräusch hörte einfach nicht auf.

Wer in aller Welt ruft mich so früh an?

Lindner streckte sich, langsam wurde ihr bewusst, dass sie nicht in ihrem eigenen Bett lag. Das hieß auch, Nina schlief nicht neben ihr.

Was habe ich getan?

Der Klingelton ihres Smartphones verstummte. Lindner öffnete ihre Augen. Neben ihr schlummerte Nicole Maier. Leise kroch Lindner unter der Decke hervor. Sie hatte ihr schwarzes Shirt und die dunklen Jeans an. Allmählich dämmerte es ihr, wie der vergangene Abend geendet hatte: Sie hatte auf der Couch in Nicole Maiers Wohnzimmer nur unruhig geschlafen und war immer wieder aufgewacht. Das hatte sie von Anfang an in Kauf genommen, doch irgendwann war Nicole neben ihr gestanden und hatte ihr angeboten, mit im bequemen Bett zu schlafen. Kurz hatte Lindner gezögert, doch der Alkohol und die vergangenen kurzen Nächte steckten ihr bereits in den Knochen und sie musste am folgenden Tag fit sein. Sie hatte sich ihre Jeans wieder angezogen und war Maier in deren Schlafzimmer gefolgt. Lindner war unter Spannung gestanden, als sie neben ihrer Gastgeberin im Bett gelegen hatte. Keinesfalls wollte sie Nina in irgendeiner Weise hintergehen, und sie würde ihrer Freundin so bald wie möglich von dieser Nacht erzählen.

Es ist ohnehin nichts passiert. Entweder steht Maier ausschließlich auf Männer, oder sie hat meine Zurückhaltung richtig gedeutet.

Lindner schaute auf das Display ihres Smartphones.

Brandner. Es ist 7 Uhr, er muss meine Nachricht gerade gelesen haben. Kein Wunder, dass er sich sofort bei mir meldet, das hätte ich an seiner Stelle auch getan. Hätte ich ausschlafen wollen, hätte ich ihm die Nachricht nicht noch in der Nacht schicken dürfen.

Lindner schaute zu Maier. Der Klingelton hatte deren Schlaf anscheinend nicht gestört. Sie schlich aus dem Schlafzimmer, ging ins Badezimmer und schloss die Tür hinter sich. Sie hörte die Nachricht, die Brandner hinterlassen hatte, erst gar nicht ab, stattdessen rief sie zurück.

Lindner hatte richtig vermutet, Brandner war noch in Wien. Sie informierte ihn darüber, was ihr Nicole Maier am Vorabend erzählt hatte.

»Wo bist du jetzt?«, fragte sie der Major anschließend.

»Es war schon spät, ich habe daher im Ybbstal übernachtet«, antwortete Lindner.

Hoffentlich will er nicht wissen, wo ich geschlafen habe.

»Gut, ich zeichne dir die Hotelrechnung natürlich ab.«

Die werde ich dir nie vorlegen.

»Danke.«

»Nachdem du noch in der Nähe bist, schau doch bitte bei Meinhart vorbei. Er hätte mit an der Plattform für Lugbauer arbeiten sollen. Wir haben bislang zwar von Meinungsverschiedenheiten zwischen Wimmer und Lugbauer gehört, aber nicht von einem Zerwürfnis zwischen den beiden, und schon gar nicht so kurz vor dem Mord. Finde heraus, was er davon weiß. Je mehr Zeugen wir haben, desto besser.«

»Ich versuche gleich mein Glück«, erwiderte Lindner.

»Wimmer übernehme ich«, sagte Brandner.

Es klopfte an der Badezimmertür. »Annika?«

»Ich melde mich, wenn ich mit Meinhart gesprochen habe.« Lindner beendete rasch das Telefonat, bevor sie die Tür öffnete.

»Ich komme zu spät in die Schule!« Nicole Maier wirkte fast schon panisch. »Ich habe gestern vergessen, den Wecker zu stellen.«

»Du hattest eine schwere Woche, dein Direktor wird das schon verstehen.«

»Hoffentlich!«

Lindner überließ Maier das Badezimmer. Fünf Minuten später sah die Gastgeberin deutlich besser aus, obwohl sie nur Zeit für eine Katzenwäsche gehabt hatte. Weitere drei Minuten vergingen, und sie kam vollständig angezogen aus dem Schlafzimmer.

»Ich hab mir eine Scheibe genommen. Ich hoffe, das ist okay. Möchtest du auch?« Lindner streckte Maier ein Stück Vollkornbrot entgegen.

Maier nahm sich tatsächlich die Zeit und kaute mehrmals, bevor sie schluckte. »Hier ist der Ersatzschlüssel, wirf ihn einfach in meinen Briefkasten, wenn du gehst. Frühstücke und dusche in Ruhe! Danke für alles!«

Sie drückte Lindner den Arm, nahm ihre Tasche, und wenige Augenblicke später war Lindner allein in der Wohnung.

Ich könnte mich jetzt in Ruhe umsehen … Nein, ich hab keinen Durchsuchungsbeschluss, und es wäre ein Vertrauensbruch. Nicole Maier scheint ohnehin nichts zu verbergen zu haben, sonst hätte sie mich nicht alleine gelassen.

Nach 20 Minuten war Lindner geduscht, sie trug allerdings ihre alte Kleidung und müde war sie immer noch. Während das Wasser durch die Espressomaschine lief, rief sie Nina an.

»Ich habe heute mit einer anderen Frau im Bett gelegen«, beichtete Lindner.

»Und, wie war es?«

»Sie hat nicht so laut geschnarcht wie du!«

»Sehr lustig!«

»War nur ein Scherz! Wir waren beide vollständig angezogen, natürlich ist nichts passiert.«

»Du gehörst also zu den Beamtinnen, die mit ihren Verdächtigen ins Bett steigen. Ich sehe schon die Schlagzeile: ›Inspektorin Lindner zeigt vollen Körpereinsatz, um die Wahrheit ans Licht zu bringen!‹«

»Sehr witzig«, entgegnete Lindner zerknirscht. »Mein Chef erfährt davon besser nichts.«

Nina beschwichtige ihre Freundin, bevor sie ihr von ihrem gestrigen Abend berichtete. Nach einer Studentenparty war Nina knapp nach Mitternacht im Bett gelandet. Allein. Sie fühlte sich fit und freute sich schon auf das bevorstehende Wochenende.

»Ob ich viel Freizeit haben werde, weiß ich nicht«, merkte Lindner an.

»Schon klar! Damit musste ich rechnen, als ich mich mit einer Kriminalbeamtin eingelassen habe«, erwiderte Nina.

Nachdem sie das Gespräch beendet hatten, atmete Lindner erleichtert aus.

Die meisten anderen Frauen hätten misstrauisch reagiert, aber Nina scherzt sogar darüber. Und sie ist sehr verständnisvoll. Ich habe großes Glück mit ihr!

Lindner nippte an ihrem Espresso.

Ich bin schon neugierig, was Meinhart sagen wird. Hoffentlich erfahre ich etwas von ihm.

61

Sankt Pölten, Niederösterreich
Freitag, 7. Oktober

»Ich habe heute geschäftlich in Waidhofen zu tun, wir können uns gerne dort zum Mittagessen treffen«, schlug Wimmer vor.

Sie vereinbarten den genauen Zeit- und Treffpunkt, dann beendete Brandner das Telefonat. Der Industrielle war sehr entgegenkommend und schien sich keine Sorgen zu machen.

Brander prüfte nochmals sein E-Mail-Postfach. In den frühen Morgenstunden, nachdem er in seinem Büro im LKA eingetroffen war, waren keine weiteren hilfreichen Meldungen eingegangen. Er hatte Maria Lugbauers Handydaten überprüfen lassen, doch die Auswertung war erfolglos gewesen. Genau wie das Handy ihres Gliebten war ihr Smartphone am vergangenen Wochenende nie in Göstling oder gar in der Nähe des Mendlingtals ins Netz eingewählt gewesen. Routinemäßig hatte er ebenfalls ihren Bruder, Stefan Heinzmann, durchleuchten lassen, auch dabei war nichts Brauchbares herausgekommen. Die einzige Spur, die sie aktuell hatten, basierte auf den Informationen, die Lindner von Maier erfahren hatte – was alles andere als erfreulich für ihn war.

Länger konnte Brandner es nicht mehr hinauszögern. Er sperrte seinen Bildschirm, trank den Becher mit dem nur noch lauwarmen Espresso aus dem Automaten aus und warf ihn in den Mistkübel. Dann ging er zu Böcks Büro.

Unser Direktor wird, gelinde gesagt, nicht erfreut sein, wenn wir nach Albrecht auch Müller innerhalb so kurzer Zeit wieder laufen lassen müssen.

Der Klingelton seines Smartphones riss ihn aus seinen Gedanken.

Böcks Assistentin.

Statt abzuheben, öffnete er die Tür zum Vorzimmer des Direktors. »Ich war gerade auf dem Weg hierher«, ließ er die Dame wissen und drückte ihren Anruf weg.

»Gehen Sie gleich rein, er erwartet Sie bereits!«

Böck telefonierte im Stehen. Den Hörer seines Festnetzapparates hatte er zwischen Kinn und Schulter geklemmt. Seine beiden Daumen steckten hinter den gelb-blauen Hosenträgern. »Ich muss Schluss machen«, sagte er und legte auf, ohne sich von seinem Gesprächspartner zu verabschieden.

»Es gibt Neuigkeiten, aber leider keine guten …«, begann Brandner.

»Das kann man wohl sagen!«, erwiderte Böck. »Ein weiterer Mord! Es gibt aller Wahrscheinlichkeit nach Parallelen zum Fall Schmiedepapst. Sie übernehmen!«

62

Ybbsitz, Niederösterreich
Freitag, 7. Oktober

Lindner versuchte es zuerst in der Schmiede, doch die war verschlossen und auch aus dem Schornstein stieg kein Rauch auf. Sie beschloss, dass ihr etwas Bewegung guttun würde, ließ den Passat stehen und lief entlang des Prollingbachs, bis sie Meinharts Haus erreichte. Sie klingelte. Eine helle Kinderstimme drang nach draußen, daher musste zumindest Meinharts Frau zu Hause sein. Erst als sie ein weiteres Mal klingelte, öffnete Anja Meinhart die Eingangstür einen Spaltbreit. Ihre Haare waren zerzaust, und sie war ungeschminkt.

»Ist Ihr Mann zu sprechen? Ich hätte noch ein paar Fragen an ihn.«

Die Frau öffnete die Tür ganz. Sie trug noch ihr Nachthemd, es war weiß und hatte rote und gelbe Blumen aufgedruckt. »Clemens ist spät eingeschlafen«, rechtfertigte sie sich und führte Lindner in die Küche.

Auch der Bub hatte noch seinen Pyjama an. Er saß auf dem Boden, in einer Hand hielt er eine T-Rex-Figur. Der Fleischfresser biss dem deutlich größeren Pflanzenfresser, den der Junge in der anderen Hand hielt, soeben in den Oberschenkel. Clemens lachte vergnügt.

Der große Saurier ist wahrscheinlich ein Diplodocus oder ein Brachiosaurus.

»Martin besorgt gerade frisches Gebäck fürs Frühstück. Mögen Sie einen Kaffee?«

»Danke, gerne!«

Nach dem vielen Pfefferminztee in Gaming darf es ruhig wieder mehr Koffein sein.

Anja Meinhart füllte Kaffee aus der Kanne in eine Tasse und reichte sie Lindner. Milch, Zuckerdose und eine Tasse mit kleinen Löffeln standen bereits auf dem Tisch.

»Martin ist doch nicht verdächtig, oder?«, wollte die Hausherrin wissen, als Lindner einen Schluck getrunken hatte.

Die Frage überraschte sie, daher zögerte Lindner etwas. »Derzeit führen wir Ihren Mann nur als Zeugen«, antwortete sie schließlich. »Hatte er denn einen Grund, Herrn Lugbauer zu ermorden?«

»Nein, nein! Natürlich nicht!«, entgegnete die Frau des Schmieds schnell.

»Semmeln! Wer will frische Semmeln?« Meinharts Stimme ertönte unverkennbar aus dem Vorraum.

»Papa!«, rief Clemens. Der Junge lief auf wackeligen Beinen zu seinem Vater und ließ den T-Rex in dessen Knie beißen.

»Aua!«, rief Meinhart und verzog schmerzverzerrt sein Gesicht. Mit der freien Hand durchwuschelte er den hellen Haarschopf seines Sohnes. Erst jetzt bemerkte er Lindner. »Frau Inspektor«, sagte er. »Was verschafft uns an diesem frühen Morgen die Ehre?«

»Frau Lindner will dir noch ein paar Fragen zum Mord an Gottfried stellen«, erwiderte seine Frau.

»Stimmt, und zwar zum Verhältnis der Herren Wimmer und Lugbauer zueinander«, erklärte Lindner.

»Semmel!« Der kleine Clemens griff nach der Papiertüte, die sein Papa noch in der Hand hielt.

Meinhart nahm eine Semmel heraus, er brach sie in zwei Hälften und reichte eine seinem Sohn. Die andere steckte er wieder in die Tüte und gab diese seiner Frau. »Was genau wollen Sie über die beiden wissen, was ich Ihnen nicht schon erzählt habe?« Er setzte sich an den Küchentisch. Er wirkte alles andere als erfreut über Lindners Anwesenheit.

»Wir haben erfahren, dass die beiden am vergangenen Samstag einen Streit über die Aussichtsplattform in Ybbsitz hatten. Sie waren bei dem Projekt beteiligt, Sie müssten also über den Streitpunkt Bescheid gewusst haben.«

Meinhart nickte. »Es gab seit Längerem eine Diskussion darüber, wo genau die Plattform errichtet werden soll. Wimmer beharrt darauf, sie direkt in die Felswand zu bauen, Lugbauer war das aber zu aufwendig und vor allem zu gefährlich.« Meinhart dachte einen Augenblick nach, bevor er fortfuhr: »Wegen so etwas bringt Alfred aber sicher niemanden um. Alfred ist ein besonnener und erfolgreicher Geschäftsmann, das wäre der absolute Irrsinn, wenn er deswegen alles aufs Spiel setzen würde. Konzentrieren Sie sich auf Steiner, der hat Gottfried regelrecht gehasst!«

»Steiner hat zwar kein Alibi für die Mordnacht«, erwiderte Lindner. »Wir können ihm aber leider nicht nachweisen, im Mendlingtal gewesen zu sein.«

»Der Hufschmied kommt also mit dem Mord an Gottfried durch? Das darf doch nicht wahr sein!« Meinhart schlug mit der Faust auf den Tisch.

Clemens ließ vor Schreck seine Semmel fallen und weinte.

Sein Vater machte keinerlei Anstalten, ihn zu trösten, obwohl er nicht weit von ihm entfernt saß. »Stell dich nicht so an!«, herrschte er das Kind stattdessen an. »Das war doch nur ein Schlag auf den Tisch. Einen echten Schmied weckt so etwas nicht einmal auf, geschweige denn, dass er zu plärren beginnt!«

Lindners Telefon läutete. »Entschuldigen Sie mich bitte!« Als sie in den Vorraum trat und die Tür hinter sich schloss, sah sie, wie Meinharts Frau ihren Sohn an sich drückte und ihren Mann verärgert anstarrte.

»Lindner«, meldete sie sich.

»Brandner, bist du noch in Ybbsitz?«

»Ja.«

»In Ybbsitz ist heute in der Nacht ein Mord verübt worden.« Brandner gab ihr die genaue Adresse durch. »Ich fahre gerade von Sankt Pölten los, begib dich umgehend zum Tatort, mach dir ein Bild und schau, dass die einheimischen Polizisten nichts verbocken, bis die Kriminaltechnik vor Ort ist.«

Nachdem sie das Telefonat beendet hatte, begab sich Lindner wieder in die Küche. Clemens saß auf den Oberschenkeln seiner Mutter am Tisch. Martin Meinhart schmierte sich Butter auf eine Hälfte seiner Semmel. Seine

Frau würdigte ihn keines Blickes, und er starrte konzentriert auf sein Frühstück.

Frostige Stimmung.

»Eine letzte Frage habe ich noch an Sie«, machte sich Lindner bemerkbar.

Er hob seinen Kopf.

»Werden Sie die Plattform dort bauen, wo Alfred Wimmer sie haben will, wenn Sie den Auftrag bekommen?«

Meinhart seufzte. »Ich werde den Auftrag nur bekommen, wenn ich Wimmers Vorstellungen umsetze. Also ja, Wimmer zahlt, Wimmer schafft an, so einfach ist das.«

»Danke für Ihre Ehrlichkeit! Entschuldigen Sie bitte die Störung und noch einen schönen Tag!«, verabschiedete sich Lindner von dem Ehepaar und zwinkerte Clemens zu, der daraufhin kurz zurücklächelte.

»Frau Inspektor!«, rief Meinhart ihr hinterher.

Lindner drehte sich an der Tür nochmals um. »Ja?«

»Das nächste Mal rufen Sie vorher an, ich hasse unangemeldeten Besuch.«

Das musste ja so kommen, bei der Stimmung.

»Mache ich«, bestätigte Lindner. »Bitte entschuldigen Sie meinen Eifer, ich war einfach gerade in der Nähe.«

»Zuerst denken und dann handeln, das wäre in Ihrem Beruf wichtig!«

Lindner tat so, als hätte sie Meinharts Angriff nicht mehr gehört, und schloss die Haustür hinter sich.

63

Ybbsitz, Niederösterreich
Freitag, 7. Oktober

Das Treffen mit Alfred Wimmer in Waidhofen zum Mittagessen hatte Brandner auf unbestimmte Zeit verschoben. Vor Kurzem hatte er die Ortstafel von Ybbsitz passiert, das Navi ließ ihn rechts abbiegen, er fuhr am Feuerwehrhaus und am Friedhof vorbei, wo wohl das Opfer bald begraben werden würde.

Auch diesmal waren die Kriminaltechniker und die Gerichtsmedizinerin vor ihm am Tatort. Das Opfer wohnte in einem Einfamilienhaus. Brandner schätzte, dass es sich um einen Bau aus den Siebzigern handelte. Der Putz, der ursprünglich einmal weiß gewesen sein muss, war fleckig grau. Nur die Fenster dürften im letzten Jahrzehnt einmal erneuert worden sein. Zwei Zugänge führten ins Haus, einer linker Hand über eine Stiege nach oben, der andere rechts ebenerdig. Anscheinend wohnten zwei voneinander unabhängige Parteien in dem Gebäude.

Lindner kam ihm entgegen. Ihre Augen lagen tief, und ihre Haut war blass. Die Tätowierung am Hals und Kopf zog die Aufmerksamkeit auf sich.

Nichts Ungewöhnliches, Annika sieht so aus wie immer. Bei ihrer Blässe ist schwer einzuschätzen, ob ihr der Anblick zweier Mordopfer innerhalb von wenigen Tagen zusetzt.

Lindner führte ihn durch die rechte Eingangstür. »Wir

müssen ins Schlafzimmer«, informierte sie ihn, nachdem sie den Flur betreten hatten.

Eine Tür stand offen, dahinter lag die Küche, am Tisch saßen eine ältere Frau und ein ebenso alter Mann. Mit ihnen im Raum befand sich eine Polizistin. Rasch folgte er seiner Kollegin zum nächsten Zimmer, mit den Angehörigen würde er schon bald reden müssen, vorher wollte er aber den Toten sehen und hören, welche Erkenntnisse Frau Doktor Heiß bereits gewonnen hatte.

Er und Lindner zogen sich frische Plastiküberzüge über die Schuhe, auch die Hände und Haare bedeckten sie, anschließend betraten sie den Tatort. Brandner roch das erkaltete Blut, noch bevor er die Leiche sah. Doktor Heiß beugte sich darüber. Elfriede Auer war in einer Ecke des Raums zugange, den Schreibtisch untersuchte ein männlicher Kriminaltechniker. Die Ärztin trat zur Seite und gab den Blick auf den Ermordeten frei.

Gerhard Huber war in seinem Bett erstochen worden. Er trug keinen Pyjama, sondern blau-gelbe Boxershorts. Am linken oberen Bauch klaffte eine Wunde. Körper, Laken und die darunterliegende Matratze waren von Blut durchtränkt. Sogar auf dem Fußboden unter dem Bett sah Brandner eine Lache. Den Toten schätzte er zwischen 30 und 40 Jahre. Er hatte dunkelblondes Haar und helle Haut. Huber war nicht übergewichtig, aber auch nicht dünn. Seine muskulösen Schultern und Oberarme ließen Brandner vermuten, dass er sich regelmäßig körperlich betätigt hatte, entweder bei der Arbeit oder beim Sport in der Freizeit. Die Einrichtung ließ sein Zimmer wie das eines Jugendlichen und nicht wie das eines erwachsenen Mannes wirken.

»Der werten Kollegin habe ich bereits erklärt, was ich festgestellt habe«, begann Doktor Heiß. Nach einer Pause, während der sie anscheinend darauf wartete, dass Brandner sie bat, ihre Erkenntnisse für ihn zu wiederholen – was er jedoch unterließ –, fuhr sie fort: »Der Todeszeitpunkt liegt zwischen Mitternacht und drei Uhr am Morgen. Eindeutig wurde ein spitzer Gegenstand direkt ins Herz gestochen. Daraufhin setzten Herzversagen und der Tod ein. Natürlich werde ich im Labor weitere Untersuchungen durchführen, aber die dürften am Befund nichts ändern, sondern bestenfalls diesen ergänzen, falls zum Beispiel Drogen oder Alkohol im Spiel waren.«

Das ist ja einmal eine eindeutige Aussage von Frau Doktor!

Elfriede Auer hatte sich aufgerichtet und war zu der kleinen Gruppe getreten. Sie hielt eine Plastiktüte in die Höhe. »Die vermutliche Mordwaffe kommt dir sicher bekannt vor.«

Jetzt bestand keine Zweifel mehr daran, dass der neue Fall ihnen gehören musste, obwohl sie den aktuellen noch nicht gelöst hatten. In der Tüte befand sich ein geschmiedeter Nagel. Auf den ersten Blick glich er jenem, mit dem Gottfried Lugbauer vor einer knappen Woche im Mendlingtal erstochen worden war.

»Wo wurde er gefunden?«, erkundigte sich Brandner.

»Da!« Auer zeigte auf einen unscheinbaren Blutfleck am Teppichboden neben dem Bett.

Eigenartig, im Mendlingtal betreibt der Täter enormen Aufwand, die Tatwaffe verschwinden zu lassen, und hier lässt er sie neben dem Opfer zurück. Handelt es sich womöglich um zwei Mörder beziehungsweise in diesem Fall um einen Trittbrettfahrer?

»Befinden sich Spuren daran?«

»Ja«, bestätigte Auer. »Mehrere Fingerabdrücke, ich lasse sie im LKA gleich durch die Datenbank laufen.«

Das ist doch was!

Brandner versuchte, nicht zu optimistisch zu sein. Zu schmerzhaft erinnerte er sich an den Abdruck auf dem Nagel im Schmiedepapstfall, der dann jedoch nicht zur unmittelbaren Überführung des Täters geführt hatte.

»Sonst irgendetwas Auffälliges, das ich wissen müsste?«, fragte er.

Elfriede Auer und Doktor Heiß verneinten.

»Das ältere Paar in der Küche sind wohl seine Eltern?«, wollte er von Lindner wissen.

»Ja, die beiden wohnen im oberen Stockwerk.«

Eher üblich ist, dass die Jüngeren oben wohnen und die Alten unten, aber es ist, wie es ist …

Brandner sah sich noch einmal in dem Zimmer um. Kein Foto hing an der Wand, und auch auf dem Schreibtisch waren keine Erinnerungsstücke zu sehen.

Der Tote hat wohl ein Leben als Single geführt.

»Computer und Smartphone nehmt ihr mit!«

»Selbstverständlich!«, bestätigte der Mann, der den Schreibtisch untersuchte.

Brandner war versucht, sich für seinen harschen Befehl zu entschuldigen. Natürlich wussten die Kollegen, wie sie ihre Arbeit zu verrichten hatten.

Hat der Techniker gerade Annika zugezwinkert? Geht mich nichts an, meine Bevormundung scheint ihn jedenfalls nicht gestört zu haben.

»Wenn ihr fertig seid, könnt ihr den Abtransport in die Gerichtsmedizin veranlassen. Ich habe genug gesehen«, ließ er Auer wissen.

»Ich bin auch fertig«, warf Doktor Heiß ein. »Man sieht sich!« Sie verließ den Raum.

»Wir kümmern uns um den Rest«, bestätigte Auer.

»Gut, Annika, wir reden jetzt mit den Eltern.«

Wie immer hätte sich Brandner dieses Gespräch gerne erspart. Die Eltern schienen ihm nicht verdächtig, obwohl er sie noch nicht kennengelernt hatte. Egal, wie gut oder schlecht ihr Verhältnis gewesen war, es war äußerst unwahrscheinlich, dass einer von ihnen den eigenen Sohn mit einem geschmiedeten Eisennagel erstochen hatte.

Die zwei Morde hängen irgendwie zusammen. Wie, das gilt es herauszufinden.

Brandner trat in den Flur. »Was ist das für eine Jacke am Kleiderhaken neben der Eingangstür? Sieht nach einer Uniform aus«, erkundigte sich Brandner.

»Gerhard Huber war Postbote, die Jacke gehört zu seiner Arbeitskleidung«, informierte ihn seine junge Kollegin.

64

Ybbsitz, Niederösterreich
Freitag, 7. Oktober

Lindner hatte sich bereits kurz mit den Eltern des Ermordeten bekannt gemacht. Die Polizistin, die sich in der Zwischenzeit um die beiden Angehörigen gekümmert hatte, war sichtlich froh, als sie nun mit Brandner die Küche betrat, und verließ sofort den Raum.

»Darf ich Ihnen meinen Vorgesetzten, Herrn Major Brandner, vorstellen?«, begann Lindner.

Die Mutter des Toten hatte verweinte Augen, das Gesicht des Vaters war versteinert. Seit ihrer flüchtigen Begegnung vorhin hatte es sich nicht verändert.

»Herr und Frau Huber«, informierte sie Brandner der Form halber.

»Mein Beileid«, sagte Brandner. »Dürfen wir uns setzen?«

Er erhielt keine Antwort, zögerte kurz, doch dann nahm er gegenüber am Tisch Platz. Lindner setzte sich auf den noch freien Stuhl.

»Waren Sie es, die Ihren Sohn tot aufgefunden haben?« wollte der Major wissen.

Wieder blieben die Eltern des Opfers stumm, sie wirkten benommen. Brandner legte seine Hände auf den Tisch, der Fingernagel des rechten Daumens drückte tief in die Haut seines Zeigefingers.

So versucht er, seine Ungeduld unter Kontrolle zu bekommen.

Lindner räusperte sich. »Frau Huber«, übernahm sie. »Wir wollen denjenigen finden, der Ihrem Sohn das angetan hat! Damit das möglich ist, bitten wir Sie, unsere Fragen zu beantworten.«

Die Frau schaute zu ihrem Mann, der nickte kaum merkbar. Sie öffnete ihren Mund, brachte aber keinen Ton heraus, sie schluckte, trank einmal vom Glas Wasser, das vor ihr stand, bevor sie zu sprechen begann: »Gerhards Kollegin bei der Post hat angerufen und sich erkundigt, was los ist. Das war gegen halb acht in der Früh.« Sie schluchzte und konnte nicht weiterreden.

»Gerhard ist nicht bei der Arbeit erschienen«, erläuterte ihr Mann, seine Stimme klang rau. »Sie konnten ihn am Telefon nicht erreichen.« Er bedeckte kurz seine Augen mit der flachen Hand. »Wir wohnen oberhalb, im ersten Stock, haben einen eigenen Zugang. Ich habe auch versucht, ihn anzurufen, aber Gerhard ist nicht rangegangen.« Er machte eine kurze Pause. »Wir haben dann den Ersatzschlüssel gesucht. Das hat noch fünf Minuten gedauert. Als wir in Gerhards Zimmer gekommen sind, war er schon kalt.« Er sah zu seiner Frau, die laut schluchzte. »Sie hat es gar nicht wahrhaben wollen, hat ihn geschüttelt, gerüttelt, sie war danach voller Blut. Ihre Kleidung haben wir ihrer Kollegin mitgegeben. Tut uns leid, wenn wir Spuren zerstört haben …«

Lindner hatte das schon gewusst, sie musterte ihren Vorgesetzten, dessen Gesichtsmuskeln zuckten. »Schon gut«, sagte er. »Ich will mir gar nicht vorstellen, wie ich reagieren würde, wenn eine meiner …« Brandners Stimme erstarb.

Der Gedanke, eine seiner Töchter könnte jemals tot vor ihm liegen, erschüttert ihn. Kein Wunder.

»Wir haben den Schlüssel nicht gebraucht«, fuhr Herr Huber fort. »Wir waren so voller Sorge, dass wir gar nicht daran gedacht hatten, dass die Tür nicht abgesperrt war. Erst am Montag ist nämlich bei Gerhard eingebrochen worden, als er die Post ausgetragen hat. Unser Sohn hatte das Schloss und die Eingangstür noch nicht reparieren lassen.« Herr Huber hielt inne und schluckte. »Gerhards Mörder hatte es leicht.«

Lindners Vorgesetzter brauchte ein paar Augenblicke, um diese Information zu verarbeiten, dann fragte er: »Was ist gestohlen worden?«

»Das ist es ja! Gerhard hat gemeint, es fehlt überhaupt nichts.«

»Gar nichts?«, hakte Brandner nach.

»Nichts«, bestätigte der Vater des Toten.

»Der Einbruch wurde der Polizei gemeldet?«, erkundigte sich Lindner sicherheitshalber.

»Ja.«

Moment mal, hat Nicole Maier nicht erwähnt, dass auch bei Steiner eingebrochen worden war und nichts gestohlen wurde?

»Wir müssen nachher mit den zuständigen Beamten reden, die den Einbruch bearbeitet haben«, sagte Brandner zu Lindner.

»Das übernehme ich«, bestätigte sie.

»Hatte Ihr Sohn mit jemandem Streit?«, wandte sich ihr Vorgesetzter wieder an das Ehepaar. Als die beiden verneinten, erkundigte er sich: »Haben Sie vergangene Nacht etwas Verdächtiges gehört oder gesehen?«

»Wir nehmen beide Schlaftabletten«, erwiderte der Mann. »Danach schlafen wir einige Stunden wie die Murmeltiere.«

»Stimmt«, bekräftigte seine Frau.

»Ihr Sohn lebte anscheinend allein?«, fuhr Brandner fort.

Vater und Mutter nickten.

»War er in einer Beziehung zu einer Frau oder …«

»Mein Sohn stand nur auf Frauen und nicht auf Männer! Falls Sie darauf anspielen wollten!«, unterbrach Herr Huber aufgebracht.

Seine Frau legte ihre Hand beruhigend auf die ihres Mannes. »Der Herr Major muss das doch fragen, das ist seine Aufgabe!« Sie wandte sich den Beamten zu. »Gerhard war einfach kein Mann, der mit einer Frau zusammenleben wollte. Aber er stand eindeutig auf Frauen.« Sie schluckte. »Er hat hin und wieder mit einer …« Sie konnte einige Sekunden nicht weiterreden. »Er hat nie etwas darüber erzählt, aber im Ort ist getuschelt worden, das habe ich mitbekommen.«

»Kennen Sie den Namen einer Frau oder gar mehrerer Frauen, mit denen Ihr Sohn … Sie wissen schon« Brandner blickte das ältere Paar entschuldigend an.

Die Mutter schüttelte bedauernd ihren Kopf. »Die Tratschweiber sind immer verstummt, wenn sie bemerkt haben, dass ich in der Nähe bin.«

Auch der Vater schüttelte seinen Kopf. »Ich kann Ihnen da gar nicht weiterhelfen.«

Müssen wir wirklich diese Tratschweiber konsultieren? Es muss einen anderen Weg geben.

»Aber enge Freunde können Sie uns nennen, die wissen vielleicht mehr«, erkundigte sich Lindner.

Frau Huber nickte. »Ich schreibe Ihnen die Namen auf.« Sie stand auf, ging zu einer der Küchenladen, zog sie auf und kam mit einem Blatt Papier und einem Kugelschreiber zurück. Oben auf den Zettel schrieb die Mutter in Blockbuchstaben den Namen Barbara.

»Hatte Ihr Sohn eine Frau als beste Freundin?«, fragte Lindner.

»Barbara ist unsere Tochter, seine Schwester. Sie könnte mehr wissen. Die beiden reden viel miteinander. Barbara ist im Urlaub in Kalifornien, sie kommt morgen zurück, wir haben ihr eine Nachricht am Telefon hinterlassen, noch hat sie sich nicht gemeldet. Die Ärmste wird Gerhard auch vermissen!« Sie wischte sich die Tränen aus dem Gesicht und notierte weitere Namen.

»Hatte Ihr Sohn Kontakt zu den Schmieden hier in Ybbsitz oder woanders?«

Die Mutter hielt inne und sah Brandner an. »Gerhard hat die Post im Ort ausgetragen. Seine Runde beinhaltet die Hammerwerke in der Prolling.«

»Meinen Sie, einer von denen ist es gewesen? Ich habe den Nagel am Boden liegen gesehen«, bemerkte der Vater.

»Wir wollen keine voreiligen Schlüsse ziehen«, sagte Brandner. »Bitte unternehmen Sie nichts auf eigene Faust!«, fügte er hinzu.

Der Vater schüttelte seinen Kopf. »Sehen Sie mich an, ich bin alt und schwach, selbst wenn ich wollte, hätte ich gegen einen Schmied keine Chance. Nein, den Täter müssen Sie schon selbst überführen.«

Und das werden wir! Mein erster Fall wird sicher nicht ungelöst bleiben. Die Morde am Schmiedepapst und an dem Postboten hängen zusammen, das zeigt uns die Mordwaffe. Jetzt müssen wir nur noch die richtigen Schlussfolgerungen ziehen.

65

Ybbsitz, Niederösterreich
Freitag, 7. Oktober

Der Himmel war fast wolkenlos, die Sonne schien, er schützte mit einer Sonnenbrille seine Augen. Von draußen drang bestialischer Gestank ins Wageninnere. Er parkte sich vor dem idyllisch auf einem Berghang gelegenen Bauernhof ein und öffnete die Fahrertür. Der Güllegeruch erschlug ihn förmlich, er hörte den Traktor. Brandner drehte sich um und sah nun auch das grüne Gefährt mit dem Güllefass, das sich auf einem Feldweg näherte.

Beim Fahrer musste es sich um Gregor Teufel handeln, den Bauern, dessen Namen die Mutter des toten Postboten direkt unter den der Schwester geschrieben hatte. Brandner hatte sich die Adresse von Frau Huber rückbestätigen lassen und danach vergeblich versucht, den Freund des Ermordeten telefonisch zu erreichen. Während Annika Lindner mit den lokalen Polizisten redete, die sich um die beiden Einbrüche gekümmert hatten, hatte Brandner entschieden, einfach sein Glück vor Ort zu versuchen.

Bevor der Traktor den Hof erreichte, hielt neben Brandners Audi ein VW Golf. Eine Frau um die 30 mit kurzen brünetten Haaren stieg aus, sie hatte offenbar ihre Zwillinge von der Mittelschule abgeholt. Die beiden Buben trugen beide ihre Schultaschen, und sie waren für die Volksschule sicher schon zu alt, mutmaßte Brandner.

»Grüß Gott! Kann ich Ihnen weiterhelfen?«, rief die Frau. Die Jungen beäugten den Fremden unterdessen misstrauisch.

Brandner stellte sich vor. »Ich würde gerne kurz mit Herrn Gregor Teufel sprechen«, sagte er zum Abschluss mit lauter Stimme, da der Traktor immer näher kam und ihn fast übertönte.

»Hat er was ausgefressen?« Die Frau schrie beinahe.

»Nein, nein! Überhaupt nicht!«, beschwichtigte er.

Mittlerweile hatte der Traktor sie erreicht und an eine Unterhaltung war nicht mehr zu denken. Brandner war sich nicht sicher, ob die Frau seine vorherige Antwort überhaupt noch verstanden hatte. Sie winkte jedenfalls energisch dem Mann zu. Der stellte den Motor ab, dann sprang er vom Traktor runter auf den asphaltierten Untergrund.

»Was ist denn los?«, rief er.

»Kriminalpolizei!«, erwiderte die Frau. »Der Herr will mit dir reden!« Im letzten Satz schwang ein Vorwurf mit. Die beiden Buben grinsten.

»Sollen wir weitermachen, Papa?«, schlug der Junge mit der dunkelblauen Jacke vor und zeigte zum Traktor. Der Sohn mit der hellblauen Jacke nickte eifrig. »Ja, das können wir schon!«

»Es wird wirklich nicht lange dauern. Es geht nur um eine Auskunft«, erklärte Brandner.

Die Gesichtszüge der Frau entspannten sich nur leicht. Die Zwillinge trollten enttäuscht davon und begannen, vor dem Haus zu kicken. Der Bauer kam näher und blieb circa zwei Meter vor dem Ermittler stehen. Eindeutig hatten seine Kleidung und seine Haare den Gestank angenommen, zumindest glaubte Brandner, den Geruch von Gülle noch intensiver zu riechen.

»Worum geht es?«, wollte Gregor Teufel wissen.

»Ich bringe schlechte Neuigkeiten. Ihr Freund, Gerhard Huber, ist heute Nacht ermordet worden.«

Die Frau hielt vor Schreck eine Hand vor den Mund.

Teufel schaute sein Gegenüber verwirrt an. »Ermordet?«, wiederholte er langsam. »Gerhard?«

Brandner sah förmlich, wie der Mann nach und nach realisierte, was die Nachricht bedeutete.

»Wie?«, fragte der Bauer schließlich.

»Können wir irgendwo in Ruhe reden?« Brandner schaute hinüber zu den Buben.

»Schatz, gehst du bitte schon mit den Jungs hinein? Ich erzähle dir später alles.«

»Kommt!«, forderte die Mutter ihre Sprösslinge auf, die ihr nur widerwillig folgten.

Nachdem die drei im Bauernhaus verschwunden waren, erläuterte Brandner die Todesumstände Gerhard Hubers, erwähnte jedoch bewusst nicht die Tatwaffe. »Wie lange kennen Sie Herrn Huber schon?«, erkundigte er sich abschließend.

»Seit wir Kinder waren.« Teufel schüttelte seinen Kopf. Er hatte sichtlich noch immer Schwierigkeiten, die Nachricht zu verarbeiten. »Rein zufällig sind wir in der Volksschule nebeneinandergesessen, das verbindet, auch wenn wir als Erwachsene ganz verschiedene Einstellungen zum Leben hatten.«

»Wie meinen Sie das?«

»Schauen Sie sich um!« Teufel zeigte auf die Gebäude und auf die Wiesen rundherum. »Ich bin Bauer geworden, mit Leib und Seele! Als Kind bin ich wie Gerhard im Ort aufgewachsen, mit den Bauernbuben hatten wir wenig zu tun, nur Fußball haben wir schon mit ihnen gespielt.« Er griff sich an die Stirn. »Ich habe mich verliebt, in eine Bäuerin, das hat mein Leben verändert, jetzt habe ich Kinder und einen Hof, das volle Programm.«

»Und ihr Freund?«

»Gerhard, der wollte nie für etwas oder gar für jemanden Verantwortung übernehmen«, erwiderte Teufel. »Verstehen Sie mich nicht falsch, Gerhard war sehr umgänglich, und ich habe immer gerne das eine oder andere Bier mit ihm getrunken, meine Frau war hin und wieder der Meinung, es waren einige zu viel! Aber Gerhard ist einfach nie wirklich erwachsen geworden.«

»Er hat noch bei seinen Eltern gewohnt und wollte sich an keine Frau binden«, stellte Brandner fest. Er erinnerte sich an die Reaktion des Vaters, daher fügte er hinzu: »Oder auch an keinen Mann.«

Erstmals huschte ein Lächeln über Teufels Gesicht. »Gerhard stand eindeutig auf Frauen.«

»Hatte er in letzter Zeit eine Beziehung zu einer oder zu mehreren Frauen?«

»Lassen Sie mich überlegen.« Der Mann rieb sich das Kinn. »Die Letzte, von der ich sicher weiß, ist die Nicole Maier. Nach ihrer Scheidung hatte Gerhard mit ihr was am Laufen.«

Das darf doch nicht wahr sein!

»Sie meinen die Lehrerin, die in Ybbsitz wohnt und unterrichtet?«

»Genau die«, bestätigte Teufel.

Mit der werde ich wohl als Nächstes reden müssen.

»Sonst noch eine Frau, die Ihnen in den Sinn kommt?«

»Sicher waren da noch andere, aber das liegt Jahre zurück. Gerhard war ja Single, und ich denke, er hat versucht, so diskret wie möglich zu sein, sonst wäre er nicht mehr zum Zug gekommen.«

»Von Nicole Maier hat er Ihnen aber doch erzählt!«

»Wenn ich ehrlich bin, weiß ich das nicht von ihm. Nicole ist mit meiner Frau so was wie befreundet, und sie hat ihr von Gerhard erzählt, meine Frau wiederum mir.« Teufel machte eine Pause. »Gerhard und ich haben zuletzt nie über Frauen geredet, früher schon, ich weiß nicht, wann und warum das aufgehört hat. Wahrscheinlich als ich geheiratet habe und wir die Buben bekommen haben.«

»Worüber haben Sie dann gesprochen?«

»Sport, Fußball, Formel 1 und Skifahren. Politik natürlich auch.«

»Hat er sich für Kultur oder Brauchtum interessiert? Für traditionelles Handwerk? Ybbsitz ist ja eine Schmiedemetropole ...«

»Ehrlich gesagt, hat er davon keine hohe Meinung gehabt, das hat er mir gegenüber öfter gesagt. Aber er war ja der Postbote im Ort, und dort setzen alle, wie Sie wissen, auf die Schmiede und ihre Hammerwerke. Da hat er sich nicht den Mund verbrannt und seine Meinung für sich behalten.«

»Hat sich Herr Huber irgendwelche Feinde gemacht, von denen Sie wissen?«

Teufel schüttelte seinen Kopf. »Gerhard wollte für nichts Verantwortung übernehmen, das heißt, dass er auch versucht hat, nirgends anzuecken und niemanden zu verärgern.«

Scheint ihm irgendwie nicht geglückt zu sein.

Brandner erkundigte sich abschließend nach Teufels Alibi für die vergangene Nacht und für die Zeit, in der Lugbauer ermordet wurde. Wenig überraschend, hatte er beide Nächte bei seiner Frau zu Hause im Bett gelegen. Brandner gab Teufel seine Karte und verabschiedete sich.

66

Waidhofen, Niederösterreich
Freitag, 7. Oktober

Inspektionskommandant Schellbauer hatte Lindner bereits in Ybbsitz am Tatort kennengelernt. Er begrüßte sie nun in der Dienststelle mit einem Strahlen im Gesicht. »Der erste Mordfall, seit ich die Inspektion leite! Was für ein Tag!« Er führte sie in sein Büro. »Frau Kollegin, darf ich Ihnen einen Kaffee oder Tee anbieten?«

»Welchen Tee haben Sie denn?«

»Pfefferminz!«

Nicht schon wieder!

»Dann nehme ich lieber einen Kaffee.«

Kurz verschwand das Lächeln des Uniformierten, aber schon einen Augenblick später kehrte es zurück. »Kommt sofort!«

Lindner sah ihm nach, als er durch die Tür verschwand. *Der Jüngste ist er zwar nicht mehr, aber er richtet sich anscheinend selbst seinen Kaffee her und belästigt keine seiner Beamtinnen damit. Sehr anständig von ihm!*

Tatsächlich schmeckte der Kaffee, den ihr Schellbauer servierte, besser als erwartet.

»Die beiden Berichte über die Einbrüche habe ich selbst verfasst!« Während die Kaffeemaschine ihre Arbeit verrichtet hatte, war der Inspektionsleiter nicht untätig gewesen, denn er reichte ihr nun zwei dünne Folder. »Lesen Sie die Berichte in Ruhe durch, ich leite sie Ihnen sofort auch in elektronischer Form weiter«, sagte er und setzte sich an seinen Schreibtisch. »Danach können Sie mich alles fragen, sollte etwas unklar bleiben. Ich war selbst vor Ort.«

Dafür, dass es zwei Einbrüche gegeben hat, die er nicht aufgeklärt hat und die jetzt aller Voraussicht nach einen Mord zur Folge hatten, ist er irgendwie zu positiv gestimmt …

Lindner begann zu lesen, hin und wieder nippte sie am Kaffee. Die Eingangstür zu Steiners Schmiede war am Mittwoch, voraussichtlich am frühen Morgen, aufgebrochen worden. Die Polizisten hatten keinerlei verwertbare Spuren sicherstellen können. Die Tür war übersät von verschiedensten Fingerabdrücken, die allesamt schon vor dem Einbruch dort gewesen sein konnten. Es fehlte nichts von Wert, soweit Steiner es hatte beurteilen können. Ob von den Rohlingen und Kleinmaterialien etwas entwendet worden war, konnte er nicht mit Sicherheit sagen. Exakte Lagerbestände für diese Teile führte er nicht.

»Hatte Steiner geschmiedete Nägel in seiner Werkstatt?«

Schellbauer richtete seinen Blick vom Bildschirm auf Lindner. »Darüber habe ich auch schon nachgedacht. Wenn mir meine Erinnerung keinen Streich spielt, stand eine Box mit geschmiedeten Nägeln auf einer der Werkbänke.«

»Nachgezählt, wie viele in der Box waren, hat er vermutlich nicht?«

»Nicht, soweit ich es mitbekommen habe.«

Dem müssen wir nachgehen.

Lindner griff sich den Folder mit dem Bericht zum Einbruch bei Gerhard Huber. Die Eingangstür war bereits zwei Tage zuvor, am Montag, aufgebrochen worden, während Huber die Post ausgetragen hatte. Die Nachbarn und Eltern hatten nichts mitbekommen. Huber hatte in Anwesenheit der Polizisten alles überprüft, nichts hatte gefehlt. Sowohl der Vorfall bei Steiner als auch bei Huber war daher von Schellbauer und seinen Leuten als Vandalismus eingestuft worden.

Vandalismus! So ein Blödsinn.

Lindner war sich sicher, dass sie daran von Anfang an nicht geglaubt hätte. Jetzt war es offensichtlich, dass die Annahme der Kollegen falsch gewesen war.

67

Ybbsitz, Niederösterreich
Freitag, 7. Oktober

Nicole Maier ging nicht ans Telefon. Brandner startete seinen Audi, er trat aufs Gaspedal, nach einigen hundert Metern ließ er sämtliche Fensterscheiben hinunter, sodass frischer Fahrtwind seine Haare zerzauste. Der bestialische Gestank der Gülle verflüchtigte sich nur langsam. Erst als er die Ortstafel Ybbsitz passierte, konnte er wieder frei atmen. Er betätigte den Taster, sodass sich die Fenster wieder schlossen. Er bog links ab, fuhr in den Ortskern, linker Hand sah er den Kirchturm. Er folgte der Prolling bachaufwärts und parkte sich schließlich vor Steiners Schmiede ein. Danach ging er zum großen Wohngebäude nebenan und läutete bei Nicole Maier Sturm.

Die Schule müsste um diese Zeit zu Ende sein. Natürlich kann sie alles Mögliche unternehmen, wenn sie Freitagnachmittag nicht in ihrer Wohnung sitzen will, ich versuche es noch ein paar Minuten …

»Ja?«, tönte es aus dem Lautsprecher.

Brandner nannte seinen Namen und erklärte, er müsse dringend mit ihr reden. Der Summer ertönte, er stieß die Tür auf und lief die Stufen nach oben. Nicole Maier erwartete ihn vor ihrer Wohnungstür. Sie bat ihn, seine Schuhe auszuziehen. Widerwillig tat er ihr den Gefallen und stellte seine schwarzen Halbschuhe ab.

Ihr Handy lag auf der Kommode im Vorraum. Entweder hatte sie es auf stumm geschaltet, weil sie ihre Ruhe haben wollte, oder sie war einfach nicht rangegangen, als er angerufen hatte.

Egal, jetzt bin ich hier, und ich werde nicht gehen, bis ich einige Antworten erhalten habe. Maiers Name ist einfach einmal zu oft gefallen. Das kann und darf ich nicht ignorieren.

»Ich habe mir gerade Spaghetti mit Tomatensoße gemacht. Wollen Sie welche? Für mich ist es ohnehin zu viel.«

Hat sie nicht erst gestern Abend für Annika gekocht?

Erst jetzt wurde Brandner bewusst, dass er seit dem Frühstück nichts mehr gegessen hatte. »Danke, gerne, aber nur wenn es nicht zu viele Umstände macht.«

Er nahm Platz, eine Minute später saß ihm Maier gegenüber, vor ihnen Teller mit dampfender Pasta. Die Befragung konnte warten, beschloss Brandner. Maier trank ihr Glas Rotwein aus, nachdem sie sämtliche Nudeln auf ihrem Teller verspeist hatte.

Jetzt noch eine Tasse Kaffee und ich bin zufrieden.

Brandner trank von seinem Glas Wasser.

Maier räumte den Geschirrspüler ein. »Kaffee?«

Ich sollte wirklich mit meiner Befragung beginnen.

»Nein, danke!«

Maier setzte sich wieder an den Tisch. Ihre Wangen waren leicht gerötet, ein Resultat des Rotweins und des warmen Essens. »Dann lassen Sie mich wissen, weswegen Sie hier sind.«

Brandner erzählte ihr vom Mord an Gerhard Huber. Maier schien ehrlich geschockt zu sein. Die Tat hatte sich anscheinend untertags noch nicht bis zu ihrer Schule durchgesprochen.

»Wir haben erfahren, dass Sie ein sexuelles Verhältnis mit dem Opfer hatten, stimmt das?«

Maier nickte benommen. »Aber das ist lange her, kurz nach meiner Scheidung war das.«

»In letzter Zeit haben Sie Herrn Huber nicht mehr gesehen?«

»Gesehen schon, aber nicht so, Gerhard hat bei uns die Post ausgetragen. Da läuft man sich hin und wieder über den Weg.«

»Sie haben also keine Ahnung, wer ihn ermordet haben könnte?«

»Nicht die geringste.«

Auch wenn ich nicht daran glaube, dass sie eine Mörderin ist, ich muss sie fragen.

»Wo waren Sie heute Nacht?«

»Hier, Ihre Kollegin war doch bei mir.«

»Inspektorin Lindner hat sie am Abend besucht, aber Gerhard Huber ist spät in der Nacht ermordet worden.«

»Annika ist die ganze Nacht bei mir im Bett gelegen. Gegen 7 Uhr sind wir aufgestanden. Fragen Sie doch Ihre Kollegin.«

68

Waidhofen, Niederösterreich
Freitag, 7. Oktober

Brandner nahm ihren Anruf nicht entgegen.

Wahrscheinlich redet er gerade mit einem der Freunde von Huber und will nicht gestört werden.

Lindner hinterließ ihm eine kurze Nachricht auf seiner Mobilbox: »Ich fahre zu Steiner, es ist möglich, dass bei dem Einbruch in die Schmiede der Nagel, mit dem Huber erstochen wurde, gestohlen worden ist.«

Danach fuhr sie mit dem Passat von Waidhofen nach Ybbsitz. Mittlerweile war der Tag schon weit vorangeschritten, aber soweit Lindner es mitbekommen hatte, arbeitete Steiner hauptsächlich nachmittags und am Abend.

Hat Brandner etwa die gleiche Idee wie ich gehabt? Haben ihn seine Gespräche auch zu Steiner geführt? Da steht jedenfalls sein Audi.

Lindner stellte ihr Auto neben Brandners Dienstwagen vor der Schmiede ab. Steiner hatte offenbar die Tür bereits wieder repariert, denn nichts deutete von außen darauf hin, dass sich dort jemand erst vor Kurzem gewaltsam Zutritt verschafft hatte. Sie drückte die Tür auf, hörte metallenes Hämmern und trat ein. Innen war es angenehm warm, und es roch leicht nach Kohlenrauch. Steiner stand am Amboss und bearbeitete ein Stück Stahl. Von ihrem Vorgesetzten war keine Spur zu sehen.

Seltsam, wo könnte Brandner stecken? War es ein Feh-

ler, ohne Verstärkung hierherzukommen? Hat Steiner ihn vielleicht überwältigt? Noch könnte ich verschwinden … Zu spät!

Steiner starrte zu ihr herüber. Ohne seinen Blick von ihr abzuwenden, tauchte er das Stück Stahl in ein Wasserbad. Es zischte und dampfte. Als er es wieder herausholte und auf der Werkbank ablegte, erkannte Lindner, dass er an einem Meißel gearbeitet hatte.

Der könnte gut und gerne als Mordwaffe dienen!

»Die junge Frau Inspektorin wieder einmal! Was verschafft mir diesmal die zweifelhafte Ehre?« Während Steiner die Frage aussprach, kam er mit raschen Schritten auf sie zu.

»Der Einbruch.« Lindner räusperte sich.

Reiß dich zusammen, kein Grund, nervös zu sein. Nur weil du allein bist, und er seine Muskeln spielen lässt.

»Den Einbruch«, wiederholte Lindner nun lauter als zuvor, »untersuche ich jetzt auch! Haben Sie geschmiedete Nägel hier?«

Steiner zeigte zur Werkbank an der Wand. »Gleich da drüben in der Box.«

Er ging voraus, Lindner folgte ihm. Sie schätzte die Stückzahl im Metallbehälter auf 20 bis 30 und sie sahen wie das Exemplar aus, das am Boden neben Hubers Bett sichergestellt worden war.

»Wissen Sie vielleicht, ob Ihnen beim Einbruch einer Ihrer Nägel gestohlen wurde?«

Steiner zuckte mit seinen Achseln. »Keine Ahnung, so ein Nagel ist nicht viel wert, die stelle ich meist nur beim Schauschmieden her. Zum Beispiel bei einem Mittelalterfest oder einem Adventmarkt.«

»Sie können also nicht sagen, ob einer entwendet worden ist?«

»Nein.«

Lindner bestellte Steiner für den nächsten Morgen ins LKA zur Abnahme seiner Fingerabdrücke.

»Das ist doch reine Schikane!«, maulte der Schmied. »Das können doch sicher auch die Kollegen in Waidhofen machen, und ich muss nicht extra nach Sankt Pölten gurken!«

Nur nicht nachgeben!

»Sie kommen morgen nach Sankt Pölten! Um 10 Uhr sind Sie da. Wenn Sie nicht auftauchen, hole ich Sie persönlich mit zwei uniformierten Kollegen ab!«

»Okay, okay!« Er hob beide Arme in die Höhe. »Ist schon gut, ich werde da sein.«

Soll ich ihn nach Brandner fragen? Ich rufe ihn draußen noch einmal an, wenn ich ihn nicht bald finde, komme ich mit Verstärkung zurück.

69

Ybbsitz, Niederösterreich
Freitag, 7. Oktober

Brandner verließ das Haus, in dem Nicole Maier wohnte. Er nahm sein Smartphone aus der Jackentasche, um Lindner anzurufen. Seine junge Kollegin hatte sich eine Standpauke verdient!

Das darf doch nicht wahr sein!

Brandner steckte sein Telefon wieder weg. Lindner kam gerade aus Steiners Schmiede, sie winkte ihm und marschierte geradewegs auf ihn zu. So als wäre alles in bester Ordnung. Wenige Meter vor ihm stoppte sie abrupt.

»Stimmt etwas nicht?«, fragte sie. »Ich habe dir eine Nachricht hinterlassen.«

Er schaute vorwurfsvoll zum Wohngebäude. Zuerst verstand sie seinen stummen Hinweis nicht, doch mit einem Mal schien es ihr klar zu werden.

»Du warst bei Nicole«, sagte sie leise.

»Bei Frau Maier, ja, bei der bin ich gewesen.« Er ließ einige Sekunden verstreichen. »Mit der du die Nacht verbracht hast!«, stieß er dann seine Anschuldigung hinaus.

»Es ist nicht so, wie es aussieht!«

»Du warst mit einer Verdächtigen im Bett! Was gibt es da falsch zu verstehen?«

»Ich, ich war nicht mit ihr im Bett! Ich meine, nicht so … Du weißt schon! Wir sind nur im selben Bett *gelegen*.«

»Na, wenn es weiter nichts ist, können wir doch zur Tagesordnung übergehen.«

»Nicole ist doch keine Verdächtige«, stellte Lindner fest. »Als der Schmiedepapst erstochen wurde, war sie mit Jan Müller im Zelt, und heute Nacht habe ich neben ihr geschlafen. Sie kann die beiden also nicht ermordet haben, demnach ist sie auch keine Verdächtige!«

Da hat sie schon recht, aber was sage ich Böck, wenn er davon erfährt?

»Es wird in den Berichten aufscheinen«, entgegnete Brandner. »Hubers Kumpel hat ausgesagt, dass Maier und Huber einmal ein Verhältnis hatten. Deswegen war ich hier. Maier braucht also offiziell dein Alibi.«

»Scheiße!«

»Kannst du laut sagen!«

»Was mache ich denn jetzt?«

»Den Fall lösen.«

»Wenn der Mörder überführt ist, braucht Nicole kein Alibi mehr.«

»Deine amouröse Nacht würde jedenfalls nicht so in den Blickpunkt geraten.«

»Da war nichts!«

»Wie du meinst.«

»Woher weißt du überhaupt, dass ich auf Frauen stehe?«

»Wusste ich nicht, war nur geraten.«

Sie starrte ihn an.

»Du kannst deinen Mund wieder schließen, dein Geheimnis ist bei mir gut aufgehoben«, fügte er hinzu.

»Wirklich geheim ist es nicht«, flüsterte Lindner.

Hinausposaunen will sie es anscheinend aber auch nicht.

»Warum warst du überhaupt bei Steiner?«, wechselte Brandner das Thema.

70

Sankt Pölten, Niederösterreich
Samstag, 8. Oktober

»Aufstehen!« Ausnahmsweise war Nina vor Lindner aufgestanden. »Ich habe dir Kaffee gemacht! Den trinkst du, und dann schnappst du dir den Mörder!«

Ich will nicht!

Lindner zog sich die Bettdecke über den Kopf. Mit Schaudern dachte sie an den gestrigen Tag zurück und an ihre Fehleinschätzung. Sie hatte tatsächlich angenommen, Brandner würde nichts von der Nacht bei Nicole erfahren, wenn sie ihm nichts davon erzählte.

Hätte ich ihm einfach was gesagt, dann hätte er es vielleicht verstanden. So weiß ich nicht mal, ob ich überhaupt noch eine Stelle im LKA habe.

Sie hatte dafür geschuftet, hatte alles und noch mehr gegeben, um diesen Job zu bekommen. Die Ausbildung war hart gewesen, und sie hatte viele Entbehrungen auf sich genommen.

Ich darf nicht aufgeben! Wir müssen den Fall lösen, bevor Brandner mit Böck über meinen Fehltritt redet.

Einen Frustseufzer stieß sie noch aus, bevor sie die Bettdecke zur Seite schob. Sie richtete sich auf und nahm die Tasse von Nina entgegen. »Danke! Du bist ein Schatz!«

Nina hat nicht an mir gezweifelt, keine Sekunde, selbst nach der Sache mit Nicole. Es war dumm von mir, dort zu übernachten, aber sie tat mir leid, und ich dachte, es würde den Fall vorantreiben …

Lindner trank vom Kaffee und aß das Erdbeermarmeladenbrot, das Nina für sie geschmiert hatte. Nach einer erfrischenden Dusche begann sie, sich zu schminken. Als sie sich im Spiegel betrachtete, packte sie eine Erkenntnis.

Zeit für Veränderung!

»Schatz, darf ich etwas von deinem Make-up verwenden?«

»Sicher!«, antwortete Nina aus der Küche.

Lindner übertrieb es nicht mit dem Typwechsel, in der kurzen Zeit war das auch unmöglich, denn der seitlich kahl geschorene Schädel und die tätowierte Rose stachen weiterhin sofort ins Auge, doch mit etwas Rouge und einem helleren Lippenstift wirkte sie deutlich freundlicher als sonst. Sie wickelte sich in Ninas rosa Badetuch und ging ins Schlafzimmer.

»Ich habe dir schon eine Hose, Bluse und Pulli von mir bereitgelegt!«, erklärte Nina.

Die Sachen lagen auf dem frisch gemachten Bett.

Nina kann meine Gedanken lesen, und das, ohne mich zu sehen.

Lindner küsste ihre Freundin auf den Mund, dann zog sie die hellblaue Hose, die rote Bluse und den gelben Pulli an.

»Du siehst toll aus! Brandner wird dich nicht wiedererkennen«, stellte Nina fest und grinste zufrieden.

»Ist vielleicht besser so.«

Sogar ihren lila Mantel lieh ihr Nina, nur ihre eigenen schwarzen Stiefeletten zog sie an. Die passten geradezu perfekt zu ihrem Outfit. Sie betrachtete sich im Spiegel:

Schwarze Haare auf dem Kopf, schwarze Stiefel an den Füßen, und dazwischen die Farben eines Kanarienvogels, na, wenn das mal keine Typveränderung ist, dann weiß ich auch nicht.

Sie küsste Nina noch einmal, danach verließ Lindner mit einem mulmigen Gefühl die Wohnung, doch zugleich mit der Hoffnung, dass sich noch alles zum Guten wenden könnte. Während der Fahrt sprach sie sich Mut zu. Brandner würde sie nicht hängen lassen.

Als sie am Parkplatz vor dem LKA eintraf, war es bereits nach 10 Uhr. Bisher hatte Brandner nicht angerufen und gefragt, wo sie so lange blieb. Es war Samstag, aber trotzdem war sie zu spät, denn Steiner musste schon auf dem LKA sein. Lindner stieg aus und ging zur Eingangstür. Sie hoffte, dass der Schmied erschienen war.

Plötzlich stand Steiner vor ihr, der soeben aus dem LKA herausgekommen sein musste. »Hübsch, hübsch! Frau Inspektorin! Wenn das hier erledigt ist, müssen wir unbedingt einmal die Kohlen im Ofen zum Glühen bringen. Wenn Sie wissen, was ich meine!« Er presste mehrmals kurz hintereinander seine Zunge innen gegen seine rechte Wange. »Man sieht sich!« Er hob die Hand und schritt davon in Richtung Parkplatz.

Lindner war zu perplex, um etwas auf Steiners obszöne Anmache zu erwidern. Sie starrte ihm nach und sah sich dann um. Niemand außer ihr und ihm war in der Nähe. Es gab keine Zeugen, mit einer Anzeige wegen sexueller Belästigung würde sie sich schwertun. Zwar gab es eine Kamera, aber der Typ hatte sie nicht unsittlich berührt, sondern nur verbal belästigt, und seine Wange war von der Kamera abgewendet gewesen.

Warum haben die Kollegen ihn nicht festgesetzt?

71

Sankt Pölten, Niederösterreich
Samstag, 8. Oktober

Brandner stand neben Elfriede Auer. Beide starrten auf den Bildschirm, während der Computer die Fingerabdrücke Steiners mit denen auf dem Nagel abglich, mit dem Huber in seinem Bett erstochen worden war. Brandner konnte es kaum erwarten, hatte keine Geduld mehr. Er brauchte einfach die Bestätigung dafür, was ihm sein Instinkt einflüsterte.

Der Mordnagel stammt aus Steiners Schmiede.

»Treffer! Wir haben ihn!« Elfriede Auer strahlte richtiggehend.

Brandner erkannte die Übereinstimmung deutlich am Bildschirm. Auer fügte die Dateien nun in die richtige Form und schrieb mehrere rasche Anmerkungen dazu. Dann druckte sie den Bericht aus und schickte ihn zusätzlich in elektronischer Form an Brandner.

»Soll ich ihn auch an Böck und Lindner schicken?«, fragte sie.

»Nicht nötig, das übernehme ich selbst! Vielen Dank!« Brandner ging zum Drucker, nahm die Papiere heraus und lief damit in Richtung Büro des Direktors.

»Hallo Chef! Kann ich kurz mit dir reden?«

Brandner musste zweimal hinsehen.

Die Tätowierung, die Frisur, sie ist es.

»Später, Annika«, wimmelte er sie ab, erklärte dann aber doch rasch, während er weiterlief: »Steiners Fingerabdrücke, sie waren auf dem Nagel, ich muss zu Böck, bevor er zum Golfplatz fährt!«

»Steiner ist gerade abgedüst! Wieso habt ihr ihn nicht hierbehalten?«, rief ihm Lindner hinterher.

»Er hat darauf bestanden, und wir hatten keine Handhabe«, entgegnete Brandner mit einem kurzen Blick über die Schulter. Damit ließ er seine Kollegin stehen und marschierte mit schnellen Schritten weiter.

Das Vorzimmer war am Samstag unbesetzt, daher klopfte Brandner kurz an Böcks Tür und trat ein. Der Direktor stand am anderen Ende des Raums, er hielt mit beiden Händen seinen Golfschläger und touchierte den Ball leicht mit der flachen Seite. Der Golfball rollte Brandner entgegen. Erst jetzt registrierte der das Glas, das Böck mit der Seite auf den Boden gelegt hatte und das offenbar als Ersatz für das fehlende Loch im Parkettboden herhalten musste. Der Ball kullerte etwa zehn Zentimeter am Glas vorbei.

»Der Boden ist schief!« Böck schaute Brandner an. »Was hat der Abgleich ergeben?«

»Übereinstimmung, Steiner ist unser Mann.«

»Gut.«

Böck führte ein Telefonat, als er aufgelegt hatte, war es beschlossen: Über Steiner wurde Untersuchungshaft verhängt, und die Kriminaltechniker würden seine Wohnung, sein Auto und seine Werkstatt auseinandernehmen. Sie brauchten dringend Beweise, dass der Schmied beide Morde begangen hatte.

»Wir haben das gleiche Problem wie bei Albrecht. Da bei Steiner eingebrochen worden ist, wird er behaupten, dass der Mörder den Nagel aus seiner Schmiede gestohlen hat, und seine Fingerabdrücke auf der Mordwaffe daher nichts belegen«, stellte Böck fest. »Der Abdruck allein reicht nicht für eine Anklage, geschweige denn für eine Verurteilung.«

»Stimmt, im Fall Huber kennen wir zudem nicht das Mordmotiv. Ich habe, ehrlich gesagt, keine Ahnung, warum Steiner den Postboten ermordet haben sollte.«

»Erst die U-Haft, dann alles untersuchen, sämtliche Spuren, alle Handydaten, Computer und so weiter, gehören ausgewertet. Wenn die ersten Erkenntnisse vorliegen, befragen Sie den Schmied. Frühestens am Montag!«

»So machen wir es«, bestätigte Brandner.

»Jetzt fahren Sie mit Lindner nach Ybbsitz und sehen

sich überall bei Steiner um. Übrigens, wie macht sich ihre junge Kollegin?«

Wenn ich es ihm jetzt nicht sage, sollte ich es für immer für mich behalten.

»Raus damit, was ist los?«, wollte Böck wissen.

»Sie bemüht sich, muss aber noch einiges lernen.«

Damit habe ich nicht gelogen, aber sie auch nicht verpetzt.

Böck stellte sich auf seine Zehenspitzen, Brandner erkannte, dass er seine Daumen zwischen Hosenträger und Brustkorb schieben wollte, wie er es so oft tat, doch heute war Samstag, und er trug sein Golfoutfit. Das umfasste keine Hosenträger. Als Böck das erkannte, strich er sein Poloshirt mit beiden Händen glatt.

»Dafür hat Lindner ja Sie, Herr Major«, erwiderte Brandners Vorgesetzter, während er zum Golfball ging und ihn aufhob.

»Stimmt!«, bestätigte Brandner. »Ich unterstütze Inspektorin Lindner, so gut ich kann.«

Brandner verabschiedete sich und verließ Böcks Büro.

72

Ybbsitz, Niederösterreich
Samstag, 8. Oktober

Brandner hatte während der Autofahrt nichts Persönliches mit Lindner geredet, nicht einmal einen Kommentar zu ihrem Outfit hatte er von sich gegeben, obwohl ihm der Unterschied aufgefallen sein musste. Ihre Lüge vom Vortag hatte er ebenfalls mit keiner Silbe erwähnt. Lindner selbst hatte mehrmals angesetzt, um sich noch einmal zu entschuldigen, aber irgendwie hatte sie es nicht zustande gebracht. Und jetzt befanden sie sich ausgerechnet in dem Wohngebäude, in dem auch Nicole Maier daheim war.

Das ist schon irgendwie seltsam. Steiner wohnt hier, und Nicole bucht ausgerechnet bei seinem größten Feind einen Schmiedekurs im Mendlingtal, obwohl doch Steiners Werkstatt direkt vor ihrer Haustür liegt. Steiner ist einfach ein Kotzbrocken, nicht auszuhalten, der Kerl! Genau das hat sich Nicole sicher auch gedacht.

»Computer und Laptop haben wir!«, informierte Elfriede Auer die beiden Ermittler.

»Sehr gut!«, erwiderte Brandner.

Auer schaltete die Geräte ein. Fast zeitgleich erschienen auf beiden Bildschirmen die Masken für die Eingabe des Passwortes.

Das wäre ja zu schön gewesen, wenn das einfach funktioniert hätte.

Brandners Telefon läutete, er drehte sich weg und nahm den Anruf entgegen. Lindner konnte nicht verstehen, was ihr Vorgesetzter sagte, doch nachdem er aufgelegt hatte, kam er auf sie zu.

»Das war Alfred Wimmer. Er wollte sich erkundigen, wann wir unseren Termin nachholen. Wie es der Zufall will, ist er gerade in Ybbsitz. Das dauert hier ja noch eine Weile, daher treffe ich mich jetzt mit ihm. Du hältst die Stellung.«

»Mache ich!«, bestätigte Lindner. Brandner eilte zur Wohnungstür, sie folgte ihm. »Leopold?«

»Ja?« Er drehte sich zu ihr um.

»Wegen gestern, es tut mir wirklich sehr leid, ich hätte dir gleich davon erzählen sollen.«

Brandner schaute sie so eindringlich an, dass sie weiche Knie bekam. »Schwamm drüber!«, sagte er dann. »Ist schon vergessen, aber lüge mich nie wieder an!«

»Werde ich nicht, versprochen!« Sie machte eine kurze Pause, bevor sie leise fragte: »Und Böck?«

»Solange Nicole Maier kein Alibi benötigt, muss er nichts davon erfahren.«

»Danke!«

Lindner ging wieder zurück und sah sich ein weiteres Mal in Steiners Wohnung um.

Eine typische Junggesellenbude. Er hält sie immerhin einigermaßen sauber.

Im Gegensatz zu Hubers Wohnung befanden sich an den Wänden, auf Kommoden und Kästen überall Fotos, die Steiner mit verschiedenen Männern und Frauen zeigten. Viele der Aufnahmen schienen von Schmiedetreffen im Ausland zu stammen.

Kein Wunder, dass er derart verärgert über die Herab-

würdigungen Lugbauers gewesen ist. Sein Handwerk ist ganz offensichtlich sein Lebensinhalt.

Viele kunstvoll geschmiedete Einzelstücke schmückten die Räume. Eine eiserne Hand stach Lindner besonders ins Auge, bei der die einzelnen Gelenke und sogar die Fingernägel sauber herausgearbeitet waren.

Ich bin zwar keine Spezialistin, aber das hat eindeutig etwas von einem Kunstschmied. Wenn Steiner das selbst gemacht hat, wovon ich ausgehe, ist Lugbauer mit seiner Schmähung, Steiner sei nicht mal als Hufschmied zu gebrauchen, schon ziemlich weit danebengelegen.

Lindners Smartphone begann zu vibrieren.

Unbekannte Nummer.

Sie nahm den Anruf an. Die Mutter des toten Postboten war am Telefon. Barbara Huber, ihre Tochter, war aus Kalifornien zurück und für ein Gespräch bereit.

»Wo befindet sie sich gerade?«, erkundigte sich Lindner.

»Hier, bei uns im Haus in Ybbsitz.«

»Ich bin in einer Viertelstunde bei Ihnen.« Lindner beendete das Telefonat, dann informierte sie Auer darüber, dass sie kurz wegmusste.

»Passt, mit der Wohnung und der Schmiede haben wir noch einiges vor uns. Wenn wir was Wichtiges finden, rufe ich an«, sagte Auer.

Und ich informiere Brandner über meinen Ausflug zu den Hubers.

Während Lindner zu Fuß entlang der Prolling bachabwärts marschierte und dann in Richtung Friedhof abbog, schrieb sie eine kurze Nachricht an ihren Vorgesetzten. Das Laufen in der kühlen und klaren Luft tat ihr gut. Schon bald stand sie vor dem Haus des Toten. Lindner nahm den seitlichen Aufgang und betätigte die Klingel vor der Eingangstür im ersten Stock.

Die Mutter öffnete, sie war vollkommen in Schwarz gekleidet. »Kommen Sie herein.« Die Stimme der Frau war schwach und zittrig. »Lassen Sie Ihre Schuhe ruhig an.«

Lindner schlüpfte trotzdem aus ihren Stiefeletten. Irgendwie fühlte sie sich mit ihrem Mix aus bunten Klamotten, die sie heute trug, vollkommen deplatziert.

Ich konnte aber auch nicht ahnen, dass ich heute nochmals auf die Angehörigen treffe …

Frau Huber führte Lindner in die Küche. Dort saß eine Frau um die 30 neben dem Vater des Toten.

»Das ist Barbara, unsere Tochter.«

»Hallo.«

»Hallo, und mein Beileid.«

Barbara Huber war eine blonde Schönheit. Müde, betroffen und geschockt wirkte sie, aber ihre Verletzlichkeit machte sie vielleicht noch attraktiver. Lindner wollte sie sofort in den Arm nehmen und trösten, doch sie musste professionell bleiben. Zumindest dieses Mal.

Sie ist ihrem Bruder sehr nahegestanden, daher kann sie uns vielleicht weiterhelfen.

»Dürfte ich mit Ihrer Tochter kurz allein reden?«, fragte Lindner das ältere Ehepaar.

»Ist das in Ordnung?«, wollte die Mutter von ihrer Tochter wissen.

Barbara Huber nickte, ihre Eltern verließen die Küche.

Lindner schloss die Tür hinter den beiden und setzte sich gegenüber der trauernden Schwester. Sie räusperte sich, ihr Mund war mit einem Mal wie ausgetrocknet. Sie stand wieder auf. »Entschuldigung, könnte ich eventuell ein Glas Wasser bekommen?«

»Natürlich.« Barbara Huber erhob sich und nahm ein Glas aus einem der Küchenkästen. Sie wandte der Inspektorin den Rücken zu, als sie am Waschbecken den Wasserhahn aufdrehte.

»Es geht uns um die Frauen im Leben ihres Bruders«, begann Lindner. »Sie standen ihm recht nahe, hat er mit Ihnen auch über sein Liebesleben gesprochen?«

Barbara Huber drehte sich wieder um. »Ja, das hat er.«

73

Ybbsitz, Niederösterreich
Samstag, 8. Oktober

Sie standen auf dem Parkplatz in Ybbsitz, der als Treffpunkt vereinbart gewesen war.

»Sie meinten doch, Sie wollen was über den Streit zwischen Lugbauer und mir wissen«, sagte Wimmer nach einer kurzen Begrüßung

»Ja, über Ihre Auseinandersetzung will ich mehr erfahren.«

»Das trifft sich gut, ich bin mit Martin Meinhart dort verabredet, wo die Aussichtsplattform hinsoll. Dann können Sie es sich gleich mal anschauen.«

»Ich soll mitkommen?«

Warum in Gottes Namen möchtest du mich an eine abgelegene Stelle locken?

»Warum nicht?«

Brandner zeigte auf seine ledernen Halbschuhe. »Geht das denn damit?«

»Ideal sind die Schuhe nicht, aber der Prochenberg ist nicht der Großglockner, und Schnee liegt auch noch keiner.«

Brandner überlegte kurz. Er wollte das Gespräch nicht nochmals vertagen, immerhin konnte es durchaus sein, dass ihnen Steiner wie die anderen Hauptverdächtigen wieder durchs Netz schlüpfte, und dann würde er wieder mit leeren Händen vor Böck stehen. Er musste jeder Spur nachgehen, daher nickte er dem Unternehmer kurz zu, stieg in seinen Audi und folgte Wimmer.

Die beiden fuhren nun eine schmale Straße den Prochenberg hinauf. Sie führte an Bauernhäusern vorbei, Kälber grasten noch auf den Weiden. Der Asphalt endete, ging in einen Schotterweg über. Schließlich stellte Wimmer seinen Jeep am Rand ab und bedeutete Brandner mit einer Handbewegung, es ihm mit gleichzutun.

Brandner schaute nach oben, Wald, so weit das Auge reichte. Die Sonne blendete ihn, aber sie wärmte auch angenehm sein Gesicht.

Etwas Bewegung wird mir nicht schaden. Aber ich sollte Lindner Bescheid geben, für alle Fälle.

Er schaute auf sein Smartphone. Seine Kollegin hatte ihm bereits geschrieben.

Das trifft sich gut. Sie ist also ebenfalls nicht untätig.

Er las ihre Nachricht und schrieb zurück: *»Okay! Ich gehe mit Wimmer zur Felswand am Prochenberg. LG, Leopold«*

»Also gut!«, sagte er schließlich zu Wimmer. »Zeigen Sie mir, wo es langgeht.«

74

Ybbsitz, Niederösterreich
Samstag, 8. Oktober

Lindner marschierte voran, so schnell sie konnte, ohne in den Laufschritt zu verfallen. Vorbei am Friedhof, weiter in Richtung Ortszentrum und entlang des Prollingbachs. Sie war unsicher, wie sie vorgehen sollte: bereits jetzt Verstärkung anfordern? Steiner saß bereits in Untersuchungshaft, aber hatten sie mit ihm erneut den falschen Mann festgesetzt?

Die Aussage oder besser gesagt die Vermutung von Barbara Huber war alarmierend. Sie brauchte aber Gewissheit, denn wenn sie jetzt sämtliche Hebel in Bewegung setzte und dennoch falsch lag, könnte das ihrer Karriere nachhaltig schaden. Lindner schickte daher ein Stoßgebet gen Himmel, dass er in seiner Schmiede war, doch es stieg kein Rauch aus dem alten Schornstein, und es drang kein Laut nach draußen. Sie lief also an dem Gebäude vorbei, weiter auf der Straße an der Prolling, bis sie endlich ihr Ziel erreicht hatte.

Lindner betätigte mit einem mulmigen Gefühl die Klingel. Schon einmal war sie hier unangemeldet aufgetaucht, und sie hatte versprochen, in Zukunft ihren Besuch anzukündigen. Doch sie wollte das Überraschungsmoment für sich nutzen, sie wollte die erste Reaktion sehen, wenn sie vor den beiden stand und sie konfrontierte.

Im Inneren rührte sich nichts, doch Lindner blieb hartnäckig und klingelte wieder.

Schließlich öffnete Anja Meinhart. »Ja?«

»Ist Ihr Mann da?«

»Nein.«

»Gut! Es ist ohnehin besser, wenn ich zuerst mit Ihnen unter vier Augen rede, über Sie und Gerhard Huber.«

Allein wie sich innerhalb eines Augenblicks der Gesichtsausdruck der Frau veränderte, verriet Lindner alles, was sie wissen musste.

Barbara Hubers Aussage stimmt! Zumindest zum Teil.

»Kommen Sie herein.«

Anja Meinhart führte Lindner wieder in die Küche. Dort war zusammengeräumt, keine Spielsachen lagen herum, und der kleine Clemens war nirgends zu sehen. Die Hausherrin setzte sich an den Tisch. Lindner sah, dass ihre Finger zitterten, als sie ihre Hände auf die Tischplatte legte.

»Ihr Mann ist nicht Clemens' Vater«, stellte Lindner fest.

Die Frau nickte. »Martin darf das aber nie erfahren.«

»Der leibliche Vater ist Gerhard Huber, der Postbote.«

»Woher, woher wissen Sie das?« Das Gesicht der Frau wurde aschfahl.

»Gerhard Huber ist gestern ermordet worden.«

Anja Meinhart schrie auf, schlug ihre Hände vor ihr Gesicht.

»Sie haben es noch nicht gewusst? Das muss doch spätestens seit gestern Nachmittag das Gesprächsthema im Ort sein.«

Die Frau ließ ihre Hände sinken und starrte Lindner an. »Ich bin nicht rausgekommen, war beim Kleinen, und jetzt habe ich zusammengeräumt und geputzt.«

»In der Nacht von vorgestern auf gestern, wo war Ihr Mann da?«

»In der Schmiede, er hat lange gearbeitet.« Meinhart stockte. »Sie glauben, dass es Martin war?«

»Was denken Sie? Wie würde er reagieren, wenn er wüsste, dass Sie ihn mit Huber betrogen haben?«

»Aber das ist unmöglich. Wir waren vorsichtig, und nachdem Clemens geboren war, ist da nichts mehr gelaufen.«

»Was, wenn er rausbekommen hat, dass Clemens nicht sein Sohn ist?«

»Das kann nicht sein.«

»Wenn er Zweifel hatte, hat er vielleicht einen Vaterschaftstest gemacht.«

Wieder verdeckte Anja Meinhart ihr Gesicht mit ihren Händen. »Mein Gott! Er hat sich wirklich verändert in letzter Zeit. Er nimmt Clemens härter ran, sagt, er muss mehr wie ein Schmied werden!«

Er weiß es, das ist nicht gut, gar nicht gut!

75

Ybbsitz, Niederösterreich
Samstag, 8. Oktober

An diesem Samstag war die Prochenberghütte bewirtschaftet. Martin Meinhart trank einen Schluck vom frisch eingeschenkten Bier. Clemens nuckelte an seiner Trinkflasche, die mit Himbeersaft gefüllt war. Die beiden saßen bei schönstem Herbstwetter vor der Hütte und ließen sich von der Sonne wärmen.

Meinhart könnte also rundum zufrieden sein, doch das Gegenteil war der Fall. Immer wieder tauchten die Bilder jener verhängnisvollen Nacht vor seinem inneren Auge auf: Er neben Lugbauer im Mendlingtal, beide standen nebeneinander und erleichterten sich.

»Gottfried, ich muss dir etwas sagen«, hatte er gemurmelt. Meinhart hörte das Rauschen des Baches, und dann war da auch der Ruf einer Eule gewesen. Alles hatte sich förmlich in seinem Hirn eingebrannt.

»Um was geht es?« Lugbauer wandte sich ihm zu.

Nur schemenhaft konnte Meinhart in der Dunkelheit das Gesicht seines Freundes erkennen.

»Clemens ist nicht von mir.«

»Bist du sicher?«

»Ich habe einen Vaterschaftstest machen lassen.«

»Weiß Anja davon?«

»Nein.«

»Was hast du jetzt vor?«

»Sie zur Rede stellen. Sie muss mir sagen, von wem der Balg ist.«

Lugbauer räusperte sich. »Ich habe da eine Vermutung.«

»Was weißt du?«

»Wenn ich an manchen Tagen bei euch zu Haus nachgeschaut hab, ob du da bist, war zu oft der Postbote da. Du hattest schon in der Schmiede gearbeitet oder warst unterwegs.«

»Gerhard Huber! Ich bringe den Kerl um!«

»Das wirst du schön bleiben lassen! Sie ist es nicht wert.«

»Sie ist meine Frau! Und der Bastard hat sie gefickt!«

Lugbauer lachte zynisch auf. »Wenn du jeden töten willst, der Anja einmal seinen Schwanz reingesteckt hat, musst du mit mir beginnen.«

Es dauerte einen Augenblick, bis das Gehörte zu ihm durchdrang. Seine Frau und sein Freund hatten ihn verraten. Unbändige Wut brodelte in ihm. Doch im nächsten Moment erfasste ihn eine trügerische Ruhe.

Während Lugbauer immer noch lachend seine Hose zuknöpfte, zupfte Meinhart einen der Handschuhe aus seiner hinteren Hosentasche und zog ihn an, dann griff er in seine Tasche, in die er einen der Nägel verstaut hatte, die sie im Kurs geschmiedet hatten.

»Du, du hast mit Anja gebumst?«

»Ja, und ich war nicht der Einzige! Das kannst du mir glauben!«

»Du Schwein!«

Meinhart stach zu, sofort brach Lugbauer zusammen. Ein kurzes Röcheln war zu hören gewesen, doch das Zucken des Körpers hatte bald aufgehört …

»Spielen!«

Meinhart sah seinen Sohn verständnislos an. Erst nach mehreren Augenblicken registrierte er, wo sie sich befanden.

»Wir müssen los! Wir gehen wohin, wo wir super Verstecken spielen können«, flüsterte er Clemens ins Ohr.

Der Junge strahlte übers ganze Gesicht. Meinhart trank sein Bier aus, danach zahlte er.

»Willst du auf die Schultern oder in die Trage?«

»Schullern«, lautete Clemens' Antwort.

Meinhart setzte den Jungen auf seine Schultern. Der Schmied hielt die Unterschenkel des Jungen fest, die rechts und links neben seinem Kopf herunterhingen, und marschierte los. Er musste sich sputen, wenn er, wie geplant, noch vor Wimmer oberhalb der Felswand eintreffen wollte. Er folgte einem Waldweg, immer wieder musste er in die Knie gehen, sodass Clemens nicht von einem Ast getroffen wurde. Einige Male rutschte er aus, doch mit seinen Wanderschuhen bekam er rasch wieder Halt, sodass er nicht stürzte. Verschwitzt erreichte er schließlich sein Ziel, von Wimmer war noch keine Spur zu sehen.

Die Aussicht war grandios, das wusste er. Grüne Wiesen und Wälder mit den ersten verfärbten Blättern rundum, das geradezu malerische Tal zu ihren Füßen. Meinhart konnte aber die Natur nicht genießen, er verschwendete sogar kaum einen Blick dafür. Seine Gedanken kreisten wieder um seinen Plan. Während der Wanderung hatte er sich derart konzentrieren müssen, dass sie in den Hintergrund gedrängt worden waren, doch nun kehrten sie mit voller Wucht zurück.

Ich gebe Anja noch eine Chance.

Er stellte Clemens auf den unebenen Boden aus Moos, Steinen und Ästen. Der Abgrund befand sich nur rund zwei Meter von ihnen entfernt.

Der Junge wird mich immer an ihren Betrug erinnern. Es gibt keinen anderen Ausweg, es muss einfach sein …

»Hier können wir Verstecken spielen«, sagte er zu dem Buben.

76

Ybbsitz, Niederösterreich
Samstag, 8. Oktober

Immer wieder rutschte Brandner auf dem Waldboden aus. Seine Halbschuhe hatten einfach eine zu glatte Sohle für dieses unwegsame Gelände. Wimmer schritt rasch voran, Brandner rang zwar nach Luft, aber er wollte nicht mehr länger warten.

»Nicole Maier hat den Streit zwischen Ihnen und Lugbauer am Tag vor der Mordnacht mit angehört«, sagte er mit lauter Stimme.

Wimmer blieb stehen und drehte sich um. »Dann hat sie uns belauscht. Wir wollten nicht, dass die Kursteilnehmer etwas von unserem kleinen Konflikt mitbekommen.«

»Fakt ist, Sie hatten einen Streit mit Lugbauer. Und seine Witwe bezeugt, dass es bereits früher immer wieder Unstimmigkeiten wegen des Projekts zwischen Ihnen gab.«

Der Unternehmer nickte. »Wir sind gleich da. Ich zeige Ihnen, wo Lugbauer die Plattform bauen wollte und wo ich sie stattdessen hinhaben will.«

»Sie hatten also ein eindeutiges Mordmotiv.«

»Machen Sie sich nicht lächerlich! Wenn Lugbauer sich weiterhin geweigert hätte, hätte ich ihm den Auftrag entzogen und ihn neu vergeben.«

»Lugbauer hatte einen Vertrag mit Ihnen, es hätte Sie viel Geld gekostet, wenn er darauf bestanden hätte, die Vereinbarung zu erfüllen.«

Wimmer schritt wieder vorwärts. »Das hätte ich verkraftet, glauben Sie mir!«

Brandners Smartphone vibrierte in seiner Hosentasche.

Hat Elfriede Auer etwas in Steiners Wohnung entdeckt?

Er holte das Telefon hervor.

Annika? Sie war bei Hubers Schwester, vielleicht hat sie was von Belang erfahren.

Während Brandner hinter Wimmer weiter nach oben stieg, nahm er das Gespräch an.

»Meinhart! Es muss Meinhart sein! Er ist der Mörder!« Lindner brüllte die Worte förmlich ins Telefon.

»Beruhige dich und erzähle!«, forderte er sie mit leiser Stimme auf. Er schaute zu Wimmer nach vorne, der Wald lichtete sich vor ihnen.

»Seine Frau hat ihn betrogen, mit Huber. Clemens ist Hubers Sohn! Meinhart hat …«

»Den Bub bei sich! Ich sehe ihn!« Brandner drückte das Telefonat weg. »Clemens!«, rief er laut.

Der Junge drehte sich um, direkt hinter ihm fiel der Fels senkrecht ab. Meinhart war nirgendwo zu sehen.

»Komm hierher, ich habe einen Schlecker für dich!«

Er griff in seine Hosentasche, Clemens machte einen Schritt nach vorne, weg vom Abgrund. Brandner ging in die Hocke, er breitete seine Arme aus und lächelte den Jungen an. Der Kleine ging weiter auf ihn zu.

»Clemens, komm zu Papa!« Meinhart trat hinter einem Gestrüpp hervor, das sich seitlich von Brandner circa zehn Meter entfernt befand.

Der Bub blieb stehen, er schaute zwischen seinem Papa und dem Polizisten hin und her, dessen Schleckerangebot sichtlich verlockend war.

»Komm zu Papa!«, wiederholte Meinhart eindringlicher.

Der Junge wechselte die Richtung und steuerte auf den Schmied zu.

Brandner zog seine Waffe aus dem Schultergurt. »Meinhart, Sie sind festgenommen wegen Mordes an Gerhard Huber!«

Der Mann schaute ihn entsetzt an. Sein Gesicht war erstarrt, schließlich schien die Erkenntnis zu ihm durchzudringen, dass er überführt war. Er bückte sich zu dem Jungen hinunter, hob ihn hoch und drückte ihn gegen seine Brust. Mit dem Blick fest auf den Major gerichtet, machte er langsame Schritte rückwärts Richtung Abgrund.

»Meinhart, geben Sie auf!«, rief Brandner.

»Martin, was tust du?«, schrie Wimmer.

Brandner zielte auf den Schmied, doch der Junge befand sich in der Schusslinie. Er zögerte, und im nächsten Augenblick war der Mann bereits zu nah am Felsrand. Wenn ihn Brandner jetzt außer Gefecht setzen würde, könnte er mitsamt dem Buben in den sicheren Tod stürzen.

Ich hätte schießen sollen, sofort!

Vorsichtig ging nun Brandner auf Meinhart zu.

»Mach keinen Blödsinn, komm wieder her!«, rief unterdessen Wimmer.

»Der Junge kann nichts dafür«, sagte Brandner ruhig. »Stellen Sie ihn vor sich auf den Boden und schicken Sie ihn zu mir.«

Nur noch zwei Armlängen trennten ihn von den beiden, die mittlerweile nur einen Schritt vom Abgrund entfernt waren. Clemens begann zu weinen.

»Hör auf zu plärren!«, brüllte ihn Meinhart an. »Du wirst niemals ein echter Mann! Du stirbst mit mir!«

Brandner hechtete nach vorne, er packte Clemens am Arm, doch der Mann hielt den Buben mit eiserner Hand umklammert. Er dreht sich mit ihm zum Abgrund.

Er springt jederzeit, ich muss handeln!

Brandner schoss Meinhart in den Oberarm, der Griff des Schmieds lockerte sich, Brandner zog Clemens an sich und riss ihn mit zu Boden. Schnell brachte er den Jungen unter sich und schützte ihn mit seinem Körper.

Er blickte zu Meinhart, der zuerst ungläubig seine Wunde anstarrte, dann Clemens und den Beamten unmittelbar vor ihm. Brandner ließ seine Hand nach vorne schnellen, doch er griff ins Leere. Meinhart ließ sich nach hinten in die Tiefe fallen. Brandner presste Clemens' Kopf fester gegen seine Brust. Noch immer weinte der Junge.

Erst jetzt merkte er, dass er am ganzen Körper zitterte, über seine Wangen kullerten Tränen. Tränen der Erleichterung, aber auch des Entsetzens.

77

St. Pölten, Niederösterreich
Dienstag, 11. Oktober

»Böck erwartet uns!«

»Ich komme schon!« Lindner stand auf und folgte Brandner durch das Großraumbüro.

Direktor Böck wird mich hoffentlich nicht rügen. Wenn Brandner nichts verraten hat, weiß er nichts von der Nacht bei Nicole.

Eine gewisse Unsicherheit blieb, schließlich kannte sie ihren Vorgesetzten erst seit einer guten Woche, aber er hatte den Ruf, dass man sich auf ihn verlassen konnte und er zu seinem Wort stand. So viel hatte sie schon herausgefunden. Trotzdem war sie froh, wieder ihr gewohntes Outfit zu tragen. Damit fühlte sie sich einfach selbstsicherer als in bunten Gewändern. Diese hatten Brandner signalisieren sollen, dass sie sich durchaus ändern konnte und ihre Entschuldigung ernst gemeint war.

Ausgerechnet als ich mit den Trauernden sprechen musste, habe ich wie ein Kanarienvogel ausgesehen.

Lindner schüttelte ob dieses unglücklichen Zufalls ihren Kopf. Geschadet hatte ihre unpassende Kleidung zumindest nicht. Barbara Huber hatte Lindner den ausschlaggebenden Hinweis gegeben und Brandner hatte das Schlimmste verhindern können. Clemens war wohlbehalten zu seiner Mutter zurückgekehrt, die beiden wurden seither psychologisch betreut. Mittlerweile hatte Anja

Meinhart eingestanden, auch mit dem Schmiedepapst intim gewesen zu sein. Das erklärte, warum Meinhart seinen Kollegen erstochen hatte.

Meinharts Körper war nach dem Sturz von der Felswand zerschmettert worden. Nur noch sein Tod hatte festgestellt werden können. Es war alles andere als ein schöner Anblick gewesen. Bei der Durchsuchung seiner Schmiede hatten sie zwei Vaterschaftstestergebnisse eines privaten Labors sichergestellt. Ein Ergebnis ohne Übereinstimmung und eines mit. Den Einbruch in Hubers Haus hatte Meinhart offensichtlich nach Lugbauers Mord unternommen, um sich Proben für den Abgleich zu besorgen, wahrscheinlich aus dem Badezimmer, da waren sie sich mittlerweile ziemlich sicher. Nachdem die Testergebnisse rasch eingetroffen waren, musste Clemens leiblicher Vater sterben. Meinhart war bei Steiner eingebrochen, um sich die Tatwaffe zu besorgen, einen Nagel wie bei seinem ersten Mord. Sein Plan, Steiner beide Taten unterzuschieben, war bis zu Barbara Hubers Befragung tatsächlich aufgegangen.

Doch letztendlich ist es ihm nicht gelungen, uns zu täuschen!

»Er erwartet euch schon!«, informierte sie Böcks Assistentin, als sie das Vorzimmer betraten.

Brandner klopfte an, dann öffnete er die Tür, ließ aber Lindner den Vortritt.

»Hier haben wir ja die erfolgreiche Ermittlerin!«

Der Direktor kam um seinen Schreibtisch herum, Lindner erkannte sofort das herbe Parfum, vor dem sie vorgewarnt worden war.

»Gratuliere! Der erste gelöste Mordfall ist immer etwas ganz Besonderes!« Böck schüttelte ihre Hand.

Hoffentlich gibt er mir nicht auch noch ein Wangenküsschen!

Böck wusste aber, was sich gehörte, denn er begab sich wieder hinter seinen Schreibtisch.

»Setzen Sie sich bitte! Ich würde ja zur Feier des Tages Sekt servieren lassen, aber das ist leider schon lange nicht mehr erlaubt.«

»Macht nichts«, erwiderte Lindner.

Brandner nahm neben ihr Platz, überließ ihr aber das Reden.

»Wollen Sie stattdessen einen Kaffee oder lieber Tee?«, fragte Böck.

»Welchen Tee haben Sie denn?«

»Pfefferminz.«

ENDE

HINWEISE

Ich bin gebürtiger Ybbsitzer, schon sehr früh war mir daher die Eisenstraße ein Begriff. Als Jugendlicher habe ich im Rahmen meiner technischen Ausbildung die ersten Werkstücke geschmiedet, darunter auch einen Nagel.

Obwohl mein Geburtsort »nur« eine Marktgemeinde ist und keine Stadt, kann Ybbsitz getrost als die Schmiedehauptstadt Mitteleuropas bezeichnet werden. Mit dem Museum *Ferrum,* das einem die Welt des Eisens näherbringt, mit den Hammerwerken, den unzähligen Schmiedekursen, die dort angeboten werden, mit den nach wie vor aktiven Kunstschmieden – den sogenannten »Schwarze Grafen« – und dem regelmäßig stattfindenden internationalen Großereignis *Ferraculum* wurde »Schmieden in Ybbsitz« völlig zu Recht von der Österreichischen UNESCO-KOMMISSION in das Nationale Verzeichnis des immateriellen Kulturerbes aufgenommen.

Die dargestellten Figuren sind allein meiner Fantasie entsprungen und weisen keinerlei Ähnlichkeit mit den derzeit aktiven Schmieden auf. Sollte ich jemandem dennoch zu nahe getreten sein, dem sei versichert, dass das nicht meine Absicht war. Auch die Felswand am Prochenberg wurde bewusst nicht genauer beschrieben.

Das Mendlingtal bei Lassing in der Nähe von Göstling zählt seit vielen Jahren zu meinen Lieblingsausflugszielen, meiner Meinung nach ist es einer der schönsten Plätze in

Österreich. Die Revitalisierung der Schmiede habe ich übrigens erfunden, das Schmiedegesellenhaus, die Säge und die Holztriftanlage mit dem Schautriften gibt es wirklich.

Lunz am See taucht tatsächlich immer wieder als Kältepol in unseren Nachrichten auf. Im Frühling und Sommer bei Schönwetter ist Lunz ein sehr empfehlenswerter Ort für einen Urlaub oder Ausflug, ebenso wie Gaming mit der beeindruckenden Kartause.

Weiterführende Informationen:
www.eisenstrasse.mostviertel.at
https://erlebniswelt-mendlingtal.at
https://schmieden-ybbsitz.at/unesco-kulturerbe

DANKSAGUNG

Zuallererst bedanke ich mich wieder bei Ihnen, liebe Leserinnen und liebe Leser, dass Sie sich für meinen Kriminalroman entschieden und sich mit Leopold Brandner und Annika Lindner auf die Suche nach dem Mörder gemacht haben.

Viele Menschen in der Buchbranche haben mich in den vergangenen Jahren unterstützt und zum Erfolg meiner Mostviertel-Krimis beigetragen, sodass nun bereits der fünfte Band der Reihe um Ermittler Brandner erscheinen konnte – vielen Dank dafür!

Mein Dank gilt natürlich dem gesamten Team des Gmeiner-Verlags für das in mich gesetzte Vertrauen. Meiner Familie und ganz besonders meiner Frau Silvana danke ich für ihre Unterstützung.

Dank sei an dieser Stelle auch allen gesagt, die sich über die Jahre und noch immer um die Mostviertler Eisenstraße kümmern. Sie leisten meiner Meinung nach einen wichtigen Beitrag für die Erhaltung unseres kulturellen Erbes, und sie machen unsere Heimat attraktiver, sodass wir Einheimische ebenso wie die Besucherinnen und Besucher des Mostviertels davon profitieren.

Ich würde mich sehr freuen, wenn Sie mich weiter auf meinem Weg als Autor begleiten. Gerne können Sie meine Facebook-Seite unter *www.facebook.com/helmutschar-*

nerkrimi besuchen oder auf meiner Website *www.helmut-scharner.com* vorbeischauen.

Liebe Grüße aus dem niederösterreichischen Mostviertel

Helmut Scharner

Kommissar Brandner ermittelt:

1. Fall: Mostviertler
ISBN 978-3-8392-1850-1

2. Fall: Mostschlinge
ISBN 978-3-8392-2046-7

3. Fall: Mostviertler Jagd
ISBN 978-3-8392-2521-9

4. Fall: Mostbarone
ISBN 978-3-8392-0181-7

5. Fall: Mostviertler Grafen
ISBN 978-3-8392-0397-2